AF198605

HUNTER B. HOLMES
Mord in Brick Manor

von

Wolf September

Im

Wolf September
c/o WirFinden.Es
Naß und Hellie GbR
Kirchgasse 19
65817 Eppstein
www.wolfseptember.de
Instagram: wolf_september_info
Facebook: autorwolfseptember

Lektorat und Korrektorat
Matti Laaksonen - www.mattilaaksonen.de

Coverdesign: @fivrr/rebecacovers

Herstellung und Druck über tolino media GmbH & Co. KG, Albrechtstr. 14, 80636 München. Printed in Germany. Fragen zu Produktsicherheit an: gpsr@tolino.media.

Vielen lieben Dank an meine Testleser

Björn, Sandra, Susan, Rina,
Oliver, Natascha, Lisa und Stefan

die mich mit Tipps, Hinweisen und
sehr umfangreichem Feedback unterstützt haben.

Schön, dass es Euch gibt

KAPITEL 1 – SCHREI IN DER NACHT

Kraftvoll stieß er zu. Das Metall drang fast widerstandslos in das Fleisch ein. Blut quoll heraus wie bei einem vollgesogenen Schwamm. Ein rauchig-würziger Duft von Röstaromen erfüllte augenblicklich den Raum.

„Wie möchtest du dein Steak?", fragte Godric Hunter und schaltete die Dunstabzugshaube eine Stufe höher.

„Medium rare, bitte."

Behutsam ließ er das zweite Stück Fleisch in die Pfanne gleiten. Es zischte, Fett spritzte und Dampf stieg auf, den der Dunstabzug gierig einsog. Er sah auf die Uhr, bevor sein Blick zurück auf die beiden Steaks fiel. Zufrieden betrachtete er die brutzelnden Stücke in der Pfanne, während er immer wieder die Fettspritzer vom Herd abwischte.

Hunter saß am Tisch hinter ihm und beobachtete ihn dabei. Ein Schmunzeln schlich sich auf seine Lippen. Godric mit seinem Reinhaltungstick.

Er amüsierte sich des Öfteren über ihn, was nicht darüber hinwegtäuschte, dass er seinem Butler ungemein dankbar war. Würde er allein hier leben, würde sein Loft sehr wahrscheinlich nach kürzester Zeit im Chaos versinken. Von den regelmäßigen Mahlzeiten, die er ihm zubereitete, ganz zu schweigen. Godric an seiner Seite zu wissen, tat gut, auch mit dessen Marotten, die Hunter so manches Mal zur Weißglut treiben konnten, insgesamt jedoch eher liebenswerter Natur waren.

Schon stellte dieser ihm einen exzellent angerichteten Teller vor die Nase und setzte sich mit dem seinen zu ihm.

Hunter senkte den Kopf über das Steak und schnupperte. „Hmm, riecht das köstlich." Er schnitt sich ein Stück Fleisch ab und biss hinein. Es war so zart, dass es beinahe auf der Zunge zerfiel. „Das schmeckt wirklich delikat und es ist butterzart."

„Das will ich auch hoffen. Für achtunddreißig Pfund darf man eine gute Qualität erwarten." Godric nahm ebenfalls einen Bissen, schloss die Augen und raunte zufrieden.

„Achtunddreißig Pfund?", rief Hunter perplex. „Deine Steaks in allen Ehren, aber eine Pizza hätte es auch getan."

„Pizza?" Godric blickte Hunter entsetzt an. „Dein Vater würde mich entlassen, wenn ich seinem Sohn nur *Pizza* servieren würde. Du bist immerhin ein Earl." Verständnislos schüttelte er den Kopf und schob ein spöttisches „Italienisches Fast Food" hinterher.

„Erstens ist mein Vater der Earl, ich bin Detective Inspector, und zweitens wurde die Pizza – unterbrich mich, wenn ich falsch liege – für Königin Margherita erfunden."

„Earl ist kein Beruf, sondern eine Berufung, und als Sohn eines Earls bist du was? Ein Earl", entgegnete Godric. „Und im Übrigen haben die Pizzen, von denen du sprichst, wenig mit der gemein, die für Königin Margherita kreiert wurde."

„Godric, du bist ein kleiner Erbsenzähler", erwiderte Hunter grinsend.

„Ich nehme das als Kompliment und als Hinweis darauf, dass ich recht habe."

Von der Anrichte her drang zuerst ein Rumpeln, dann der Klingelton von Hunters Handy. Er erhob sich, um den Anruf entgegenzunehmen.

„Dein Steak wird kalt", rief ihm Godric mahnend hinterher.

„Ich mache schnell." Er checkte das Display. „Es ist David, da sollte ich rangehen", murmelte er und nahm ab. „Hey Partner, was gibt's?" Hunter hörte schweres Atmen, doch David sagte nichts. „Ist alles okay bei dir?", fragte er. Erneut drang nur schweres Atmen in den Hörer.

„Ich …", röchelte die leise Stimme seines Partners. „Ich kann das nicht."

„Was kannst du nicht?"

„Das mit Roberta. Ich sage das ab!"

„Das wirst du schön bleiben lassen." Hunter hatte es geahnt.

„Ich liege hier und zittere und schwitze", hauchte er mit verzweifelter Stimme mitleiderregend in den Hörer.

„Ich komme. Gib mir eine halbe Stunde. Bis ich da bin, legst du das Handy weg. Verstanden?"

„Okay, ich lege es weg", sagte David fast trotzig. „Aber es wird nichts an meiner Entscheidung ändern." Schon hatte er aufgelegt.

„Was war denn?", erkundigte sich Godric, als sich Hunter wieder zu ihm setzte und sein Besteck in die Hand nahm.

„David hat Nervensausen wegen morgen." Er schnitt sich das nächste Stück ab und schob es sich in den Mund. „Hmm – wirklich ein Traum."

„Was ist morgen?"

„Sein erstes Date mit Roberta", entgegnete er noch halb kauend und schluckte.

„Aber er sieht sie doch jeden Tag auf der Arbeit. Aus welchem Grund ist er nervös?" Verwundert sah Godric Hunter an.

„Frag mich bitte nicht. Ich verstehe es selbst nicht. So selbstbewusst und schlagfertig er sonst auch ist, kommt Roberta in seine Nähe, verwandelt er sich in einen stammelnden Frühpubertierenden, der kaum ein sinnvolles Wort herausbringt." Genüsslich ließ sich Hunter das nächste Stück Fleisch auf seiner Zunge zergehen. „Wobei es schon besser geworden ist. Sie können sich jetzt schon über so wichtige Dinge wie das Wetter oder die beste Trinktemperatur von Kaffee unterhalten, ohne dabei rot zu werden."

Godric runzelte die Stirn. „Man muss die Welt nicht verstehen, man muss sich nur darin zurechtfinden." Er nippte an seinem Rotweinglas. „Formidabler Jahrgang."

Hunter sah ihn fragend an, entschied sich jedoch dafür, es für den Moment gut sein zu lassen.

„Wo wohnt er eigentlich?", erkundigte sich Godric nach einer Weile.

„In einer Eigentumswohnung hinter der *Royal Albert Hall*." Er nahm sein Handy und öffnete Davids Kontakt. „*Kensington Gore 23*."

„Keine besonders günstige Wohngegend. Wie kann sich ein Polizist in seinem Alter eine solche Wohnung leisten?" Mit der Hand rieb sich Godric das Kinn, während er Hunter ansah.

„Ich hatte dir doch erzählt, dass seine Eltern bei einem Brand ums Leben gekommen sind. Den größten Teil der Summe, die er aus deren Lebensversicherung bekommen hat, hat er in diese Wohnung investiert."

„Kluge Entscheidung. Eine Wohnung in London in dieser Lage ist immer eine gute Wertanlage."

„Wie dem auch sei. Ich mache mich auf den Weg. Nicht, dass er irgendwelche Dummheiten macht." Hunter tupfte sich den Mund mit der Stoffserviette ab und stand auf. „Du hast wie immer vorzüglich gekocht."

Zufrieden lächelte Godric ihn an. „Dann wünsche ich dir viel Erfolg. Und morgen gibt es dann Pizza. Versprochen."

Als Hunter vor Davids Haus ankam, staunte er nicht schlecht. Aus irgendeinem Grund hatte er ein tristes Wohngebäude erwartet, in dem, wie in einem Plattenbau, eine Wohnung der anderen glich. Doch das Gebäude war alles andere als das.

Vor ihm erhob sich ein Anwesen, das von unzähligen Erkern und Balkonen in verschiedenen Größen geziert wurde. Zur Eingangstür führte eine Steintreppe, deren Geländer aus kleinen Säulen bestand. Die Fassade war mit roten Ziegeln verklinkert, von der sich die strahlend weißen Sprossenfenster kontrastreich abhoben. Es schien sogar eine kleine Dachterrasse zu geben, wie er von seiner Position aus meinte zu erkennen. Ein Zaun trennte den Bürgersteig von einer kleinen Grünfläche, an deren Rand dichte Büsche an der Hauswand lehnten.

Das schmiedeeiserne Tor schwang mit einem leisen Quietschen auf. Hunter ging die Stufen zur Eingangstür nach oben. Am Klingelschild zählte er – in dem Haus gab es einundzwanzig Wohnungen. Er entdeckte auch Davids Namen und betätigte den Klingelknopf. Surrend öffnete sich einen Moment später die Tür und Hunter trat ein.

Im Flur schraubte ein älterer Mann gerade mit einem Schraubenzieher ein Namensschild neben einer der Türen ab. Als er Hunter entdeckte, lächelte er ihn freundlich nickend an, bevor er mit seiner Arbeit fortfuhr.

Hunter grüßte zurück und blickte sich um. „Guten Abend. Gibt es hier einen Lift?", fragte er.

„Nicht dass ich wüsste." Der Mann lachte auf. „Zu wem wollen sie denn?"

„Zu Mr Cloverfield. David Cloverfield."

„Cloverfield?", wiederholte er und tippe mit dem Griff des Werkzeugs an sein Kinn. „Ach, der junge Polizist, der vor ein paar Wochen eingezogen ist. Fünfter Stock."

Hunter bedankte sich und ging zur Treppe. Als er seinen Fuß auf die erste Stufe setzte, erwartete er ein Knarren, wurde jedoch enttäuscht. Die Treppe sah älter aus, als sie zu sein schien.

„Ist etwas nicht in Ordnung?"

„Nein, nein. Ich habe mich nur gewundert, dass sie nicht knarzt."

Der Mann lachte erneut auf. „Wenn Sie knarzende Stufen wollen, müssen Sie die andere nehmen." Er deutete in den Gang, an dessen Ende Hunter einen zweiten Treppenaufgang erkannte.

Schmunzelnd schüttelte Hunter den Kopf. „Nein, danke. Ich nehme lieber diese hier." Er ging zwei Stufen nach oben, dann stockte er und wandte sich um. „Ist es nicht ungewöhnlich, dass ein solches Haus zwei Treppenhäuser besitzt?"

Der Mann setzte den Schraubendreher wieder ab und sah zu ihm. „Das rührt daher, das Brick Manor früher zwei Häuser waren. Die damaligen Besitzer fanden es wohl praktisch, die Treppenhäuser so zu belassen und nur die Zwischenwände zu entfernen." Vergnügt gluckste er. „Oder ihnen ist das Geld ausgegangen. Wer weiß das schon."

„Gut zu wissen." Hunter verabschiedete sich und lief weiter nach oben. Kurz bevor er den fünften Stock erreicht hatte, kam ihm ein Mann entgegen. Sein Gesicht wirkte eingefallen und sein weißes Haar hing ihm in einem Mittelscheitel über die Ohren.

„Hallo", grüßte Hunter freundlich.

Der Fremde blickte ihn beim Vorbeigehen ausdruckslos an, murmelte etwas Unverständliches in seinen ungepflegten Bart und ging weiter die Stufen hinunter, ohne ihn eines weiteren Blickes zu würdigen. Hunter drehte sich um und sah ihm nach. Erst jetzt fielen ihm seine viel zu kurzen Hosenbeine und die blutroten Socken auf, die er darunter trug. Er schüttelte innerlich den Kopf und lief die restlichen Stufen hoch.

Im fünften Stock angekommen, spähte er in den Flur. David wohnte am Ende des Gangs, wie ihm die einen Spalt weit offen stehende Tür verriet. Er klopfte und vernahm ein „Ja" aus dem Inneren der Wohnung, worauf er sie betrat.

„Im Wohnzimmer", rief David aus einem Raum am Ende eines kleinen Flurs. Er ging der Stimme nach. David lag auf seiner Couch und schaute ihm mit einem flehenden Blick entgegen.

„Was ist mit dir?", fragte Hunter.

„Das habe ich dir doch schon am Telefon gesagt. Ich kann das nicht."

„Jetzt mal langsam. Als du heute nach Hause gegangen bist, war doch noch alles in Ordnung. Was ist in der Zwischenzeit passiert? Darf ich?" Er deutete auf den Sessel, der vor dem Kamin stand.

Schwer schluckend nickte David, dann setzte er sich träge auf. „Ich bin nach Hause gefahren und habe noch einmal im Restaurant angerufen, um die Buchung zu checken."

„Ist damit etwas nicht in Ordnung?" Hunter ließ sich auf den Sessel fallen und sank auf eine bequeme Art und Weise in das Polster. „Haben sie sie übersehen?" Mit der Hand strich er über die Armlehne. Flauschig weich kitzelte es unter seinen Fingerspitzen.

„Doch, natürlich. Was soll nicht in Ordnung sein? Alles ist gut mit der Buchung. Die Buchung steht."

„Ich verstehe nicht?" Hunter versuchte, so mitfühlend wie irgend möglich zu klingen. „Wo liegt denn dann das Problem?"

„Das Problem liegt darin, dass ich mich mit ihr zusammen am Tisch sitzend vorgestellt habe." Ein panischer Ausdruck huschte über sein Gesicht. „Was soll ich mit ihr reden? Was, wenn mir nichts einfällt und wir nur dasitzen und uns anschweigen – wenn diese peinliche Stille herrscht, aus der es keinen Ausweg gibt? Was, wenn sie mich dann für einen Langweiler hält und mich nie wiedersehen möchte?", platzte es aus ihm heraus wie aus einem Springbrunnen.

Auf seine Lippen wollte sich ein Grinsen kämpfen, doch Hunter gelang es, es hinunterzuschlucken. „Du bist nervös, das ist ganz normal."

„Hunter", rief David. „Mein Kopf ist wie leergefegt, immer wenn ich an sie denke."

Hunter legte seine Stirn in Falten. „Redet doch übers Wetter. Das ist immer ein gutes Thema", schlug er vor.

Angespannt ließ David sich ins Polster sinken. „Wow. Toll! Das Wetter. Wie originell. Dreißig Sekunden gerettet."

„Aber ihr habt doch in den letzten Tagen auch öfter im Büro geredet. Wo liegt der Unterschied?"

David fixierte einen Punkt auf dem Boden. „Das war etwas anderes. Da waren wir im Büro und das Reden war Nebensache. Es ist einfach so passiert, aus der Situation heraus. Außerdem warst immer du dabei. Aber morgen … morgen wird es ums Reden gehen, nur ums Reden. Sie, ich und Reden."

„Also David bitte – es gibt tausend Themen, über die ihr sprechen könnt. Erzähl ihr doch einfach etwas über dich und dann erzählt sie etwas über sich, du hörst zu und fragst nach. Du bist Polizist. Stell dir einfach vor, sie wäre eine Verdächtige und du befragst sie."

„Und ihr Verbrechen wäre …? Okay, nehmen wir mal an, ich erzähle ihr, dass ich in der Schule zu den Sportassen gehört habe, und sie sagt nur *aha*."

„Das würde für mangelndes Interesse an dir sprechen, was aber nicht der Fall ist. Ihr schmachtet euch, seitdem du bei uns auf dem Yard bist, an. Glaubst du wirklich, dass sie so reagiert?" Hunter überschlug seine Beine und lehnte sich zurück.

„Nein." Davids Blick nagelte sich wieder am Teppich fest. „Aber was, wenn doch?"

„Das wird nicht passieren. Du blockierst dich gerade selbst. Stell dir doch einfach vor, ihr begegnet euch im Büro und die Unterhaltung läuft."

David schaute flehend zu Hunter. „Kannst du nicht mitkommen?", fragte er bettelnd.

„Zu deinem Date?" Er sah David perplex an. „Denkst du, Roberta fände es gut, wenn wir zu zweit auftauchen?" Er lachte auf und wollte es als einen Scherz abtun, doch Davids Gesichtsausdruck verriet ihm das Gegenteil.

„Sie muss es ja nicht wissen", raunte er und beugte sich zu ihm. „Du musst nur da sein, dann fühle ich mich sicherer." Er hielt ihn fest im Blick. David war es wirklich ernst damit.

„Und wie soll das gehen? Als das *Sich-unsichtbar-Machen* in der Schule gelehrt wurde, war ich leider krank." Er schüttelte amüsiert den Kopf.

„Ich habe im *Wild Jungle* einen Tisch reserviert. Da gehe ich öfter hin. Die Tische dort stehen in Nischen, die nur bedingt einsehbar sind. Zufälligerweise ist der Tisch neben unserem noch frei … gewesen."

„David Cloverfield!" Hunter wusste nicht, ob er ihn richtig verstanden hatte. „Willst du mir gerade mitteilen, dass du für mich mitreserviert hast?" Er suchte noch immer nach einem Hinweis, der das Ganze endlich als Spaß outen würde, doch nichts an David deutete darauf hin.

Verschämt lächelte David, zupfte an seinem Ohrläppchen, schwieg jedoch.

Hunter holte tief Luft und ließ sie langsam wieder entweichen. Ein wenig tat David ihm ja leid. Zu oft hatte er in den letzten Wochen mitbekommen, wie er und Roberta sich angeschmachtet hatten, anfangs ohne Worte füreinander zu finden. Sie beide gehörten zusammen, dessen war er sich sicher. Er überlegte, während ihn David bittend ansah. *Was wäre so schlimm daran, ihnen ein wenig Starthilfe zu geben, und sei es nur durch meine Anwesenheit?*

„Na gut. Ich werde da sein", sagte er schließlich und fügte mit festem Ton hinzu: „Aber sobald es bei euch läuft, verschwinde ich und wir werden nie wieder darüber sprechen und auf keinen Fall wird Roberta jemals davon erfahren. Verstanden?"

David sprang auf und fiel ihm um den Hals. „Danke. Du bist ein echter Freund."

„Schon gut, schon gut", wiegelte Hunter mit einem Hauch Verlegenheit ab. „Also? Wie soll das morgen ablaufen?"

Der markdurchdringende Schrei einer Frau verhinderte, dass David antworten konnte.

Kapitel 2 – Barrett im Bett

Hunter stand auf und fragte: „Was war das?"

David löste sich und ging einen Schritt auf die Tür zu. „Es muss aus der Wohnung über mir gekommen sein."

„Lass uns mal nachsehen. Das klang, als würde jemand Hilfe brauchen."

„Komm mit!" David eilte gefolgt von Hunter aus der Wohnung, den Gang entlang und die Stufen nach oben. In der Ferne meinte Hunter, ein leises Knarren zu vernehmen.

Ihm war es, als hörte er sein Blut in seinen Ohren rauschen, als er in den Flur des sechsten Stocks sprang. Jede Faser in ihm war zum Zerreißen gespannt.

„Dahinten ist es", rief David und rannte auf eine Tür zu.

Hunter folgte ihm dicht auf den Fersen. Der Ermittler in ihm war längst hellwach. „Wer wohnt hier?", flüsterte er, als sie die Tür, die nur angelehnt war, erreicht hatten.

„Barrett McGee", raunte David und klopfte. „Barrett", rief er hinein. „Ist alles okay bei dir?"

Es kam keine Antwort.

Vorsichtig öffnete David die Tür ein Stück weiter. Aus einem der Zimmer fiel Licht in den Flur, doch es herrschte Stille.

„Hallo?", rief er erneut.

Hunter lauschte. Weder bekam David eine Antwort noch deutete ein Geräusch darauf hin, dass jemand anwesend war. Sein Blick streifte einen umgekippten Kleiderständer im Flur, die Jacken, die daran gehangen hatten, lagen verstreut auf dem Boden rund um ihn. „Hier stimmt etwas nicht."

Hunters Körper straffte sich. Langsam betrat er die Wohnung und öffnete behutsam die erste Tür. Das Badezimmer. Er schlich durch den Flur bis zum nächsten Raum. David folgte ihm. Die Tür stand offen, Licht schimmerte heraus. Hunter blieb daneben stehen und drückte sich an die Wand. Vorsichtig schob er seinen Kopf in die Öffnung, bereit, einem möglichen Angriff auszuweichen, und spähte hinein. Eiseskälte durchfuhr ihn.

Auf dem Bett lag ein Körper. Hände und Füße waren mit Stricken an die Bettpfosten gebunden. Der Kopf steckte in einer blaugrauen Plastiktüte, die am Hals mit Panzertape zugeschnürt worden war.

„Barrett?", wisperte David ungläubig, der sich zwischen Tür und ihm ins Schlafzimmer gequetscht hatte. Wie festgewurzelt starrte er neben Hunter auf den Körper. „Ist … ist er tot?"

Hunter zog ein paar Gummihandschuhe aus seiner Jackentasche. Godric hatte es einmal als Tick bezeichnet, dass er zu jeder Gelegenheit Handschuhe dieser Art mit sich herumtrug. Aber er war eben Polizist und rechnete jederzeit damit, an einen Tatort gerufen zu werden. „Allzeit bereit", murmelte er einem imaginären Godric zu und ging zum Bett. Er legte seine Finger an den Hals des Mannes, um dessen Puls zu ertasten. Doch die Haut fühlte sich kalt und steif an.

Hunter sah zu David und schüttelte verhalten den Kopf. „Ich verständige die Spurensicherung."

Sein Blick fiel zurück auf die Leiche, während er sein Handy aus der Tasche zog und die Kurzwahltaste anklickte. Ein pinkfarbenes Stückchen Plastik blitzte unter dem Panzertape hervor. Es schien sich um das Zugband des Müllsacks zu handeln. Dezenter Veilchenduft drang in seine Nase. Er sah erneut zu seinem Partner, der noch immer vor dem Bett stand und fassungslos auf den Toten starrte.

Hunter ließ sein Handy wieder in seine Tasche gleiten, nachdem er den Anruf getätigt hatte. „Geh", wies er David an.

„Warum?" Er sah ihn fragend an.

„Du wohnst hier und könntest als befangen gelten. Geh in deine Wohnung und warte dort auf mich."

David nickte stumm. Mit einem letzten Blick auf die Leiche verließ er das Zimmer.

Gegenüber dem Schlafzimmer schien sich die Küche zu befinden. Die Wohnung war vom Schnitt her genau wie Davids. Hunter durchquerte den Flur und öffnete die Tür. Er schaltete das Licht an. Die geräumige Küche wirkte wie ein Ausstellungsstück eines Möbelhauses. Entweder war Barrett erst kürzlich eingezogen oder kein besonders leidenschaftlicher Koch. Lediglich ein leerer Pizzakarton stand auf der Ablage der Spüle. Auch in diesem Raum duftete es nach Veilchen.

Hunters Blick fiel auf einen Kalender, der neben dem Kühlschrank hing. Einer dieser Familienplaner, in den mehrere Familienmitglieder ihre Termine eintragen konnten. Doch Barrett hatte anstatt der Namen die Spalten mit Haushalt, Freizeit und Arbeit beschriftet. Er checkte die Vermerke. Für den heutigen Tag hatte er *Sweety* in der Privatspalte eingetragen.

Hunter blätterte durch den Kalender. Der Name tauchte in fast jedem der vergangenen Monate auf. Nicht häufig, aber kontinuierlich. Er zückte sein Handy und fotografierte die Seiten ab, dann löschte er das Licht und ging zurück in den Flur.

Sein Blick fiel ins Wohnzimmer. Genau wie bei David war auch Barretts Wohnzimmer ausladend. Anders als bei seinem Partner gehörte hier allerdings ein kleiner Balkon dazu. Vor dem Kamin stand eine wuchtige Polsterecke. An der Wand schräg gegenüber hing ein übergroßer Flatscreen. Darunter befand sich auf einem Lowboard aus Wurzelholz der Receiver einer Surroundanlage.

Hunter ging zu den Boxen, die neben dem Fernseher und der verklinkerten Wand angebracht waren. *Nicht schlecht*, dachte er, als er das Logo eines Luxusherstellers auf den Lautsprechern entdeckte. Er ließ seinen Blick durch das loftartige Wohnzimmer schweifen und blieb am Wohnzimmertisch hängen. Auch dieser war aus Wurzelholz gefertigt. Neben dem Tischchen ging er in die Knie. Ein paar Krümel lagen auf der Platte, daneben befand sich der eingetrocknete Rand eines Glases. Rotbraun hob sich der Kreis vom Holz ab. Barrett hatte zu seiner Pizza also ein Glas Rotwein getrunken.

Hunter stand auf und ging zurück in die Küche. Er öffnete den Geschirrspüler und zog die Schublade heraus. Ein Messer, eine Gabel und ein Pizzateller, kein Glas. Er checkte den Kühlschrank. Gähnende Leere schlug ihm entgegen. Lediglich zwei Flaschen Champagner, ein Tetrapack fettarme Milch und ein Döschen Kaviar befanden sich darin. Er inspizierte einen Schrank nach dem anderen. Sein Eindruck verstärkte sich, je weniger er darin entdeckte: Barrett war alles andere als ein Hausmann gewesen.

Endlich fand er den Schrank mit den Gläsern. Fünf Rotweinkelche – einer schien zu fehlen, wie ihm die Lücke der in Reih und Glied stehenden Gläser verriet. *Der Mülleimer.* Hunter zog die Schublade unter der Spüle heraus. Treffer. Ein paar zerknüllte Küchentücher lagen darin. Er nahm ein Messer aus dem Messerblock und schob sie auseinander.

„Wen haben wir denn da?" Zwischen ihnen lag ein Flaschenkorken, aber keine Spur von einer Flasche.

Es klingelte. Hunter zuckte zusammen und sah auf die Uhr, die über der Tür hing. *Die Jungs von der Spurensicherung* schoss ihm in den Kopf. Er lief zur Tür und öffnete.

„Wieso müssen alle deine Leichen immer in den oberen Stockwerken von Häusern ohne Lift liegen?", keuchte Lee, der sich mit einer Hand am Türrahmen abstützte.

„Was denn, Dolittle? Keine Kondition? Ich dachte, ihr Mediziner seid schon aus beruflichen Gründen topfit."

„Nenn mich nicht Dolittle, Sherlock. Wenn ich wieder atmen kann, setzt es sonst was." Lee blies Luft aus seinen Lungen. „Und was bitte hat der Beruf des Mediziners mit Kondition zu tun?"

„Du solltest ein bisschen mehr Sport treiben, dann hättest du auch mehr davon, außerdem ist es gesünder."

Lee hatte sich allem Anschein nach wieder ein wenig gefangen. Er stemmte seine Hand in die Hüfte. „Soll ich dir was sagen – ob du nun Sport treibst oder nicht, am Ende bist du tot. Ich weiß das."

Hinter ihm kamen *Little* und *Bigfoot* von der Spurensicherung die Treppe nach oben. Hunter kannte die beiden aus etlichen Einsätzen. Sie waren wie ein altes Ehepaar, aber eines, dass sich wunderbar ergänzte, und hatten von den Kollegen, aufgrund ihrer doch sehr unterschiedlichen Körpergröße, diese Spitznamen erhalten. Hunter wusste nicht einmal mehr, wie sie wirklich hießen.

Als sie in den Flur kamen, folgte ihnen der Mann, den Hunter beim Betreten des Hauses im Foyer getroffen hatte.

„Was ist denn hier los?", fragte er verunsichert, seinen Blick auf die offen stehende Tür gerichtet.

„Sie sind?", hakte Hunter nach und blickte prüfend auf den Mann.

„Buck Manning, der Hausmeister." Buck sah Hunter fragend an.

„Hallo Mr Manning. Es gibt hier einen ungeklärten Todesfall. Darf ich mich vorstellen: Ich bin Detective Inspector Hunter B. Holmes." Er zog seinen Dienstausweis aus seiner Tasche und hielt diesen dem Hausmeister vor die Nase.

„Ungeklärter Todesfall?", stammelte der. „Aber hier wohnt nur Barrett. Ist Barrett etwa …"

„Mr Manning, ich kann darüber noch nichts sagen. Würden Sie mich jetzt entschuldigen?"

„Ist jemand umgebracht worden?" Eine ältere Frau lugte aus der Tür der Nachbarwohnung.

„Barrett", antwortete Buck vor sich hin stierend.

„O mein Gott. Ich wusste es", rief sie. Tränen schossen ihr in die Augen.

„Und wer sind Sie?", erkundigte sich Hunter, den Blick auf die alte Dame gerichtet.

„Ida Nichols. Seine Nachbarin", schluchzte sie. Sie zog ein Taschentuch aus der Hosentasche und schnäuzte sich geräuschvoll. „Darf ich ihn noch einmal sehen?" Schon schickte sich Ida an, in Barretts Wohnung zu kommen.

Doch Hunter stellte sich ihr in den Weg und stoppte sie. „Meine Herrschaften. Bitte behindern Sie nicht die polizeilichen Ermittlungen. Gehen Sie zurück in Ihre Wohnungen. Ich werde mich bei Ihnen melden, sollte es Fragen geben", wies er die Umstehenden an.

„Ja, natürlich. Entschuldigen Sie", wisperte Buck und senkte den Kopf. „Wenn etwas ist, ich bin unten. Erste Tür links, neben dem Eingang." Er drehte sich um und schlurfte zur Treppe. Dort blieb er stehen und sah flatterig noch einmal zu Hunter. Einen Augenblick verharrte er, dann ging er. Auch Ida schlich verhalten zurück zu ihrer Tür, versuchte jedoch, noch einen Blick in Barretts Wohnung zu erhaschen.

Hunter schüttelte den Kopf, dann schloss er die Tür hinter sich und zog seinen Notizblock aus der Tasche. Nachdem er sich die beiden Namen notiert hatte, wandte er sich den Kollegen der Spurensicherung zu. „Wenn ihr hier fertig seid, sichert bitte auch den Müll unten in der Tonne vor dem Haus."

„Suchen wir etwas Bestimmtes?", fragte Little und rückte seine Nickelbrille zurecht.

„Zumindest eine Flasche Wein."

„Wir kümmern uns darum."

Hunter ging zurück ins Schlafzimmer, wo Lee bereits damit beschäftigt war, die Leiche in Augenschein zu nehmen. Er hatte das Panzertape gelöst und es genau wie die Mülltüte in jeweils einem Beutel verstaut.

„Wer ist das?", fragte Lee, den Blick noch auf den Toten gerichtet.

„Wir glauben Barrett McGee, der Wohnungsinhaber." Hunter beugte sich ebenfalls über die Leiche.

„Ihr glaubt?"

„Ich glaube. Er war schwer zu erkennen, weißt du. Er hatte eine Tüte über dem Kopf."

„Was du nicht sagst. War es vielleicht diese hier?" Lee verzog angenervt das Gesicht und deutete auf den Beutel, in die er die Mülltüte gesteckt hatte. „Gibt es kein Foto, einen Ausweis oder einen Führerschein?"

„Doch", hörte Hunter hinter sich und drehte sich um. Bigfoot kam ins Zimmer und hielt Hunter das Dokument hin. „Hier ist sein Ausweis."

Er nahm ihn entgegen und betrachtete das Foto. „Eindeutig. Vor uns liegt Barrett McGee. Kannst du schon etwas zum Todeszeitpunkt sagen?", wandte er sich wieder an Lee.

„Hmm." Lee richtete sich auf und rieb sich das Kinn. „Ich würde schätzen, dass er schon eine Weile hier liegt. Zwanzig, vielleicht auch schon vierundzwanzig Stunden."

„Sonst noch was?", fragte Hunter.

„Er hat eine Einstichstelle in der linken Armbeuge. Ich lasse ihn in die Rechtsmedizin bringen. Sobald ich etwas weiß, gebe ich dir Bescheid."

Lee packte seinen Koffer und verabschiedete sich bei ihm.

„Ich höre mich mal im Haus um." Ihm kam der Schrei der Frau wieder in den Sinn. Jemand musste ihn ebenfalls gehört haben, vielleicht sogar die Frau, die ihn ausgestoßen hat, gesehen haben.

Er wandte sich Little zu. „Wenn etwas ist, dann meldet ihr euch bei mir, ja?" Dann verließ er die Wohnung.

Kapitel 3 – Der tote Banker

Hunter machte sich zurück auf den Weg zu Davids Wohnung, doch noch bevor er diese erreichte, bemerkte er, dass die Tür zur Nachbarwohnung einen Spaltbreit offen stand. Als er genauer hinsah, erkannte er eine Gestalt, die ihm wortlos aus dem düsteren Inneren entgegenblickte. Es war der Mann, dem er bereits vorhin auf der Treppe begegnet war. Hunter stachen die roten Socken ins Auge, die im Halbdunkel nahezu leuchteten. Im nächsten Moment schlug der Mann die Tür wieder zu. Hunter starrte noch eine Weile auf den Türspion, weil er sich sicher war, dass er darüber beobachtet wurde, ging dann aber weiter und klingelte bei David.

„Da bist du ja schon wieder. Ich hätte erst später mit dir gerechnet." David deutete ihn hereinzukommen und ging zurück ins Wohnzimmer.

„Was ist das für ein sonderlicher Kauz, der neben dir wohnt?" Hunter fiel erst jetzt das große Bücherregal auf, das er bei seinem vorherigen Besuch nicht wahrgenommen hatte. Er ging zwei Schritte darauf zu, doch er erkannte schon von weitem die Bücher, die sich darin befanden. Genau wie Godric verschlang David die Geschichten von *Inspector Flatterly* und wie er feststellte, auch Taschenbücher von *Donald Duck*. Er schmunzelte in sich hinein, sein Partner schien eine besondere Vorliebe für Trivialliteratur zu hegen.

David ließ sich auf die Couch fallen. „Das ist der alte Björn. Björn Anderson." Ein Lächeln schob sich auf seine Lippen. „*Sonderlicher Kauz* trifft es ziemlich genau. Er wohnt wohl schon ewig hier im Haus. Ein Schwede. Als ich hier eingezogen bin, habe ich bei ihm geklingelt, um mich vorzustellen. Du weißt schon – neuer Nachbar und so. Er hat mir nur ein *Hallo* zugeknurrt und die Tür sofort wieder geschlossen."

Hunter lachte auf. „Und ich dachte schon, es läge an mir."

„Nein, er ist zu jedem so." David schaute überlegend zum Kamin. „Eigentlich ist das Einzige, was ich über ihn weiß, dass er ein Faible für rote Socken hat." Er grinste unweigerlich. „Du solltest mal in den Waschraum, wenn er Socken wäscht. Ein Meer von Rot. Und er muss ziemlich vermögend sein. Ihm gehört die Wohnung, in der er lebt, und die Wohnungen hier im Haus sind alles andere als günstig zu haben."

Hunter nahm auf dem Sessel Platz. „Ich dachte, hier im Haus gibt es nur Eigentumswohnungen?"

„Das ist auch so, aber nur etwa die Hälfte der Eigentümer wohnt auch hier – die anderen sind vermietet."

Hunter nickte verstehend. „Der Tote ist übrigens tatsächlich Barrett McGee. Wir haben ihn anhand seines Ausweises identifiziert."

„Das habe ich mir schon gedacht. Die Chance, dass ein anderer *Mann* in der Wohnung auf seinem Bett liegt, war relativ gering." Er gluckste leise auf und schüttelte den Kopf kaum merklich.

„Wie meinst du das? Kanntest du ihn näher?"

David zog seine Beine an und setzte sich in den Schneidersitz. „Nein, nicht sonderlich gut, auch wenn ich an seinem Leben manchmal mehr teilhatte, als ich es mir gewünscht hätte." David schaute an eine Stelle an der Wand neben der Tür. Hunter folgte seinem Blick und entdeckte einen Lüftungsschacht. „Verstehe. Das Haus ist also hellhörig."

„Wie du vorhin mitbekommen haben solltest." Er lehnte sich gegen das Polster. „Die Wohnungen, die übereinander liegen, sind jeweils über Lüftungsschächte miteinander verbunden, was normalerweise kein Problem ist. Sie sind schallisoliert. Man bekommt nur lautere Geräusche mit."

„Wie den Schrei einer Frau …"

„Ja, genau. Wenn sie schreien … oder stöhnen." David verdrehte die Augen. „Ich ziehe sie eben an, die sexsüchtigen Nachbarn. Ich hatte dir doch mal von meinem Zimmernachbarn an der Uni erzählt …"

Hunter nickte. „Du meinst den – wie nanntest du ihn – groben Raufbold."

„Genau den! Barrett war phasenweise schlimmer."

„Phasenweise?"

„Nun ja. Ich bekomme ja nur das mit, was im Wohnzimmer passiert. Und seine letzte Flamme mochte es wohl im Wohnzimmer auf dem Teppich vorm Kamin." David schüttelte sich angewidert.

„Könnte es die gleiche Frau gewesen sein, die vorhin geschrien hat?"

David strich sich mit der Hand über sein Knie und fixierte sie dabei. „Könnte gut sein. Lustvolles Quieken und Schreien klingen nicht besonders ähnlich."

„Zumindest muss es eine Frau gewesen sein, die einen Schlüssel zu Barretts Wohnung hatte." Hunter lehnte sich zurück, überschlug die Beine und rieb sich das Kinn. „Aber warum ist sie nicht am Tatort geblieben?"

„Wie kommst du darauf, dass sie einen Schlüssel hatte?"

„Keine Einbruchspuren an der Tür und da Barrett ungefähr vierundzwanzig Stunden tot ist, kann er ihr nicht die Tür geöffnet haben. Weißt du, ob er eine feste Beziehung hatte oder eine Dame, mit der er sich regelmäßig getroffen hat?"

„Nein." David schüttelte den Kopf. „Ich habe mit den Nachbarn nicht viel zu tun. Ich kannte Barrett von ein paar Begegnungen am Briefkasten oder im Treppenhaus." Er verzog das Gesicht zu einer zerknirschten Miene. „Und dadurch." Mit dem Finger deutete er auf den Lüftungsschacht. „Aber frag doch seine Nachbarin. Sie heißt Ida Nichols und ist die Tratschtante hier im Haus. Wenn jemand etwas über Barretts Leben weiß, dann sie. Würde es sie nicht geben, wüsste ich von den meisten nicht einmal die Namen."

Hunter nickte und das Bild der alten Dame blitzte vor seinem inneren Auge auf. „Ich habe sie vorhin kurz kennenlernen dürfen, als die Jungs von der Spurensicherung kamen. Den Namen habe ich mir bereits notiert." Er zog den Notizblock aus dem Jackett und schlug die betreffende Seite auf.

„Das denke ich mir. Sie sitzt bestimmt gerade in ihrer Wohnung und platzt vor Neugierde."

Hunter tippte mit dem Kugelschreiber auf den Block, während er überlegte. „Was weißt du über Buck Manning?"

„Unseren Hausmeister? Ein freundlicher und umtriebiger Zeitgenosse. Wenn es ein Problem gibt, ist er sofort zur Stelle. Und ..." Er hob den Zeigefinger, als ob es sich dabei um eine überaus wichtige Information handeln würde, und zwinkerte Hunter zu. „... wie ich von Ida erfahren habe, ist er mit der Putzfrau liiert."

Hunter machte sich eine Notiz. „Weißt du ihren Namen?"

„Theodora Hutchinson. Sie wohnt auch im Erdgeschoss. Es müsste die letzte Wohnung auf der rechten Seite sein."

„Ist notiert. Dann werde ich mich mal mit Mr Manning unterhalten." Er stand auf.

„Was ist mit Ida?", fragte David.

Ein Lächeln zupfte an Hunters Lippen „Mit der spreche ich morgen. Erstens ist es schon spät und zweitens tut es ihr vielleicht ganz gut, nicht alles sofort zu wissen, wenn ich dich richtig verstanden habe." Er zwinkerte David zu und schob seinen Notizblock zurück ins Jackett. „Alles Weitere besprechen wir morgen."

Nicht der Hausmeister, sondern eine adrette ältere Frau mit schulterlangen weißen, modisch frisierten Haaren öffnete die Tür und blickte Hunter freundlich entgegen. Er beugte sich zurück, um einen überprüfenden Blick auf das Namensschild werfen zu können.

„Sie sind richtig", beantwortete sie seine nicht gestellte Frage. „Kommen Sie rein. Sie müssen der Polizist sein. Buck ist im Wohnzimmer. Ich bin seine Lebensgefährtin." Sie reichte ihm die Hand zur Begrüßung. „Theodora Hutchinson."

Hunter nahm die Hand und schüttelte sie. „DI Holmes."

Theodora hatte einen festeren Händedruck, als er erwartet hatte. Während er ihr in die Wohnung folgte, musterte er sie. Unter dem engen Shirt zeigten sich deutliche Muskelstränge und ihr Gang wirkte sehr stramm. Sie schien sehr auf körperliche Fitness bedacht. Trotz der weißen Haare erschien sie jünger, als sie es vermutlich war.

Buck Manning saß mit verschränkten Armen am Esstisch und starrte gedankenverloren auf die Tischplatte.

Hunters Blick glitt durch den Raum. Die Einrichtung war ein wenig altbacken, aber durchaus gemütlich. „Mr Manning", begrüßte er ihn.

Der Hausmeister zuckte zusammen und schaute mit aufgerissenen Augen zu Hunter. „Mr Holmes. Richtig? Bitte." Mit der Hand strich er sich über die Stirn und deutete auf einen der Stühle. „Bitte nehmen Sie doch Platz."

Theodora legte eine Hand auf Hunters Schulter, als er sich hingesetzt hatte. „Möchten Sie etwas trinken?"

„Ein Wasser vielleicht. Vielen Dank." Er zog seinen Notizblock aus der Tasche und legte ihn vor sich auf den Tisch. „Wie sich herausgestellt hat, handelt es sich bei dem Toten um Barrett McGee", fuhr er ohne Umschweife fort.

Buck schien nicht sonderlich überrascht zu sein. „Barrett", murmelte er. „Was ist passiert?"

„Das können wir leider noch nicht sagen, nur dass es sich höchstwahrscheinlich um Fremdverschuldung handelt." Hunter musterte den Hausmeister, der ihn noch immer erschrocken ansah.

„Sie denken also …" Ein unüberhörbares Schlucken entrang Bucks Kehle. „Dass er ermordet wurde?"

„Das werden die weiteren Ermittlungen zeigen. Kannten Sie Mr McGee gut?"

Buck stand auf und lief zu einem kleinen Regal. Mit fahrigem Blick nahm er eine Flasche *Highland Single Malt* heraus, schenkte sich einen guten Daumenbreit in ein Glas und kippte ihn mit einem Zug hinunter. „Entschuldigen Sie. Das habe ich jetzt gebraucht. Ein Mord in unserem Haus. So etwas hat es noch nie gegeben. Das hier war immer ein ehrenwertes Haus."

„Nun ja. Nicht ganz." Theodora war mit dem Wasser zurück und stellte es vor Hunter auf den Fliesentisch.

„Was meinen Sie?", fragte Hunter und nickte ihr dankend zu.

„Vor etwa zwei Jahren hat es hier einen Selbstmord gegeben. Eine Frau, die vom Dach gesprungen ist."

„Aber das ist doch etwas komplett anderes. Barrett wurde umgebracht", fuhr Buck dazwischen.

„Mit Verlaub, dass es Mord war, ist noch nicht bestätigt", korrigierte Hunter ihn. „Zurück zu meiner Frage: Wie gut kannten Sie Mr McGee?"

Buck setzte sich wieder auf seinen Stuhl und auch Theodora nahm Platz. „So gut man jemanden kennt, der im gleichen Haus wohnt."

„Er war immer so höflich und zuvorkommend." Theodoras Stimme klang beinahe schwärmend. „Und er hat sein Leben genossen, wenn Sie wissen, was ich meine." Ein verschmitztes Grinsen legte sich auf ihre Lippen.

Ein lauter Lacher platzte aus Buck heraus, im nächsten Moment blickte er jedoch sofort verschämt zu Boden. „Nun ja, Barrett war dem weiblichen Geschlecht sehr zugewandt. Sie verstehen?"

„Hatte er eine Beziehung?", hakte Hunter nach.

Buck lächelte nun wieder. „Keine feste, wenn Sie das meinen, aber Dutzende andere. Zumindest was ich so mitbekommen habe."

Das Lächeln auf Theodoras Lippen vertiefte sich. „Wenn hier im Haus eine fremde Frau auftauchte, war die Chance groß, dass sie zu Barrett wollte oder von ihm kam." Leise gluckste sie auf und fügte hinzu: „Es waren sehr oft fremde Frauen hier."

„Verstehe." Hunter machte sich eine Notiz in seinem Block. „Was hat Mr McGee beruflich gemacht?"

„Er arbeitet bei der *Royal Bank of London*. Also, er *hat* dort gearbeitet." Die gute Stimmung ob der Erinnerung war augenblicklich verstrichen, Buck schluckte hart.

„Als was?"

„Irgendwas mit Investment glaube ich, oder?" Unsicher linste er zu Theodora.

„Ja, ich denke schon. Aber ich habe mich nie wirklich mit ihm über seinen Job unterhalten", erwiderte diese.

Buck nickte bestätigend. „Wissen Sie, Inspector. Wir sind einfache Leute. Mit so etwas wie *Investments* hatten wir nie etwas zu tun. Es ist schon ein Privileg für uns, in einem solchen Haus wohnen zu können, was nicht möglich wäre, wenn wir hier nicht arbeiten würden."

„Was mir gerade einfällt – gab es nicht letztes Jahr ein Problem mit Shaun?", murmelte Theodora und blickte überlegend zu Buck.

„Shaun?", hakte Hunter nach.

„Ja, Shaun Forster. Er wohnt im vierten Stock. Er, Barrett und Thomas Robinson sind befreundet. Thomas wohnt ebenfalls im vierten Stock", erklärte Buck schnell.

„Und dieser Shaun Forster und McGee hatten Streit?"

„Barretts Nachbarin, Ida Nichols, hat mal etwas in der Richtung erwähnt", berichtete Theodora. „Aber, mit Verlaub, ich bin immer ein wenig vorsichtig mit dem, was sie so erzählt. Sie kombiniert oftmals Informationen, die sie hört mit ihren Annahmen und hin und wieder kommt es vor, dass sie mit dem Ergebnis falschliegt."

Laut schnaubte Buck auf. „Sie ist eine verdammte Klatschbase."

„Und sie ist meine Freundin", fuhr sie ihm ins Wort. „Ja, sie ist ein wenig neugierig, aber sie hat ein gutes Herz."

Buck räusperte sich und hob verächtlich eine Augenbraue. „Oder so."

Hunter notierte sich, dass er Shaun Forster vernehmen musste, dann blickte er wieder zu dem Hausmeister. „Eine letzte Frage, dann lasse ich Sie für heute in Ruhe. Wo waren Sie gestern Abend und nachts, beziehungsweise heute Abend?"

„Gestern Abend? Hier in der Wohnung. Theodora und ich haben ferngesehen und sind dabei eingeschlafen, und heute Abend war ich, nachdem wir uns im Foyer gesehen haben, ebenfalls in der Wohnung, bis ich die Polizeiwagen vor dem Haus gesehen habe", erklärte Buck.

Fragend schaute Hunter nun zu Theodora.

„Ich war heute einkaufen und kam vor einer halben Stunde zurück. Bei *Marks & Spencers* war die Hölle los."

Hunter schob seinen Zeigefinger unter den Clip seines Kugelschreibers. „Wie lange haben Sie vor dem Fernseher geschlafen?"

Buck legte seine Stirn in Falten und wandte sich an Theodora. „Hast du auf die Uhr gesehen?"

Diese senkte den Kopf. „Hmm. Nein. Aber ich denke, es war gegen vier."

„Wie kommen Sie darauf, wenn Sie nicht auf die Uhr gesehen haben?", hakte Hunter nach.

„Als ich den Fernseher ausgeschaltet habe, lief die Wiederholung des Krimis, bei dem wir eingeschlafen sind, und die kommt immer ab halb vier Uhr morgens."

„Wohnen Sie hier zusammen?" Hunters Blick wanderte zwischen den beiden hin und her. „Ich habe gehört, Sie haben eine eigene Wohnung hier im Haus."

„Das ist richtig", bestätigte Theodora. „Meine ist den Flur runter. Aber eigentlich …" Ihr liebevoller Blick legte sich auf Buck. „Eigentlich sind wir nur hier. Ich denke, über kurz oder lang werde ich meine Wohnung aufgeben."

Hunter nickte wissend. „Eine letzte Frage noch, Sie haben vorhin nicht zufällig den Schrei einer Frau gehört?"

„Den Schrei einer Frau?", wiederholte Buck und sah zu Theodora. „Nicht dass ich wüsste."

Auch Theodora schüttelte den Kopf. „Was ist denn mit der Frau?"

„Das kann ich noch nicht sagen. Das gilt es herauszufinden. Vielen Dank für Ihre Zeit." Hunter erhob sich. „Sollte ich noch Fragen haben …"

„Dann kommen Sie vorbei", fiel ihm Buck ins Wort. „Wir helfen gerne. Hauptsache, der Mörder landet hinter Gittern."

Hunter wollte etwas erwidern, doch er hielt es für besser, zu schweigen. Da sich Barrett unmöglich selbst ans Bett gefesselt haben konnte, um sich danach eine Tüte über den Kopf zu ziehen, war es für ihn ebenso eindeutig, dass es sich um Mord handeln musste. Auch wenn er dies offiziell noch nicht sagen konnte.

Nachdem er Brick Manor verlassen hatte, ging er auf die gegenüberliegende Straßenseite und betrachtete es von dort aus. Von hier wirkte das Gebäude wie ein monströser Koloss, die Fenster, hinter denen Licht brannte, wie viele Augen. Nichts deutete darauf hin, dass hier ein Verbrechen geschehen war.

Er drehte sich um, schob sich die Hände in die Hosentaschen und spazierte zur U-Bahn, um nach Hause zu fahren.

Hunter schlenderte durch die Lobby des Hauses, in dessen oberstem Stockwerk sich sein Loft befand. Der Lift stoppte gerade und die Türen glitten auseinander. Ein Pärchen kam engumschlungen heraus. Hunter grüßte es und betrat den Fahrstuhl, während er dem verliebten Paar nachsah, das nur Blicke für sich zu haben schien. Leise schlossen sich die Türen und mit einem leichten Ruck setzte er sich in Bewegung.

Durch ein Summen in seiner Hosentasche zog das Handy seine Aufmerksamkeit auf sich. Hunter holte es heraus und checkte das Display. Sein Puls beschleunigte sich augenblicklich. Steven hatte ihm geschrieben.

Mit einem Wisch entsperrte er es und las: ‚*Ich komme Dienstag zurück. Noch Lust auf ein gemeinsames Essen?*‘

Was für eine Frage, dachte Hunter und musste unweigerlich lächeln. Seit etlichen Tagen wartete er auf dieses Date, genau genommen seit er Steven im Rahmen seines letzten Falls kennengelernt hatte, da dieser mit dem Opfer zusammengearbeitet hatte. Schnell war ihm bewusst gewesen, dass da mehr zwischen ihnen war. Nachdem der Fall abgeschlossen war, hatte Hunter seinen ganzen Mut zusammengenommen und ihn nach einem Date gefragt, dem Steven sofort zugestimmt hatte. Leider musste dieser kurz darauf für die Universität, in der er in der Leitung arbeitete, nach Berlin auf einen Kongress und im Anschluss nach Paris, so dass sie sich seitdem nicht noch einmal hatten treffen können.

‚*Immer und am besten gleich*‘, antwortete er und klickte auf *Senden*. Er sah, dass Steven seine Nachricht gelesen hatte und bereits die Antwort tippte.

Erneut summte sein Handy. ‚*Kurz telefonieren?*‘, las er.

‚*Ich rufe dich in ein paar Minuten an*‘, schrieb Hunter zurück.

Als er seine Wohnung betrat, brannte Licht im Wohnzimmer, doch es herrschte Stille. Eilig zog er sein Jackett aus und streifte die Schuhe von den Füßen. Auf Strümpfen lief er ins Wohnzimmer.

Godric saß in dem Fernsehsessel. Sein Kopf hing zur Seite und die Brille war verrutscht. Gleichmäßig hob und senkte sich sein Brustkorb und Hunter meinte ein leises Schnarchen zu hören. Er bückte sich und hob das Buch, das Godric aus den Händen gerutscht war, auf. *Inspector Flatterly und die Klinge des Barbiers.* Ein Lächeln drängte sich auf seine Lippen. Godric und seine Kriminalromane.

Sanft rüttelte er ihn an der Schulter. Verschlafen öffnete Godric die Augen.

„Willst du nicht lieber ins Bett?", fragte Hunter mit gedämpfter Stimme. „Es ist schon spät."

Godric gähnte und reckte sich. „Ist mit David wieder alles in Ordnung?" Er sah auf seine Armbanduhr. „Du warst lange weg."

„Mit David ist alles in Ordnung. Es gab einen Todesfall."

Godric fuhr hoch und starrte ihn mit geweiteten Augen an. „Einen Todesfall?"

„Ein Nachbar von ihm. Das erzähle ich dir morgen. Jetzt gehen wir erst einmal schlafen."

Godric streckte sich und stand auf. „Du hast wahrscheinlich recht." Mit der Fernbedienung brachte er den Sessel in eine aufrechte Position. „Gute Nacht."

Als er in sein Schlafzimmer gegangen war, eilte auch Hunter in das seine. Er gab der Tür mit dem Fuß einen Kick und saß bereits auf dem Bett, als sie ins Schloss fiel. Das Mobiltelefon hatte er schon im Gehen aus seiner Tasche gezogen. Ungeduldig klickte er den Kontakt von Steven an. Wärme wallte in ihm auf, als es klingelte. Er spürte seinen Puls sanft in den Ohrläppchen pochen. *Einmal, zweimal*, dann nahm Steven ab.

„Hey", meldet er sich.

„Wie ist Paris?", fragte Hunter und spürte, wie er leicht wurde. Die Stimme am anderen Ende der Leitung brachte ihn zum Schweben.

„Ein wenig verrückt." Steven lachte auf. „Die spinnen, die Franzosen." Er machte eine kurze Pause, bevor er weitersprach. „Ich war heute in einem kleinen Restaurant in der Nähe des *Louvre*. So wie man es aus schmalzigen Liebesfilmen kennt, der Kellner trug sogar ein Barett und hatte einen Schnauzer." Wieder eine Pause, in der Steven tief Luft holte. „Das wäre toll für unser erstes Date gewesen." Seine Stimme klang verträumt.

Hunter schloss für einen Moment die Lider, um sich noch besser auf sie konzentrieren zu können, ein Bild flammte vor seinem geistigen Auge auf, eines von Steven und ihm, vor dem Louvre, mit Weingläsern in den Händen.

„Wie läuft es bei dir?", riss Steven ihn aus dieser Vorstellung.

„Das Verbrechen schläft nie." Er lächelte – mit seiner Stimme im Ohr fühlte er sich wie berauscht.

„Du wirst sie bekommen, die Verbrecher. Gegen dich haben sie keine Chance."

Hunter schloss erneut die Augen und stellte sich Steven vor, wie er auf dem Bett lag und in sein Handy sprach, genau wie er es selbst tat. „Wollen wir nächsten Mittwochabend essen gehen?", fragte er. Sein Puls beschleunigte sich. *Lass ihn bitte Ja sagen*, jagte durch sein Hirn.

„Gerne. Ich melde mich, sobald ich zurück bin."

Innerlich jubilierte Hunter, versuchte jedoch, seine Stimme in Zaum zu halten. „Dann lass dich nicht so sehr von den verrückten Franzosen ärgern. Ich freue mich auf nächste Woche. Sehr!"

„Ich mich auch. Schlaf gut." Steven hauchte diese Worte förmlich in den Hörer.

„Du auch."

Schon hatte er aufgelegt.

Nur langsam beruhigte sich Hunters Puls wieder. Er lag noch einige Zeit auf seinem Bett und starrte trunken vor Glück an die Decke. Stevens lachendes Gesicht erschien in der Struktur der weißen Tapete und seine Stimme hallte in seinen Ohren nach. *Nur noch sechs Tage.*

Hunter stand auf und machte sich bettfertig. Dann löschte er das Licht. Mit seinen Gedanken noch immer bei Steven schlief er ein.

Kapitel 4 – Geschichten über Geschichten

Hunter entdeckte Roberta, die gerade aus ihrem Büro kam. Freudestrahlend lief sie ihm entgegen.

„Guten Morgen, Hunter", flötete sie.

„Guten Morgen, Roberta. Du strahlst ja heute so."

Sie lächelte ihn, ohne zu antworten, an und verschwand beschwingt in der Kaffeelounge.

Hunter betrat sein Büro, sein Blick fiel auf einen Teller, auf dem vier Muffins lagen. David saß schon am Schreibtisch und tippte etwas in den Computer. Er sah zu Hunter und nickte. „Guten Morgen", begrüßte er ihn verklärt lächelnd.

Nachdem er sein Jackett ausgezogen und es an die Garderobe gehängt hatte, ließ er sich auf den Stuhl sinken und musterte David. „Du strahlst fast noch mehr als Roberta, die mir übrigens gerade eben draußen begegnet ist."

„Sie hat Muffins gebracht." Berichtete der mit leuchteten Augen. „Möchtest du einen?" Er schob den Teller mit einer Hand in seine Richtung und richtete seinen Blick wieder auf den Bildschirm.

Beim Anblick der kleinen Gebäckstücke lief Hunter das Wasser im Mund zusammen. „Was machst du?", erkundigte er sich trotzdem, noch ehe er sich eines nahm.

„Ich versuche gerade, etwas über meinen Nachbarn herauszufinden. Aber außer, dass er bei der *Royal Bank of London* arbeitete, ist nichts herauszubekommen. Er hat zwei Accounts in sozialen Netzwerken, die jedoch nicht öffentlich zugänglich sind, sonst nichts", erklärte David.

„Wollen wir vielleicht erst einmal durchgehen, was wir haben?",
fragte Hunter und schnappte sich nun doch einen der Muffins.
Gierig biss er hinein. „Hmm, lecker, aber da fehlt Kaffee. Bin gleich
wieder da." Beschwingt stand er auf und ging in die Kaffeelounge.
Dort stellte er eine Tasse unter den Auslauf der Maschine und
wählte den Extrastarken. Ratternd setzte sich das Mahlwerk in
Bewegung. Kurz darauf stieg ihm der betörende Duft frisch
gebrühten Kaffees in die Nase. *Was für eine Wohltat.*

Wieder zurück an seinem Schreibtisch nahm er einen großen
Schluck, holte das Notizbuch hervor und schlug es auf.

„Hast du gestern noch etwas Interessantes erfahren?",
erkundigte sich David und rollte mit seinem Stuhl um den Tisch.

„Einiges. Fangen wir mit Barrett an. Er macht, wie du schon
herausgefunden hast, irgendetwas mit Investment. Es gibt wohl
eine Männerclique in eurem Haus, deren er angehörte."

David nickte. „Stimmt. Die anderen heißen …"

„Shaun Forster und Thomas Robinson", fuhr Hunter fort.

David deutete mit dem Zeigefinger auf Hunter und tippte in die
Luft. „Genau, Shaun und Thomas."

„Buck und Theodora haben bestätigt, dass es McGee ziemlich
wild getrieben hat, was die Damenwelt anging. Zur möglichen
Tatzeit haben die beiden vor dem Fernseher geschlafen."

Hunter fuhr mit dem Finger die Notizen ab. „Ah! Und McGee
und dieser Shaun Forster sollen letztes Jahr Differenzen gehabt
haben, sagt zumindest Ida Nichols." Hunter blickte zu David auf.

„Na, wenn es Ida sagt, wird es wohl stimmen." Er zwinkerte
Hunter zu.

„Zu ihr fahre ich später. Ich denke, sie hat genug gelitten." In
sich hinein grinsend glitt er mit seinem Finger weiter über die
Notizen, um zu überprüfen, dass er nichts vergessen hatte. „Ich
nehme an, der Bericht der Spurensicherung ist noch nicht da?"

David schüttelte den Kopf. „Little und Bigfoot sind zwar schnell, aber nicht *so* schnell. Roberta sagt, sie sitzen dran. Wie machen wir weiter?"

„So, so, Roberta." Erneut schob sich ein Grinsen auf Hunters Lippen, bevor er fortfuhr. „Als Erstes gehe ich zu Mrs Nichols, dann schaue ich bei Shaun Forster und Thomas Robinson vorbei. Könntest du für heute Nachmittag einen Termin bei McGees Boss in dieser Bank machen?"

„Mache ich." Eilig schrieb David etwas auf seine Schreibtischunterlage.

„Aber bevor wir das alles tun, lasse ich mir Robertas Muffin schmecken." Hunter nahm das Gebäckstück, das er auf einem Blatt Papier deponiert hatte, und biss erneut hinein.

„Heute Abend klappt?", fragte David verhalten und blickte ihn scheu an.

Hunter hob eine Augenbraue. „Wenn es sein muss! Wobei ich immer noch denke, dass es nicht nötig wäre."

„Danke", sagte David erleichtert. „Du hast was gut bei mir." Er lächelte zufrieden und schien in Gedanken schon im Restaurant zu sitzen. „Heute Abend um acht. Die Adresse schicke ich dir später. Es wäre gut, wenn du zehn Minuten früher dort sein könntest. Frag nach Joe. Er bringt dich zum richtigen Tisch."

„Du hast das bis ins letzte Detail geplant, was?" Hunter musste wegen Davids Tatendrang schmunzeln. Dieses Date hatte etwas von einem Schlachtplan.

„Hallo?" David tat entrüstet und grinste. „Ich bin Polizist und gut in dem, was ich tue! Und es gibt nur diese eine Chance." Er fuhr sich mit der Hand durch die Haare und nickte, was mehr ihm selbst, als Hunter zu gelten schien.

„Gibt es nicht. Wenn das heute schiefgeht – was es nicht wird – kannst du immer noch behaupten, dass du momentan zu gestresst bist."

„Gestresst wegen was?"

„Zum Beispiel, weil einer deiner Nachbarn umgebracht wurde."
Hunter zwinkerte ihm zu.

„Du bist gut, weißt du das?" Anerkennend nickte David erneut.

„Das höre ich öfter", entgegnete Hunter verschmitzt und schob
sich das letzte Stückchen des Muffins in den Mund.

Hunter war dankbar dafür, dass er eine gottgegebene Kondition
besaß, die ihn nur wenig schnaufen ließ, als er erneut die Treppen
in Brick Manor nach oben stieg. Eines der guten Dinge, die er von
seinem Vater geerbt hatte. Kaum außer Atmen kam er im sechsten
Stock an. Die Tür zu Barretts Wohnung war noch immer mit
Absperrbändern versiegelt, wie er mit einem schnellen Blick
feststellte. Er ging zur Nachbarstür. *Nichols* las er auf dem Türschild
und betätigte die Klingel. Wie eine verstimmte Tröte rappelte es
blechern durch das Türblatt.

Kurz darauf öffnete Mrs Nichols die Tür. Ida trug eine geblümte
Bluse und eine hellblaue Jeans. Unmengen an Haarspray mussten in
ihrer Frisur gelandet sein, denn sie wirkte mehr wie ein Hut, den sie
sich aufgesetzt hatte, als natürlich gewachsene Haare. Kaffeeduft
schlug ihm entgegen.

„Da sind Sie ja endlich", begrüßte ihn Ida barsch, versuchte sich
jedoch gleich darauf an einem Lächeln. „Ich habe die halbe Nacht
kein Auge zubekommen, wenn hier ein Mörder frei herumläuft."
Ihr Blick wanderte abschätzend über ihn.

„Dürfte ich hereinkommen?", fragte Hunter. Wie er bemerkte,
hatte sie wieder zu viel Make-up aufgetragen, genau wie am Vortag.
Doch alles in allem wirkte sie nicht übernächtigt.

„Wo bleiben meine Manieren? Bitte." Ida wies in den Flur.

Beim Betreten der Wohnung stellte er fest, dass diese genau wie
die von Barrett und David geschnitten war. „Ich nehme an ins
Wohnzimmer?" Er deutete auf die betreffende Tür.

„Wie meinen Sie?" Ida sah ihn perplex an. „Ach so. Ja. Sie kennen sich aus."

Hunter ging vor und schob sich an Ida vorbei. Zu dem Kaffeegeruch mischte sich ihr blumiges Parfüm. Er betrat das Wohnzimmer. Das Mobiliar hatte schon einige Jahre auf dem Buckel, es war alles andere als modern. Eine großgeblümte Tapete zierte die Wand. Hunter stach sofort das Bücherregal ins Auge. Sie schien ebenfalls literaturbegeistert zu sein. Es erstreckte sich über die gesamte Zimmerbreite, an der Seite, an der bei McGee der Flatscreen hing. Hunter schätzte, dass sich um die fünfhundert Bücher darin befinden mussten. *Sie würde sich gut mit David verstehen*, schoss ihm in den Sinn, nachdem ihm eingefallen war, dass auch bei seinem Partner an der gleichen Stelle ein Bücherregal platziert war. Auf dem Tisch warteten eine Tasse Kaffee und ein Teller, auf dem eine angebissene Scheibe Brot mit Marmelade lag.

„Setzen Sie sich doch. Möchten Sie eine Tasse Kaffee?" Ida zog einen Stuhl unter dem Tisch hervor.

„Gerne. Bitte mit einem Schuss Milch."

Ida verschwand in die Küche.

Neugierig betrachtete Hunter die Bilder, die auf zwei Tischchen aus dunklem Holz standen. Wie die Bilder verrieten, schien Ida verheiratet gewesen zu sein, aber hatte anscheinend keine Kinder, jedenfalls entdeckte er keine auf den Fotos.

„Ein Cookie zum Kaffee, Mr Holmes?", rief sie aus der Küche.

Hunter blickte an sich hinab und war fest entschlossen *Nein* zu sagen, doch sein Mund hatte schon ein „Ja, gerne" gerufen.

Einen Augenblick später kam sie mit einer Tasse und einem Teller, auf dem ein großer Schokoladencookie lag, zurück. Sie stellte beides vor ihn, lief zu dem Stuhl auf der gegenüberliegenden Seite und setzte sich. Auch er nahm Platz. Dienstbeflissen zog er sein Notizbuch aus der Jacke und legte es neben den Teller auf den Tisch.

„Also – was wollen Sie wissen?", übernahm Ida die Gesprächsführung und biss in ihr Brot.

Hunter schmunzelte, mit ihrer Art erinnerte sie ihn ein wenig an Mrs Plummer, die Köchin seines Vaters. Auch sie war überaus an den Leben der anderen interessiert, doch er mochte sie. Sie hatte ihm, als er klein gewesen war, immer heimlich Schokolade zugesteckt.

„Sie kannten Mr McGee gut?" Er konnte sich ihre Antwort zwar denken, fand es aber angenehmer, so in das Verhör zu kommen, und Mrs Nicols schien ihn nicht enttäuschen zu wollen.

Sie lachte auf, wobei sie sich verschluckte und hustete. „Na, hören Sie mal, er war schließlich mein Nachbar", berichtete sie, nachdem sie einen großen Schluck aus der Kaffeetasse genommen hatte. „Ich könnte Ihnen Geschichten erzählen." Sie winkte ab und kicherte kurz auf. „Wissen Sie, die Wohnungen hier sind nicht besonders gut schallisoliert." Ida zwinkerte. „Na ja, Altbau eben."

„Wo befanden Sie sich vorgestern Nacht?" Hunters Blick fiel auf einen kleinen Klecks Marmelade, den Ida im Mundwinkel hatte.

„Wo soll ich gewesen sein? Im Bett selbstverständlich. Sie überprüfen gerade mein Alibi, richtig? Ich schaue immer *Mord ist ihr Hobby*. Kennen Sie die Serie?" Mit wissendem Blick nickte sie ihm zu. „Natürlich kennen Sie sie, schließlich müssen Sie sich ja irgendwie fortbilden, nicht wahr?" Ihre Zunge schnellte aus ihrem Mund und leckte den Klecks weg.

Hunter verdrehte innerlich die Augen, aber lächelte. „Sie sind eine intelligente Frau." Er mied Krimiserien, wie ein Politiker den Lügendetektor, da sie so gar nichts mit der wirklichen Polizeiarbeit zu tun hatten.

„Also lassen Sie mich überlegen." Ida nippte an ihrem Kaffee und fixierte einen Punkt auf Hunters Hemd. „Ich habe gegen sieben zu Abend gegessen. Es gab nichts Besonderes. Fish'n'Chips vom Lieferservice. Zwölf Pfund verlangen die inzwischen. Für ein paar lumpige Kartoffeln und minderwertigen Fisch, der zur Hälfte aus fettiger Panade besteht. Na ja, egal. Nach dem Essen habe ich den Abwasch erledigt und gelesen. Ich lese zurzeit am liebsten Liebesromane, die in Irland spielen. Fragen Sie mich nicht, warum." Sie winkte lachend ab, bevor sie mit ihrem Redefluss fortfuhr. „Kennen Sie Irland? Ein tolles Land, atemberaubende Landschaft. Irgendwann will ich da mal hinfahren. Egal. Ich schweife ab. Also, wo war ich – richtig, ich habe gelesen und gegen zehn bin ich dann schlafen gegangen."

Hunter hob reflexartig eine Augenbraue, er schob sich ein Stück des Cookies in den Mund und wartete einen Augenblick, um sicherzugehen, dass Idas Wortschwall wirklich versiegt war. Sie biss wieder in ihr Marmeladenbrot und blickte ihn abwartend an, während sie kaute.

„Haben Sie in dieser Nacht irgendetwas gehört?", tastete er sich vor.

„Ich habe einen festen Schlaf!"

„Und gestern? Bevor wir uns auf dem Gang begegnet sind?"

Ida biss erneut in ihre Toastscheibe, kaute kurz und schluckte. „Da habe ich allerdings etwas gehört. Meine Güte, ich habe mich zu Tode erschrocken. Ich sah ein wenig fern. Irgend so eine dämliche Quizsendung. Wissen Sie Inspector, manchmal wissen die Leute Sachen nicht – ungeheuerlich. Unser Bildungssystem hat wirklich versagt. Der Brexit ist schuld."

Hunter räusperte sich und schob seinen Daumen unter den Clip seines Kugelschreibers.

„Richtig. Wie gesagt, ich saß auf der Couch. Da drüben." Sie deutete zu einem Sofa, dessen Polster schon rissig waren. Man konnte deutlich die Stelle erkennen, auf der sie immer zu sitzen schien. „Wissen Sie, ich sitze am liebsten hinten in der Ecke. Da fühlt man sich so … geborgen."

Hunter fielen die selbstgehäkelten Kissenbezüge auf, die auf der Couch lagen. Ähnlich denen, die Mrs Plummer damals auf ihrer Couch liegen hatte.

„Nun ja, also da saß ich auf jeden Fall und dann habe ich diesen Schrei gehört. Selbstverständlich bin ich sofort zur Tür gelaufen und habe nachgesehen."

„Selbstverständlich! Haben Sie denn jemanden gesehen?", fragte Hunter. Er rückte etwas mit seinem Stuhl zurück, so dass er die Beine überschlagen konnte.

„Eine Frau lief hinten über die Rumpeltreppe nach unten."

„Konnten Sie erkennen, wie diese Frau ausgesehen hat?" Hunter beugte sich zu Ida vor und hielt sie fest im Blick.

„Nein, natürlich nicht, was denken Sie denn?" Ein amüsiertes Lachen gluckste aus ihrem Mund. „Es war ja schließlich dunkel und bis ich in der Aufregung den Lichtschalter gefunden habe, war sie schon weg."

„Woher wissen Sie dann, dass es eine Frau war, die Sie gesehen haben?", hakte Hunter nach und legte seine Stirn in Falten.

„Also, wenn das ein Mann war, der da geschrien hat, dann einer ohne Eier." Erneut lachte Ida auf.

Mit einem kaum merklichen Kopfschütteln strich Hunter die Notiz, die er über die Frau gemacht hatte, wieder durch. „Sie haben also eine Gestalt weglaufen sehen, bei der sie aufgrund des zuvor gehörten Schreis darauf geschlossen haben, dass es sich um eine Frau handeln müsste."

Verdutzt blickte sie ihn an und schien zu überlegen. „Ziemlich kompliziert ausgedrückt, Inspector – aber so ist es."

Hunter verkniff sich ein Lächeln. „Was haben Sie danach getan? Nachdem diese Gestalt weg war." Er griff zu seiner Tasse und nahm einen Schluck Kaffee. Bitter rann das nur noch lauwarme Getränk seine Kehle hinunter. Was die Stärke des Gebräus betraf, hatte es Ida wirklich gut gemeint.

„Ich wollte zu Barretts Wohnung, um nachzusehen, doch ich hörte wieder Schritte auf der Treppe. Also bin ich zurück in meine Wohnung und habe die Tür verriegelt." Vehement schüttelte sie den Kopf. „Am Ende sagen die Leute noch, ich wäre neugierig."

„Kam Ihnen die Stimme der Frau, die geschrien hat, bekannt vor?"

„Nein. Da drüben", sie deutete auf die Wand, hinter der Barretts Wohnung lag, „schrien öfter einmal Frauen. Viele Frauen. Viele unterschiedliche Frauen. Die Stimmen konnte ich mir beim besten Willen nicht merken."

„Sie spielen darauf an, dass Mr McGee öfters sexuelle Kontakte mit wechselnden Partnerinnen hatte?"

„Öfters halte ich für eine glatte Untertreibung. Der Mann hat beglückt, was Blutdruck hatte." Ein sanftes Lachen entwich ihrer Kehle, begleitet von einem leichten, verlegenen Räuspern. „Nun, ich nehme an, Blutdruck und gutes Aussehen. Bei einem Mann wie Barrett war es den Damen ja auch nicht zu verdenken. Er war schon eine Augenweide und so zuvorkommend." Als sie so von ihrem Nachbarn sprach, verklärte sich ihr Blick zunehmend.

„Wenn Mr McGee so sehr mit seinen Frauen beschäftigt war, hatte er auch Freunde, Bekannte oder Familie, die er regelmäßig traf?" Hunter tippte mit dem Kugelschreiber auf das Notizbuch, während er Idas Mienenspiel weiter beobachtete. Als sie seinen Blick bemerkte, wich das Schwärmerische und machte etwas Ernstem Platz. Sie war wieder in der Realität angekommen.

„Über seine Familie weiß ich nicht viel", antwortete sie geschäftig. „Barrett hat nur einmal erwähnt, dass seine Eltern beide verstorben sind und er keine Geschwister hat. Ob es sonst noch jemanden gibt, weiß ich nicht. Und Freunde … eigentlich nur Shaun und Thomas. Sie wohnen auch hier im Haus. Die drei waren unzertrennlich." Überlegend rieb sich Ida über das Kinn und blickte zum Fenster. „Wobei, seit diesem Streit, den Shaun mit Barrett hatte, nicht mehr so wie vorher."

„Die beiden hatten Streit?", hakte Hunter nach. „Wissen Sie, um was es dabei ging?"

„Leider nicht. Noch Kaffee?" Ida stand auf und eilte in die Küche. Kurz darauf kam sie mit einer Kanne in der Hand zurück.

Hunter winkte ab. „Nein danke – mein Magen." Er tätschelte sich an den Bauch.

„Ich kam damals vom Kaffeebesuch bei Margret Jones zurück", fuhr Ida fort, als sie wieder Platz genommen hatte. „Sie wollte mir ihren Verlobten vorstellen." Vergnügt quietschte sie auf und schüttelte den Kopf. „Die Frau ist über siebzig und verlobt sich, können Sie sich so etwas vorstellen? Und dann mit diesem Kerl." Angewidert verzog sie den Mund. „Klein, dick, ungepflegt. Seine fettigen Haare hingen strähnig bis auf die Schultern. Ich weiß noch genau, wie sehr ich darauf achtgegeben habe, dass er nur nichts von dem Geschirr anfasst, das ich genommen habe." Ida machte eine Pause, während ihr Blick auf Hunter fiel, der sie abwartend anstarrte. „Richtig. Der Streit. Als ich nach Hause kam, rannte Shaun wutentbrannt aus Barretts Wohnung. Ich höre noch immer das Zuschlagen der Tür."

„Und Sie wissen nicht, um was es dabei ging?" Hunter rieb sich die Augen und lehnte sich zurück.

„Nein!" Mit einem verschwörerischen Blick beugte sie sich zu ihm vor und flüsterte. „Aber ein paar Wochen danach hat Shauns Frau ihn verlassen und ist ausgezogen." Wieder lehnte sie sich zurück und fügte in normaler Stimme hinzu: „Ich sage jetzt nicht, dass das miteinander zu tun hat. Aber seltsam ist das schon, finden Sie nicht?"

„Was meinen Sie damit?"

„Nun ja, sie ist eine Frau und Barrett war eben Barrett."

„Wollen Sie andeuten, dass Mrs Forster und Barrett McGee eine Affäre hatten?"

Ida legte erschrocken ihre Hand auf die Brust. „O mein Gott, nein – so etwas würde ich niemals andeuten." Dann beugte sie sich wieder zu Hunter und wisperte: „Aber möglich wäre es doch schon."

„Und Mr Robinson? War der auch in diesen Streit involviert?"

„Thomas? Nicht dass ich wüsste. Er ist nicht der Typ, der streitet. Ein feiner Mensch. Ruhig und anständig und er grüßt jedes Mal, wenn er mich trifft."

In Stichpunkten notierte sich Hunter, was er von Ida erfahren hatte.

„Wie hat er es denn getan?"

Hunter sah auf. „Wer?"

„Na, der Mörder. Wie hat er Barrett umgebracht?" Mit einer Hand deutete Ida die Bewegung eines einstechenden Messers an.

„Dazu kann ich leider nichts sagen." Er vervollständigte seine Notizen und klappte sein Buch zu.

„Ich verstehe schon – die Schweigepflicht." Verständnisvoll nickte ihm Ida zu.

„Sie sagen es." Er stand auf. „Vielen Dank, dass Sie sich die Zeit genommen haben."

„Ach Mr Holmes", sagte sie zaghaft, „stimmt es eigentlich, dass der Täter immer zum Ort des Verbrechens zurückkehrt?"

Hunter verkniff sich ein Schmunzeln. „Das soll schon vorgekommen sein", antwortete er mit ernster Stimme.

Auch Ida schickte sich an, aufzustehen, doch Hunter bedeutete ihr, sitzen zu bleiben. „Ich finde allein hinaus." Er lächelte sie noch einmal an. Erneut sah er vor seinem geistigen Auge Mrs Plummer vor sich sitzen, dann verließ er die Wohnung, um sich auf den Weg in die vierte Etage zu Shaun Forster zu machen.

Dort angekommen, schritt er die Wohnungstüren ab und las die Namen auf den Türschildern. Theodora, die auf der Treppe zum dritten Stock stand und dabei war, die Stufen zu putzen, beobachtete ihn.

„Sie suchen wohl nach der Wohnung von Shaun?", fragte sie ihn und stemmte sich auf ihren Wischmopp. „Die Zweite von rechts, da hinten."

„Danke." Hunter lächelte sie an und wollte bereits den Klingelknopf drücken.

„Er ist nicht da … soweit ich weiß." Theodora wischte schwungvoll die letzte Stufe und trat in den Gang. Mit einem zufriedenen Gesichtsausdruck betrachtete sie ihr Werk.

Hunter klingelte, aber nichts regte sich.

„Sag ich doch." Sie schmunzelte. „Er ist beruflich unterwegs, wie ich gehört habe."

„Die Menschen, die hier leben, sind gut informiert über ihre Nachbarn." Hunter zwinkerte ihr zu und ging einen Schritt auf sie zu. „Wann kommt er denn wieder?"

„Am Montag!" Ertappt blickte sie zu ihm und schob ein „Würde ich annehmen" hinterher. „Nun ja, wir hier in Brick Manor sind im Grunde wie eine große Familie, da bleibt selten was verborgen." Als ob sie diese Tatsache mit Stolz erfüllte, lachte Theodora auf. „Wissen Sie denn schon etwas Neues über Barretts Ableben?"

„Leider noch nicht", entgegnete Hunter und ging zu ihr. „Was macht Mr Forster beruflich?"

Mit der Hand strich sie sich eine Haarsträhne hinter das Ohr und stützte sich wieder auf den Mopp. „Irgendwas Neumodisches. Mit Computern glaube ich. Ich denke, er verkauft Spiele. So was in der Art."

Schwere Schritte auf der Treppe näherten sich. Die beiden richteten ihren Blick ins Treppenhaus. Kurz darauf erschien Davids sonderlicher Nachbar Björn Anderson. Er blieb stehen und starrte stumm zu ihnen.

„Hallo Björn. Ist alles gut?", rief ihm Theodora zu.

„Was sollte denn nicht gut sein?", brummte er kaum verständlich und ging weiter.

„Wunderbar. Jetzt darf ich die Treppe nochmal putzen", knurrte sie mit gepresster Stimme und schüttelte den Kopf.

„Wie ich hörte, ist Mr Forster verheiratet …"

„Da haben Sie richtig gehört, aber seine Frau ist letztes Jahr ausgezogen." Theodora beugte sich zu Hunter. „Die Scheidung läuft … wie man munkelt", flüsterte sie.

„Und Sie kennen bestimmt den Grund für die Trennung."

Theodora richtete sich auf und blickte Hunter abschätzig an, während sie ihren Wischmopp mit dem Zeigefinger auf den Boden gedrückt fixiert hielt. „Eventuell. Aber ich möchte ungern als Tratsche gelten. Ida leidet schon unter diesen Vorwürfen." Ihr Blick glitt nach oben.

Hunter trat einen Schritt auf sie zu und lächelte sie an. „Nicht doch, Mrs Hutchinson. Alles, was Sie mir erzählen, bleibt selbstverständlich unter uns. Das ist nicht getratscht – Sie geben lediglich Informationen an einen Polizeibeamten weiter, die für die Aufklärung eines eventuellen Verbrechens hilfreich sein könnten", raunte er ihr verschwörerisch zu.

Theodora starrte ihn wortlos an, dann blickte sie sich um und rückte wieder näher an ihn heran. „Man sagt, sie hätten Geldprobleme gehabt", wisperte sie, dann hob sie ihre Hände und schüttelte den Kopf. „Aber ob das stimmt oder nicht, das kann ich Ihnen nicht sagen."

Hunter behielt sie, in der Hoffnung auf weitere Informationen, einen Moment schweigend im Blick. Doch auch Theodora sah ihn nun abwartend an.

„Ich behalte das für mich." Er zwinkerte ihr zu. „Wo wir gerade so nett plaudern. Meinen Sie Mr Robinson ist zuhause?"

„Ist er. Er hat diese Woche Spätschicht." Theodora stockte. „Also, es wäre gut möglich, dass er Spätschicht hat."

„Vielen Dank. Sie waren mir eine große Hilfe."

Kapitel 5 – Beste Freunde

Eine zierliche Frau mit schulterlangem rotbraunem Haar öffnete, als Hunter an der Tür von Thomas Robinson geklingelt hatte. Der blumig-orientalische Duft ihres Parfüms stieg ihm augenblicklich in die Nase.

„Guten Tag?", begrüßte sie ihn fragend, während ihre grauen Augen ihn aufmerksam musterten. „Was kann ich für Sie tun?" Ihre feine und melodiöse Stimme machte sie deutlich jünger, als sie äußerlich den Anschein erweckte.

„Mein Name ist Hunter B. Holmes." Er zeigte ihr seinen Dienstausweis. „Ich komme wegen des Todes von Barrett McGee und hätte ein paar Fragen an Thomas Robinson. Er wohnt doch hier, oder?" Interessiert spähte er zwischen der Frau und der offenen Wohnungstür hindurch.

„Ja, sicher. Entschuldigen Sie. Ich bin Mona, seine Verlobte", stellte sie sich vor. Ihre Stimme zitterte leicht. „Thomas schläft. Er hatte Nachtschicht."

„Nein. Ich bin wach", hörte Hunter eine Männerstimme aus der Wohnung. „Ist schon in Ordnung."

Mona fuhr herum. Hinter ihr tauchte ein Mann in einer blau-weiß gestreiften Pyjamahose und einem weißen T-Shirt auf. Seine kurzen braunen Haare waren zerzaust, so als wäre er gerade aufgestanden. Hunter fiel sein gepflegter Vollbart ins Auge, der einen starken Kontrast zu seiner Frisur bildete. Trotz seines Alters – er schätzte ihn auf Ende dreißig, Anfang vierzig – hatte er etwas Jugendliches an sich. Robinsons fließender, dynamischer Gang erinnerte Hunter eher an einen Zwanzigjährigen.

„Kommen Sie rein, Inspector. Ich bekomme sowieso kein Auge zu." Er gähnte und rieb seine verquollenen Augen, dann winkte er Hunter, ihm zu folgen.

„Setzen Sie sich." Thomas deutete auf die Sofaecke, als sie das Wohnzimmer betraten.

Diese Wohnung unterschied sich von den anderen, die Hunter bisher in diesem Haus gesehen hatte. Sie hatte keinen Kamin im Wohnzimmer, sondern bodentiefe Sprossenfenster, etwa drei Yards breit, mit einem französischen Balkon davor. Da es sich um eine der Eckwohnungen handelte, befanden sich die Fenster zu beiden Außenwänden und tauchten den stilvoll eingerichteten Raum in helles Tageslicht.

Hunter und Mona nahmen auf der Couchgarnitur Platz. Hunter, der es sich auf dem gegenüberliegenden Zweisitzer bequem gemacht hatte, behielt Mona im Blick. Etwas nicht Greifbares, Argwöhnisches lag in ihrem Gesicht. War es der Respekt vor der Polizei, die Erschütterung über McGees Tod oder hatte sie etwas zu verbergen? Fast schüchtern lächelte sie ihn an, während Thomas in die Küche schlurfte. „Einen Kaffee, Inspector?"

„Nein, danke", rief Hunter ihm hinterher. „Ich hatte heute schon zwei."

Thomas kam zurück, nahm einen gierigen Schluck aus der Tasse und stellte sie auf dem Tisch ab, bevor er sich auf den Dreisitzer lümmelte. *Lächle, du kannst sie nicht alle töten*, stand darauf. Thomas beugte sich vor, nachdem er Hunters Blick gefolgt war, und drehte die Tasse um.

„Entschuldigen Sie, das habe ich nicht gesehen." Betrübt sah er zu ihm. „Es ist ein wenig unpassend."

Hunter lächelte ihn an und zog seinen Notizblock aus der Tasche. „Wie lange sind Sie schon verlobt?", fragte er beiläufig, um ein wenig Vertrauen aufzubauen.

„Seit letztem August", raunte Thomas. Seine Augen leuchteten auf, als sein Blick zu Mona glitt. Ein gewinnendes Lächeln umspielte seine Lippen, was von ihr zaghaft erwidert wurde. „Wir wollen nächsten Mai heiraten." Verschämt schaute sie zu Boden, als es Thomas erzählte, als ob es eine Sünde wäre.

„Herzlichen Glückwunsch. Es ist immer schön, seinen Seelenverwandten gefunden zu haben und mit ihm oder ihr ein gemeinsames Leben aufzubauen." Steven schob sich in seine Gedanken. Ob er sein Seelenverwandter war? Doch er rief sich zur Ordnung, er musste sich auf den Fall konzentrieren. „Nun gut. Ich nehme an, Sie wissen, warum ich hier bin." Die Zeit des Small-Talks war vorbei und er fixierte nun Thomas, der von einer Sekunde auf die andere mit angespannter Miene auf dem Sofa saß.

„Ja, wir haben davon gehört." Sein Körper schien sich zu versteifen, er setzte sich auf und senkte den Blick. „Ich kann es noch gar nicht glauben. Wir waren erst am Samstag zusammen im Pub. Er war so lebensfroh und jetzt ist er …" Hastig wischte er sich eine Träne aus dem Augenwinkel und schluckte.

„Sie waren befreundet, richtig?", erkundigte sich Hunter mitfühlend.

Thomas nickte ermattet, seine Schultern sanken herab. Und wieder schien sich seine Stimmung zu verändern. Mit einem Mal wirkte er müde und kraftlos.

„Schon lange?"

Er räusperte sich. „Schon seit der Schulzeit. Barrett, Shaun und ich waren in derselben Klasse. Ich kannte Barrett fast mein ganzes Leben."

„Shaun Forster?", hakte Hunter nach.

„Richtig. Er wohnt auch hier im Haus."

Hunter straffte seinen Körper. „Zu dem wollte ich vorhin."

„Shaun ist nicht da. Er ist auf einer Gamesconvention."

„Einer was?" Fragend sah ihn Hunter an, während er sein Notizbuch zückte. Er klickte den Kugelschreiber auf und wartete auf die Erklärung.

„So eine Art Messe, auf der sich Entwickler von Computerspielen und Fans treffen, um sich auszutauschen. Shaun designt Computergames. Er kommt erst Montag zurück."

Hunter notierte sich diese Information. „Wo ist diese Convention?"

Geistesabwesend fixierte Thomas die Tasse vor sich. „Soweit ich mich richtig erinnere, in Birmingham."

„Was hatten Sie für ein Verhältnis zu Mr McGee?" Wandte er sich nun an Mona, die zusammengesunken auf ihrem Sessel saß und dem Gespräch der beiden gefolgt war.

„Verhältnis?" Mona blickte auf und legte den Kopf zur Seite. „Ich würde sagen, wir waren befreundet. Thomas und Barrett waren wie Brüder, da ist man als Verlobte irgendwie automatisch auch befreundet, finden Sie nicht?"

„Zumindest wäre es wünschenswert, wenn dem so wäre." Mit einem Nicken lächelte Hunter sie an. Verlegen kaute sie auf ihrer Lippe und sah ängstlich zu ihrem Verlobten.

Hunter richtete das Wort wieder an Thomas. „Was wissen Sie über das Liebesleben von Mr McGee?"

Verhalten lachte sein Gegenüber auf. „Es war …" Er schien nach dem richtigen Wort zu suchen. „Vielfältig."

Mit erhobener Augenbraue fixierte Hunter ihn an. „Vielfältig in welchem Sinn?"

„Nun, Barrett war nicht der Typ für eine tiefere Beziehung, so wie wir sie haben." Erneut schickte er einen verliebten Blick zu Mona. „Frauen langweilten ihn sehr schnell, also wurden sie ausgetauscht."

„Es gab keine Frau, mit der er sich regelmäßig traf?"

Thomas zuckte mit den Schultern. „Nicht dass ich wüsste. Zumindest keine, von der er mir erzählt hat. Warum fragen Sie?"

„Wir haben den Verdacht, dass eine seiner Bekannten einen Schlüssel zur Wohnung haben muss. Zumindest hat eine Frau in McGees Wohnung geschrien, kurz bevor seine Leiche entdeckt wurde."

Thomas sah Hunter erstaunt an, bevor sein Blick erneut zu Mona glitt.

Ratlos zuckte diese mit den Schultern. „So gut kannte ich Barrett nicht."

„Das kann ich mir nicht vorstellen. Barrett hätte keinem seiner Abenteuer einen Schlüssel für seine Wohnung gegeben. Aber warum fragen Sie diese Frau nicht einfach?" Noch immer Hunter ansehend griff Thomas nach seiner Tasse und leerte sie in einem Zug.

„Weil die Dame geflüchtet ist, bevor wir eingetroffen sind. Sie wissen also nicht, wer die besagte Frau gewesen sein könnte?"

„Nein!", entfuhr es ihm energisch.

Hunter bemerkte, dass ihn etwas aufwühlte.

„Sehen Sie doch in seinem Handy nach. Ich bin mir sicher, da werden Sie die ein oder andere Telefonnummer finden."

„Danke für den Tipp." Abschätzend studierte Hunter das Gesicht seines Gegenübers. Der versuchte, ruhig zu bleiben, aber an seiner Schläfe pulsierte eine kleine Ader. „Entschuldigen Sie, ich wollte sie nicht aufregen", erwiderte Hunter gelassen.

Ein zaghaftes Lächeln huschte über Thomas' Lippen. „Sie regen mich keineswegs auf." Er blickte zu Mona. „Wissen Sie, so nah wir uns standen, aber was den Umgang mit Frauen anging, konnte Barrett ein richtiger Arsch sein."

„Und das missfiel Ihnen?"

„Richtig! Ich fand es alles andere als gut." Thomas holte tief Luft. „Aber was soll ich sagen, alle Beteiligten waren volljährig und keine der Frauen wurde gezwungen, sich mit ihm einzulassen. Barrett hatte eben das Aussehen und den Charme, der Frauen schwach werden ließ."

„Thomas!", fuhr ihm Mona dazwischen. „Das klingt wie aus einem James-Bond-Film aus den Sechzigern. Inzwischen läuft es doch wohl ein wenig anders."

„Mag sein. Aber ich habe es selbst erlebt. Er betrat eine Bar und die Köpfe schossen zu ihm herum. Es war fast … magisch."

„Das klingt, als wären Sie neidisch auf ihn gewesen?" Mit der Hand rieb sich Hunter über das Kinn.

Thomas lachte hämisch auf. „Gott bewahre. Ich fand es faszinierend, dass jemand eine solche Wirkung erzeugen konnte. Doch ich liebe Mona und nur sie. Wissen Sie, Barrett war ein Abenteurer und Jäger. *Familie* bedeuteten für ihn Fesseln, und es gab für ihn nichts Langweiligeres, als einen Abend vor dem Fernseher zu verbringen. In diesem Punkt bin ich komplett anders. Ich liebe mein Zuhause und bin gerne hier. Und noch tausendmal lieber, wenn Mona bei mir ist."

Hunter nickte und fasste zusammen, dass Barrett kein beständiges Familienleben mochte. Etwas an Thomas und Mona roch indes komisch. Ihre Beziehung wirkte beinahe schon zu perfekt. Die Art und Weise, wie Barrett und Thomas Beziehungen zu sehen schienen, besser gesagt gesehen hatten, waren keine Nuancen von Grau, vielmehr handelte es sich um reines Schwarz und Weiß. Erstaunlich, dass so unterschiedliche Menschen, so lange miteinander befreundet sein konnten. „Um noch einmal zurück auf Shaun Forster zu kommen: Ist Ihnen etwas über einen Streit bekannt, den Shaun vor einiger Zeit mit Mr McGee gehabt haben soll?" Hunters und Thomas' Blicke trafen sich, wobei Thomas seinem nicht lange standhalten konnte und er wieder zu Mona schaute.

Er lachte auf. „Ach wissen Sie, Shaun und Barrett stritten ständig. Trotz ihrer langen Freundschaft sind sie zwei komplett verschiedene Charaktere. Shaun fand Barretts Umgang mit Frauen ebenfalls nicht sonderlich gut. Er ist in dieser Sache mehr wie ich – fast noch schlimmer. Sie wissen schon: Haus bauen, Baum pflanzen, Sohn zeugen."

„Wie ich hörte, dürfte daraus in nächster Zeit nichts werden", kommentierte Hunter trocken und blickte auf seinen Notizblock, um Thomas die Möglichkeit zu geben, sich ein wenig zu entspannen.

„Ich verstehe Ihre Andeutung nicht ganz."

„Ist Mrs Forster nicht vor einiger Zeit ausgezogen?" Erneut richtete Hunter seinen Blick auf Thomas. Eine Wolke schien sich vor die Sonne geschoben zu haben – augenblicklich verdunkelte sich der Raum und mit ihm sein Gesicht.

„Das ist wahr. Sie hat ihn letztes Jahr verlassen, die Scheidung läuft." Er sackte in sich zusammen.

„Kennen Sie den Grund?", hakte Hunter nach.

„Es gab einige Probleme, die nicht mehr gelöst werden konnten."

„Probleme welcher Art?"

„Dazu kann ich nichts sagen. Am besten fragen Sie Shaun selbst."

„Können Sie nicht oder wollen Sie nicht?" Hunter fixierte Thomas mit strengem Blick, dann lachte er auf. „Entschuldigen Sie meine Neugierde. Berufskrankheit. Nun gut. Eine letzte Frage, dann lasse ich Sie wieder in Ruhe: Wo waren Sie vorgestern Nacht?" Mit Argusaugen beobachtete er jede noch so kleine Regung der beiden.

„Auf der Arbeit. Ich habe die ganze Woche Nachtschicht", erwiderte Thomas.

„Wo arbeiten Sie?" Sein Kugelschreiber kratzte bereits über das Papier.

„Ich bin Fluglotse in *Heathrow*."

„Und Sie?", fragte er an Mona gerichtet.

Erschrocken blickte sie ihn an. „Ich … ich war hier und habe geschlafen."

„Und gestern Abend gegen einundzwanzig Uhr?", hakte Hunter nach.

„Mit einer Freundin im Kino", erwiderte Mona eingeschüchtert und strich sich eine Strähne aus dem Gesicht. „Werden wir", sie schluckte, „werden wir etwa verdächtigt?"

Hunter ließ ihre Frage unbeantwortet und richtete seine Aufmerksamkeit wieder auf Thomas.

„Same, same", sagte er. „Meine Schicht beginnt um 22 Uhr. Ich bin um halb neun aufgebrochen."

„Haben Sie Mr McGee vorgestern Abend gesehen, bevor Sie zum Dienst sind?"

„Nein. Wie ich Ihnen schon sagte, wir haben uns das letzte Mal am Samstag gesehen."

Hunter machte sich weitere Stichpunkte, bevor er das Buch zuschlug. „Dann verabschiede ich mich. Sollte Ihnen noch etwas einfallen, lassen Sie es mich wissen. Hier ist meine Karte." Er stand auf, holte eine Visitenkarte aus der Brieftasche und reichte sie an Thomas.

Der bedankte sich und legte die Karte neben seine Tasse auf den Tisch.

Hunter wandte sich zum Gehen.

„Inspector", rief ihm Thomas hinterher. Er drehte sich noch einmal um. „Fangen Sie das Schwein."

„Wir geben unser Bestes!"

Als er Brick Manor verlassen hatte, rief er David an. Noch bevor er den Parkplatz, auf dem sein Wagen stand, erreicht hatte, hob dieser ab.

„Hier ist Hunter, hast du etwas angesichts McGees Boss bewirken können?"

„Habe ich. Du hast einen Termin um vierzehn Uhr. Das solltest du schaffen. Ich schick dir gleich die Adresse rüber."

Hunter drückte den Wagenöffner und stieg ein. Nachdem er die Zündung aktiviert hatte, sprang das Gespräch auf die Freisprecheinrichtung um. „Irgendetwas, das ich wissen sollte?"

David tippte. „Nichts Besonderes. Barrett war im Bereich Privatinvestment für die Bank tätig. Er arbeitete schon über fünfzehn Jahre dort. Ich habe einen sechs Jahre alten Artikel gefunden, in dem über seine Ehrung zum zehnjährigen Dienstjubiläum berichtet wurde. Sein Chef heißt Steward Brown. Was hast du herausgefunden?"

„Im Grunde genommen wurde mir nur das bestätigt, was ich von dir und dem Hausmeister schon wusste. McGee hatte viele Kontakte zu Frauen, jedoch nichts Festes, und dass es Streit mit Shaun gegeben hat. Warte mal kurz." Er öffnete Davids Nachricht und gab die Adresse in das Navigationsgerät ein. Dann fuhr er los und bog auf die Straße. „Bin wieder da."

„Hast du schon einen Verdacht, bezüglich eines möglichen Mordmotiv?", erkundigte sich David.

„Nein. Aber ich könnte mir gut vorstellen, dass es mit seinem Liebesleben zu tun haben könnte. Ich kann kaum glauben, dass es da ganz ohne Eifersucht oder falsche Erwartungen abgelaufen sein soll. Und die Auffindesituation seiner Leiche spricht doch sehr dafür. Dazu brauchen wir allerdings die Auswertung seines Handys. Vielleicht bringt uns das einen Hinweis."

„Die Auswertung läuft. Ich habe noch nichts. Lee hat übrigens angerufen, er ist mit der Obduktion durch. Du sollst dich bei ihm melden."

„Ich fahre nach dem Besuch bei der Bank bei ihm vorbei. Was McGee angeht scheint auch der Streit mit Shaun Forster interessant."

Aus einer Seitenstraße schoss ein Radfahrer dicht an Hunters Wagen vorbei. Reflexartig schlug er auf die Hupe. „Idiot!"

„Alles gut bei dir?", fragte David.

„Der übliche Wahnsinn." Kopfschüttelnd sah er dem davonrasenden Radfahrer hinterher, der entschuldigend eine Hand hob. „Wo waren wir?"

„Bei dem Streit zwischen Shaun und Barrett. Warum ist dieser interessant?"

Hunter hielt an einer roten Ampel. „Laut Mrs Nichols war dieser Streit ziemlich heftig. Als ich Thomas Robinson darauf angesprochen habe, wurde er nervös und hat es als Geplänkel abgetan. Mein Gefühl sagt mir allerdings, dass mehr dahintersteckt. Wusstest du, dass Shaun verheiratet ist und in Scheidung lebt?"

„Nein. So gut kenne ich die Nachbarn noch nicht."

„Was ebenfalls verwunderlich ist, ist die Tatsache, dass Barrett, Thomas und Shaun so lange befreundet waren. Sie hatten scheinbar nichts gemeinsam. Während Robinson und Forster in ihren Beziehungen aufgingen, beziehungsweise gehen, war Barrett umtriebig und ständig auf Achse. Sagt man nicht, gleich und gleich gesellt sich gern?"

„Ich weiß nicht." David schwieg einen Moment. „Sie kannten sich eben schon seit der Kindheit. Und was dein Sprichwort angeht. Man sagt auch, Gegensätze ziehen sich an."

Sie haben ihr Ziel erreicht, verkündigte das Navigationssystem.

„Ich bin da. Wir sprechen uns später." Hunter wollte auf *Auflegen* klicken.

„Hunter?", hörte er David. „Du denkst an heute Abend?"

Ein Lächeln zupfte an seinen Mundwinkeln. „Selbstverständlich. Ich denke an fast nichts anderes. Bis später." Damit legte er auf.

Kapitel 6 – Der perfekte Gentleman

Hunter parkte den Wagen in der Tiefgarage der *Royal Bank of London*. Er ging die Treppe hinauf und gelangte durch eine Tür hinter dem Gebäude auf den Bürgersteig. Als er um die nächste Ecke bog, fand er sich im dichten Gedränge der Passanten wieder. Inmitten der hoch aufragenden Wolkenkratzer, die den Bankenbezirk beherrschten, schien der vollständig verglaste und verspiegelte Bau der Royal Bank fast bescheiden, obwohl auch dieses Gebäude über zwanzig Stockwerke verfügte.

Durch eine große Drehtür betrat er das Foyer. Drinnen wandte er sich um und blickte nach draußen. Ein Strom aus Anzugträgern floss an der Glasfassade vorbei. *Lunchtime beendet*, schoss es ihm durch den Kopf und er lächelte, als er die Vorbeieilenden betrachtete. Bis in die Haarspitzen gestylt, aber mit leeren Gesichtern. In diesem Moment war er einmal mehr froh, Polizist geworden zu sein, so wie er es schon seit seiner Kindheit gewollt hatte. Wäre es nach seinem Vater gegangen, würde er sich wahrscheinlich in diesem Augenblick irgendwo vor der Scheibe inmitten der anderen befinden. Wieder an seinen Schreibtisch zurückkehren, wo er einem, für sein Empfinden, stupiden Job nachgehen würde, um bei irgendwelchen geldgierigen Vorgesetzten nach deren Anerkennung zu lechzen. Hunter schüttelte sich innerlich, dann ging er weiter zum Empfang.

Eine perfekt geschminkte junge Frau mit noch perfekterer Frisur und perfektem Lächeln strahlte ihm mit ihren perfekten strahlendweißen Zähnen entgegen.

„Was kann ich für Sie tun?", flötete sie.

„Mein Name ist Hunter B. Holmes. Ich habe einen Termin bei Steward Brown."

Er beobachtete, wie sie mit ihren frisch manikürten Fingern und den langen Nägeln etwas in ihre Tastatur tippte.

„Richtig. Etage vierundzwanzig." Sie steckte eine Chipkarte in ein Lesegerät und wartete einen Moment. Es piepte leise. Sie nahm die Karte und schob sie unter der Glasscheibe hindurch zu ihm.

Perplex griff Hunter danach und drehte sie fragend in seiner Hand. „Wofür ist die?"

„Das ist ihre Berechtigungskarte für den Lift", erklärte sie mit ihrem Zahnpastawerbelächeln. „Ich wünsche Ihnen einen erfolgreichen Aufenthalt." Sie nickte ihm noch einmal zu und deutete zu den Aufzügen.

Hunter verabschiedete sich und lief über den glänzenden Marmorboden auf die Fahrstühle zu. Sein Blick fiel auf eine Lounge am anderen Ende der Eingangshalle. Unter meterhohen Palmen waren mehrere Tische und Designerstühle platziert. Auf einigen von ihnen saßen Anzugträger und schienen wichtige Gespräche zu führen, wenn Hunter ihre Gesichter richtig las. Das Foto von Barrett McGee kam ihm in den Sinn. *Ja, das war Barretts Welt.* Er konnte sich den braun gebrannten, gutaussehenden Mann mit den markanten Gesichtszügen hier sehr gut vorstellen. Selbst im Tod, als Lee ihm den Müllsack vom Kopf gezogen hatte, hatte er noch diese geschäftige Ausstrahlung ausgesandt.

Hunter hielt die Chipkarte an ein kleines Lesegerät, das zwischen zwei der Lifttüren an der Wand positioniert war. Ein leises Surren dahinter zeigte, dass einer der Fahrstühle auf dem Weg nach unten war. Lautlos öffneten sich die Türen. Eine brünette Frau in einem sonnengelben Kleid verließ die Kabine. Sie lächelte ihm zu und setzte sich im Gehen eine Sonnenbrille auf. Das gleichmäßige Klackern ihrer Stöckelschuhe hallte leise durch das Foyer. Hunter betrat den Fahrstuhl. Dann schlossen sich die Türen und er zischte los. Zweimal musste er schlucken, um den Druck in seinem Kopf auszugleichen.

Als sich die Türen wieder öffneten, befand er sich in einem weiteren großen Empfangsbereich. Links neben dem Fahrstuhl waren ebenfalls Besprechungsecken mit üppigen Pflanzen, ähnlich wie die im Foyer. Rechts davon der obligatorische Empfangstresen, an dem zwei Damen saßen. Hunter ging auf eine Rothaarige zu und erkundigte sich nach dem Weg.

„Mr Brown erwartet Sie. Ich bringe Sie zu ihm", entgegnete sie zuvorkommend. Sie stand auf und umrundete den Tresen. „Wenn Sie mir folgen würden."

Er ging hinter ihr her und bewunderte die Selbstsicherheit, mit der sie sich bewegte. Sie marschierte wie ein Model auf einem Catwalk auf eine dunkle und edel wirkende Tür zu. *Steward Brown Head of Department – Bereich Investment* stand auf einem Schild, das neben der Tür an der Wand angebracht war. Seine Begleitung klopfte und öffnete, nachdem ein „Ja, bitte" aus dem Büro gedrungen war, die Tür.

„Mr Brown, hier ist Mr Holmes für Sie." Sie lächelte Hunter noch einmal zu und lief den Gang zurück.

„Mr Holmes." Ein älterer Mann, der an einem wuchtigen Schreibtisch saß, stand auf, kam auf ihn zu und geleitete ihn ins Büro. Steward Brown war fast einen Kopf kleiner als er. Hunter musste unweigerlich an *Santa Claus* denken, jedoch ohne den üppigen Rauschebart. Weiße Haare zu einem Seitenscheitel frisiert, ein gepflegter Vollbart und stechend blaue Augen.

„Bitte setzen Sie sich doch", sagte Brown mit sonorer Stimme. Er deutete auf einen gläsernen Konferenztisch, an dem Hunter Platz nahm.

„Wir sind hier alle noch ganz entsetzt. Ich hatte vorgestern erst eine Besprechung mit Barrett. Hätte ich gewusst …" Brown brach mitten im Satz ab, schüttelte stumpf den Kopf und setzte sich an den Tisch. „Weiß man denn schon Näheres?"

„Nein. Aus diesem Grund bin ich hier. Wir versuchen, uns zunächst ein Bild über Mr McGees Lebensumstände zu machen." Ganz automatisch griff Hunter in seine Jackentasche und förderte sein Notizbuch zutage. „Sie waren sein direkter Vorgesetzter. Wie lange kannten Sie Mr McGee?"

Brown schlug die Beine übereinander, legte den Unterarm auf die Tischplatte und rieb sich nachdenklich das Kinn. „Etwa sechzehn oder siebzehn Jahre."

„Waren Sie schon immer sein Chef?"

„Allerdings, ich habe ihn damals eingestellt. Wir suchten einen Investmentberater für unsere Großkunden. Ein Headhunter brachte uns Barrett."

„Sie haben ihn also irgendwoher abgeworben?"

„Ist das wichtig?", fragte Brown verwundert.

„Das kann ich Ihnen noch nicht sagen. Eventuell." Hunter blickte Brown abwartend an.

„Na gut. Ja, wir haben Barrett von einem unserer Konkurrenten abgeworben. Er hatte einen exzellenten Ruf in der Branche und war bei seinem damaligen Arbeitgeber nicht mehr ganz so glücklich."

„Wie würden Sie ihn beschreiben?" Hunters Blick fiel auf die Glasfront von Browns Büro, neben dem sich der Wolkenkratzer erhob, den die Londoner gemeinhin nur Zigarre nannten.

„Barrett war ein Mitarbeiter, wie man ihn sich wünscht. Er war sehr erfolgreich, in dem, was er tat. Man kann sagen, ein absoluter Perfektionist und sehr penibel, trotzdem war er bei seinen Kollegen überaus geschätzt."

„Geschätzt oder beliebt?", hakte Hunter nach.

„Beides würde ich sagen. Ich wüsste nicht, dass es einmal einen Konflikt gab, in den er involviert war. Er besaß ein einnehmendes

Wesen und sehr viel Charme. Eine Mischung, mit der man auch in unserem Business fast alles erreicht."

„Sie sind also der Meinung, dass Barrett McGee keine Feinde hatte", fasste Hunter zusammen.

Brown schüttelte energisch den Kopf. „Zumindest keine hier in der Bank."

„Was wissen Sie über sein Privatleben, Mr Brown?"

Steward schien über diese Frage überrascht zu sein. Er fixierte Hunter eindringlich. „Nicht besonders viel."

„Und das Wenige?"

„Lassen Sie mich nachdenken. Er besaß eine Eigentumswohnung in der Nähe der Royal Albert Hall, wenn ich mich nicht täusche, und war nicht verheiratet." Brown schmunzelte.

„Was amüsiert Sie?", fragte Hunter.

„Entschuldigen Sie. Ich konnte mir Barrett nie als Ehemann oder Familienvater vorstellen. Ich denke, er hatte eine Wirkung auf Frauen, der er sich sehr bewusst war." Brown schüttelte erneut den Kopf. „Ich denke, Barrett liebte seine Freiheit. Es gab nicht wenige unserer weiblichen Angestellten, die ihm bewundernd hinterhergesehen haben und, wenn ich das so sagen darf, auch einige männliche."

„Hatte er sexuelle Kontakte mit seinen Kolleginnen?"

Brown straffte seine Haltung. „Nicht dass ich wüsste. Wir haben, was das betrifft, eine strikte Firmenpolitik. In der heutigen Zeit kann es sich kein Unternehmen leisten wegen solcher … nun ja … Geschichten belangt zu werden." Er rang sich ein Lächeln ab. „Ich denke, Barrett war sich dessen nicht nur bewusst, sondern hat sich auch danach verhalten."

„Sie hätten Mr McGee also ein tadelloses Zeugnis ausgestellt?"

„Ich hätte und ich habe. Wir führen mit unseren Mitarbeitern jährliche Gespräche, die protokolliert werden. Wenn Sie sich diese

Gesprächsprotokolle von Barrett ansehen, werden Sie feststellen, dass es in keinem Punkt Grund zur Beanstandung gab."

Hunter notierte sich Stewards Angaben in Stichpunkten und klickte seinen Kugelschreiber zu. „Nicht nötig. Zumindest nicht für den Moment. Vielen Dank, dass Sie sich Zeit für mich genommen haben." Langsam erhob sich Hunter.

„Gerne. Wenn es Ihnen hilft. Sollten Sie weitere Fragen haben, rufen Sie mich direkt an." Brown ging zu seinem Schreibtisch und nahm eine der Visitenkarten aus einem Messinghalter, die er dann Hunter überreichte. „Mit dieser Durchwahl kommen Sie direkt bei mir heraus." Er tippte auf die Nummer, die auf der Karte aufgedruckt war.

„Das werde ich tun. Vielen Dank." Hunter nahm die Karte und schob sie in die Innentasche seines Jacketts.

Nachdem er sich bei Steward Brown verabschiedet hatte, ging er zurück zum Lift. Wenig später lief er durch das Foyer zum Ausgang. *Hinaus geht es wesentlich schneller als hinein*, dachte er, als er durch die Drehtür wieder auf den Bürgersteig trat.

Nachdem er zur Gerichtsmedizin gefahren war, stellte er seinen *Vauxhall* auf dem Parkplatz ab. Die Gegend rundherum wirkte so trostlos wie immer. Egal ob es regnete oder die Sonne schien – er hatte den Eindruck, dass das Gebäude sein Innerstes auf seine Umgebung projizieren würde. Hunter drückte die Tür auf. Er kannte den Weg in die Katakomben, wie er den Keller nannte, in dem sich die Obduktionssäle befanden, beinahe auswendig.

Lees Reich lag verlassen da, als er es betrat. An der Tür pappte ein mit Klebestreifen fixierter Zettel. *Komme gleich wieder.* Hunter rupfte den Wisch von der Tür, ging weiter in das Büro. Dort ließ er sich auf Lees Bürostuhl fallen und blickte durch die Scheibe in den Untersuchungsraum. Auf dem Tisch vor dem Fenster zeichnete sich ein Körper unter einem Tuch ab. *Ob das die Leiche von McGee ist?*, fragte sich Hunter und betrachtete respektvoll den zugedeckten Leib.

„Was machst du in meinem Büro, Sherlock?", holte ihn Lee aus seinen Gedanken.

Hunter fuhr herum. „Musst du mich so erschrecken, Dolittle? Wo warst du überhaupt?"

Lee musste durch die zweite Tür gekommen sein und lehnte nun am Türrahmen. „Du wirst es überleben. Und falls es dich wirklich interessiert: Ich war mal eben für kleine Rechtsmediziner. Entgegen anders lautenden Gerüchten schwitzen auch wir es nicht aus." Er stieß sich ab und steuerte seinen Schreibtisch an. Lee beugte sich über Hunter und nahm eine Mappe vom Tisch. „Und nenn mich nicht so, nicht wenn du keinen Unfall haben möchtest. Wie du weißt, kenne ich mich in Anatomie aus und weiß, wo es weh tut."

„Drohst du mir?" Hunter sah ihn amüsiert an.

„Ich sage nicht, dass ich es tue. Ich sage aber auch nicht, dass ich es nicht tue. Aber ich sage, es passieren manchmal die seltsamsten Dinge."

Ein Grinsen eroberte Hunters Mund. „Dieses Nichts, das du nicht sagst, hat ziemlich viele Worte." Er stockte einen Moment, um Lee die Möglichkeit einer Antwort zu geben, doch dieser schwieg. „Aber kommen wir zu etwas, das du mir sagen wirst."

„Was sollte das sein, Sherlock?" Lee kicherte und schmunzelte in sich hinein, während er seinen Blick über seinen Schreibtisch schweifen ließ.

„Barrett McGee. Ich nehme an, er ist an akuter Luftnot gestorben. Richtig?"

„Konfuzius sagt, Dummheit ist nicht, wenig zu wissen, auch nicht, wenig wissen zu wollen, Dummheit ist, zu glauben, genug zu wissen." Inzwischen schien er fündig geworden zu sein und nahm eine Mappe an sich.

Hunter zog eine Augenbraue nach oben. „Was willst du beziehungsweise Konfi, mir damit sagen, Dolittle?"

„Wie alles im Leben und im Tod, ist es so einfach nicht, und nicht immer so, wie es scheint." Lee ging mit seiner Mappe in der Hand in den Untersuchungsraum. Doch anders als Hunter vermutet hatte, ließ er die Leiche auf dem Tisch links liegen und lief weiter zu den Kühlkammern. Dort öffnete er eine der Türen und zog die Liege darin heraus. Hunter folgte ihm und starrte jetzt auf den bleichen Körper vor sich, den Lee aufgedeckt hatte.

„Als ich seinen Mageninhalt untersucht habe, habe ich …", begann Lee seine Ausführungen.

„Lass mich raten. Pizza und Rotwein." Triumphierend lächelte Hunter ihn an.

Lee betrachtete Hunter mit einem kühlen Blick und schlug den Bericht auf. „Und Schokolade. Dazu eine große Menge Schlafmittel. Ich nehme an, dass der Rotwein damit versetzt war."

„Er starb also an einer Überdosis Schlafmittel?" Hunter stierte erstaunt auf McGee, gerade so als müsste dieser Lees Untersuchungsergebnis bestätigen.

„Wahrscheinlich. Aber das war wohl nicht der Plan des Täters." Lee deutete auf die Armbeuge. „Diesen Einstich hatte ich schon in seiner Wohnung entdeckt."

Hunter erkannte einen kleinen roten Punkt an der entsprechenden Stelle. „Was jetzt? War das Schlafmittel im Rotwein oder ist es ihm gespritzt worden?"

„Das Schlafmittel war im Rotwein. Gespritzt wurde ihm ein Aufputschmittel."

„Wozu das?" Hunter fixierte die Einstichstelle auf McGees Arm.

„Ich gehe davon aus, dass ihn der Täter mit dem Schlafmittel kampfunfähig gemacht hat. Dann hat er ihn ans Bett gefesselt und ihm die Mülltüte über den Kopf gezogen. Für diesen Tathergang spricht, dass es keinerlei Spuren gibt, die auf einen Kampf hindeuten. Er hat sich nicht gewehrt, als das passiert ist."

„Und wofür das Aufputschmittel?" Fragend sah Hunter Lee an.

Dessen Blick fiel erneut auf die Leiche. „Unser Täter wollte wohl, dass er einen qualvollen Tod stirbt. Aus diesem Grund hat er ihm das Aufputschmittel gespritzt. Jedoch zu spät."

Gedankenverloren musterte Hunter McGees Körper. „Verstehe ich das richtig? Er sollte aufwachen, um zu erleben, wie er erstickt? Da hat aber jemand ziemlich viel Aufwand betrieben."

„Und dieser jemand hat sehr wahrscheinlich medizinische Erfahrung. Der Arm war abgebunden und die Vene wurde direkt beim ersten Versuch getroffen." Lee deutete auf ein verblasstes Hämatom am Oberarm.

„Was kannst du zur Tatzeit sagen?"

„Freitagmorgen gegen 2:30 Uhr."

Hunter notierte sich die Zeit. „Sonst noch was?", fragte er, ohne aufzusehen.

„Nichts Auffälliges. Barrett McGee erfreute sich bester Gesundheit." Lee gab der Liege einen Schubs. Nahezu lautlos glitt sie in die Kühlkammer zurück.

„Also suchen wir einen Mediziner?" Hunter sah Lee nachdenklich an und tippe sich ans Kinn.

„Eine Arzthelferin, jemanden vom Blutspendedienst, Pflegepersonal ... Irgendjemand, der weiß, wie man eine Spritze setzt."

Hunters Handy summte. Noch in Gedanken versunken zog er es aus seiner Tasche. ‚Ich bin nervös', las er die Nachricht von David.

Erschrocken schaute er auf die Uhr, er hatte über die Befragungen völlig die Zeit vergessen. „Schickst du mir den Bericht? Ich muss los." Er tippte ‚Entspann dich, alles wird gut' und schickte die Nachricht ab, bevor er das Handy zurücksteckte.

„Warum denn auf einmal so in Eile, Sherlock? Ein Jüngling, der nicht warten kann?"

„Du wirst es nicht glauben …" Hunter eilte zur Tür. „So etwas in der Art", rief er ihm über die Schulter hinweg zu und die Tür fiel ins Schloss.

KAPITEL 7 – EIN BESONDERES ERSTES DATE

Etwa eine Viertelstunde vor der vereinbarten Zeit kam Hunter im *Wild Jungle* an, in dem David und Roberta ihr erstes Date haben sollten. Er schmunzelte, als er es betrat und sein Blick durch den Raum glitt. Das Restaurant machte seinem Namen alle Ehre.

Das Mobiliar war nahezu komplett aus Bambus gefertigt. Durch die an den Wänden angebrachten Bäume waren diese beinahe vollständig mit Blättern bedeckt. An der Decke funkelten Sterne und Lianen hingen herab. Künstliche Fackeln dienten der Beleuchtung. Mitten durch den Raum floss sogar ein Fluss, über den mehrere Brücken führten. Die Tische selbst standen in hüttenartigen Gebilden aus Bambus, Stroh und Schlingpflanzen, so dass sie einen Hauch von Privatsphäre boten.

Hunter verstand, warum David genau dieses Restaurant ausgewählt hatte: Hier konnte er direkt am Nachbartisch sitzen, ohne Gefahr zu laufen, entdeckt zu werden.

Er steuerte die Bar an und erkundigte sich nach Joe. Eine Sekunde später stand ein rothaariger Mann vor ihm, der ihn um fast einen ganzen Kopf überragte, dieser lächelte freundlich und wies ihn mit seinem irischen Akzent an einen der Tische. Bei ihm bestellte sich Hunter ein Ginger Beer und einen Burger.

„Ich würde dann auch gleich zahlen." Er konnte schlecht nach dem Kellner rufen, wenn in wenigen Augenblicken Roberta und David in dem Häuschen neben ihm sitzen würden.

Nachdem Joe gegangen war, blickte er sich in den anderen Hütten um, zumindest in denen, die er von seinem Platz aus einsehen konnte. Bei den meisten der Gäste handelte es sich wohl um Touristen, die ihren Abend in dieser ganz besonderen Atmosphäre genießen wollten. Das Restaurant war so gut wie ausgebucht. Kein Wunder bei diesem Ambiente. Mehrere Kellner eilten zwischen den Hütten umher. Das Personal schien auf zack zu sein. In das Gemurmel der Besucher mischte sich das Plätschern des Wassers und leise Musik. Er fragte sich, ob Reggae in einen Dschungel passte. Doch bevor er noch lange darüber nachdenken konnte, wurde seine Bestellung bereits serviert. Hunter legte seine Kreditkarte auf das Lesegerät und schob dem Kellner einen Fünfer zu.

Kaum dass er wieder allein war, hörte er das Rascheln des Schilfs in der Hütte hinter ihm und Robertas leises Kichern. Vorsichtig drehte er sich um, um sicherzugehen, nicht gesehen werden zu können. Durch die mit dünneren Bambusrohren verhangene Wand konnte er selbst kaum etwas vom Nachbartisch erkennen.

Nachdem er eine der Schlingpflanzen zur Seite geschoben hatte, spähte er durch den so entstandenen Spalt. David hatte an alles gedacht. Roberta saß mit dem Rücken zu Hunter, so dass sie ihn wirklich nicht sehen konnte. Er bemerkte eine Smartwatch an Davids Handgelenk, obwohl er wusste, wie sehr David diese Dinger hasste. Es war das Abschiedsgeschenk seiner Kollegen aus dem alten Revier gewesen, wie er ihm vor Kurzem erzählt hatte. Wie dieses Geschenk verriet, hatten ihn seine alten Kollegen nicht wirklich gut gekannt. David hatte sie originalverpackt im Schreibtisch liegen gelassen, doch heute würde sie ihm gute Dienste leisten. So konnte Hunter ihm Hinweise schicken, ohne dass David sein Handy in die Hand nehmen musste. Er wandte sich wieder seinem Burger zu, zog aber vorher sein Mobiltelefon aus der Tasche und legte es neben seinen Teller.

„Ähm, ich freue mich, dass es geklappt hat", flüsterte David. Hunter hörte überdeutlich die Nervosität in seiner Stimme schwingen.

„Ich mich auch", fiepste Roberta verlegen.

Eine Pause entstand. Hunter drehte sich wieder um und lugte erneut durch den Ritz. David saß auf seinem Platz und rieb seine Hände an den Oberschenkeln, während sein Blick hilflos durch den Raum schweifte. Ihrer Körperhaltung nach zu urteilen, blickte Roberta auf den Tisch vor sich.

Hunter nahm sein Handy. ‚Sag was', schrieb er. ‚Frag sie, wie sie das Restaurant findet.' Er schickte ein Stoßgebet zum Himmel, dass David daran gedacht hatte, sein Handy und die Uhr auf lautlos zu stellen, und drückte auf Senden, dann spähte er wieder durch den Spalt.

David drehte den Arm zu sich und las. Schüchtern blickte er auf. „Wie findest du das Restaurant?"

Roberta kicherte unsicher. „Gut. Ich meine interessant. Außergewöhnlich, aber gut."

Hunter betete, dass David etwas erwidern würde. Schließlich murmelte David: »Das freut mich.« Danach verstummten beide wieder.

Hunter tippte erneut. ‚Mach ihr ein Kompliment.' Dann biss er in seinen Burger, der nur noch mäßig warm war.

David hob den Kopf und starrte Roberta wortlos an. Der Kellner brachte die bestellten Getränke und erkundigte sich nach den Essenswünschen.

„Für mich bitte das Steak mit den Kartoffelspalten", sagte David zaghaft.

„Für mich auch, bitte", schob Roberta wispernd hinterher.

Der Kellner ging und erneut breitete sich Schweigen aus.

‚Du duftest heute gut', schrieb Hunter kauend und überlegte, dann löschte er es. Wenn sie heute gut duftete, würde das bedeuten, dass sie es sonst nicht tat. Das konnte er David nicht sagen lassen. ‚Diese Bluse steht dir gut, sie betont deine Augen.' Diesmal schickte Hunter die Nachricht ab.

David las, dann schaute er wieder Roberta an. Er öffnete den Mund, sein Blick glitt erneut zur Uhr. Er räusperte sich. „Durch die Bluse betont, sieht man deine Augen toll", stammelte er, und Hunter griff sich an die Stirn.

„Wie meinst du das?", fragte Roberta verunsichert.

„Ähm, ich meine, dass die Bluse – also – du bist schön", nuschelte David verlegen. Seine Gesichtsfarbe wechselte auf Rot.

„Danke", antwortete Roberta scheu. „Was sind deine Hobbys?", schoss es mit einem Mal aus ihr heraus, als hätte ihr diese Frage schon die ganze Zeit auf den Nägeln gebrannt.

Hunter atmete erleichtert durch – Roberta schien ab jetzt das Kommando zu übernehmen.

„Lesen und Sport. Also joggen." Stille. Hunter trommelte mit den Fingern auf die Tischplatte, während er auf Davids Antwort wartete, die nicht kommen wollte.

,Frag sie nach ihren', tippte er schließlich und schüttelte den Kopf.

„Und deine?"

„Backen und schwimmen", antwortete Roberta. „Du lebst ja erst seit Kurzem in London. Wie gefällt dir die Stadt?", fragte sie abgehakt und unbeholfen, als würde sie ebenso wie David Nachrichten bekommen und ablesen.

Moment mal! Hunter stutzte. Er stand vorsichtig auf und spitzte durch einen anderen Spalt, um sie besser sehen zu können. Seine Augen weiteten sich, als er es sah. Roberta hatte einen Spickzettel neben sich liegen, von dem sie tatsächlich ihre Fragen ablas.

Während David die Frage mit „Gut" beantwortete und erneut schwieg, tippte Hunter: ,Frag sie, wo sie zuletzt im Urlaub war'. Urlaub ist immer ein gutes Thema. Man konnte von den Eindrücken und Erlebnissen erzählen und das Gegenüber konnte nachfragen. So würde schnell ein Gespräch entstehen.

„Wo warst du in deinem letzten Urlaub?", fragte er.

„Zuhause! Hast du als Kind ein Haustier gehabt?"

„Nein", antwortete David. „Magst du deine Arbeit?"

„Ja. Was ist deine Lieblingsfarbe?"

„Blau. Verstehst du dich gut mit deinen Nachbarn?"

Hunter saß an seinem Tisch, biss erneut in seinen Burger und lauschte verzweifelt dem gegenseitigen Verhör der beiden. Stakkatoartig spulten sie alle möglichen Fragen ab, ohne auf die Antworten des jeweils anderen einzugehen. Mit seinem Finger fuhr er das Muster der Holzmaserung auf der Tischplatte nach und wünschte sich weg. Ohne es wirklich zu registrieren, nickte er oder schüttelte den Kopf, je nachdem, welche Antwort er erwartete zu hören.

Nach etwa zehn Minuten schienen Roberta die Fragen auszugehen und David keine mehr einzufallen. Mit einem Mal herrschte wieder Stille. Hunter überlegte verzweifelt, wie er den beiden helfen konnte, das Gespräch in Gang zu bekommen. Das Gemurmel der übrigen Gäste mischte sich mit der Leere in seinem Kopf. Die beiden hatten bereits alle möglichen und unmöglichen Themen abgehandelt. Krampfhaft versuchte er, einen Anknüpfungspunkt zu finden, doch so sehr er sich auch anstrengte – es fiel ihm keiner ein. Roberta und David hatten es geschafft: Er war ratlos.

„Was machst du da?", fragte Roberta in diesem Moment.

Hunter drehte sich um und spähte noch einmal durch den Spalt. David hatte seine Serviette vor sich gelegt und faltete etwas aus dem Papier.

„Ach, nichts weiter." Er sah sie an und lächelte verschüchtert, bevor er den Kopf wieder senkte.

„Das sieht aus wie Origami."

Auf Davids Gesicht war deutlich die Überraschung zu sehen, als er sie ansah. „Kennst du das?" Zum ersten Mal, seit sie hier saßen, klang er nicht wie eine Stimme vom Band, sondern wirklich nach David.

„Natürlich kenne ich das. Ich falte immer, wenn ich nervös bin." Sie hob ihren Spickzettel, der inzwischen aussah wie ein Schmetterling.

David lachte auf. „Genau wie ich." Verlegen zwinkerte er ihr zu. „Bist du denn nervös?" Sein Blick fiel auf ihre Hände. „Und was ist das für ein Zettel?"

„Ich bin wahnsinnig nervös." Langsam schob Roberta ihm den Schmetterling zu. „Ich hab mir Fragen aufgeschrieben", wisperte sie und senkte wieder ihren Kopf.

David lächelte und zog ein zerknülltes Stück Papier aus der Hosentasche. „Ich mir auch. Ich wollte das hier nicht vermasseln. Weil ... weil ich dich mag." Ein zarter Rotschimmer färbte sein Gesicht.

„Ich mag dich auch", hauchte Roberta. „Sehr sogar."

Davids Strahlen erhellte den Raum. „Und du kannst wirklich Origami?"

„Ja, natürlich. Meine Schwester war ein Jahr als Austauschstudentin in Tokio und hat es mir beigebracht. Du solltest mal meinen Weihnachtsbaum sehen, der hängt übervoll damit." Roberta lachte und dieses Mal klang es nicht verlegen oder unsicher, sondern echt.

„Meiner auch. Ich nehme dazu immer dieses Metallpapier. Das glänzt so schön, wenn Licht darauf fällt."

„Du meinst diese Alufolie, die es auf Rollen gibt? Die nehme ich auch", sagte Roberta fast schon euphorisch und Hunter konnte ihr Lächeln darin hören.

Er traute seinen Ohren kaum. Mit einem Mal war am Tisch hinter ihm ein angeregtes Gespräch im Gang. Erleichtert sank er gegen seine Stuhllehne und trank das Ginger Beer aus, dann stand er leise auf. Vorsichtig ging er um die Hütte, in der die beiden saßen, wobei er penibel darauf achtete, dass sie ihn nicht sehen konnten, und verließ das Restaurant.

Als er davor stand, schickte er David noch ein ‚Gut gemacht‘. Er sah durch die Frontscheibe nach innen. Doch David war so in das Gespräch vertieft, dass er Hunters Nachricht wohl nicht mitbekam. Erleichtert machte er sich auf den Weg nach Hause.

Ein warmer Luftzug wehte Hunter durch das offene Fenster entgegen, als er am nächsten Morgen das Büro betrat. David lehnte in seinem Stuhl, hatte die Arme hinter dem Kopf verschränkt und betrachtete mit einem verklärten Lächeln den Muffin, der vor ihm auf dem Schreibtisch stand, und machte den Eindruck, als würde er sich in einer anderen Sphäre befinden. Ein rosa-weißer Papierkranich war mit einem Zahnstocher daran befestigt.

„Guten Morgen", begrüßte Hunter ihn und ging zu seinem Schreibtisch, während sein Blick auf dem Gebäck haften blieb. Er schob seine Tasche in die Nische zwischen dem Tisch und der Wand und beugte sich zu David herüber.

„Nur einer?", fragte er enttäuscht.

David entfuhr ein lang gezogenes „Hmm". Er seufzte leise. „Roberta hat ihn für mich gebacken."

„Wie war es denn gestern noch, nachdem ich gegangen bin?"

Lächelnd schwieg David und betrachtete weiterhin nur den Kranich. Hunter hob die Hand und schnippte ein paarmal in seine Richtung, was ihn aus dem Tagtraum riss. „Es tut mir leid. Was hast du gesagt?"

„Nichts Wichtiges. Ich wollte nur wissen, wie der Abend gestern noch verlaufen ist, nachdem ich gegangen bin."

„Wunderschön", hauchte er verträumt.

„Aha. Und geht das auch vielleicht ein wenig detaillierter?" Er setzte sich auf die Schreibtischplatte, da sein Rücken die verdrehte Position mit einem schmerzhaften Stich belohnte.

„Wir haben uns unterhalten."

Hunter konnte nicht sagen, was ihm lieber war: der David, der bei Roberta die Zähne nicht auseinanderbekommen hatte, oder der David, der nun etwas dümmlich grinsend vor ihm saß und nun die Zähne nicht auseinanderbekam. „Und dann? Jetzt lass dir doch nicht alles aus der Nase ziehen!"

David setzte sich auf. „Sorry. Gegen elf hat das Restaurant geschlossen und wir sind gegangen. Ich habe Roberta nach Hause gebracht und bevor sie ins Haus gegangen ist …" Ein Lächeln schob sich auf seine Lippen und sein entrückter Blick glitt in die Unendlichkeit.

„Was? Was war, bevor sie ins Haus gegangen ist?" Hunter rückte so nah an ihn heran, wie es nur ging.

David grinste. „… hat sie mich geküsst."

„Sie hat dich geküsst?", fragte er perplex. „Wäre das nicht dein Job gewesen?"

„Ich hätte mich das niemals getraut. Woher hätte ich wissen sollen, dass sie es möchte?"

„Na, anhand der Zeichen." Hunter zuckte mit den Schultern.

David löste seinen Blick vom Muffin und blickte ihn fragend an. „Was für Zeichen?"

„Ein flehender Blick, leicht geöffnete Lippen, ihr Kopf bewegt sich langsam auf deinen zu und so weiter."

Davids Gesichtsausdruck verriet ihm, dass er nicht wusste, wovon Hunter sprach.

„Schon gut. Ihr habt euch ja geküsst und für dein erstes Date ist das wesentlich mehr, als ich erwartet habe. Wann seht ihr euch wieder?"

„Wir haben uns doch schon wiedergesehen – als ich heute Morgen zur Arbeit kam."

„Nicht hier." Hunter schüttelte den Kopf. „Hier ist Job."

„Am Wochenende gehen wir ins Kino." Davids Lächeln wirkte wie zementiert.

„Sehr gut. Geh in einen Liebesfilm. Perfekt, um ein bisschen zu kuscheln."

Hunter merkte an seinem Blick, dass er ihn gerade zu überfordern schien. „Lass gut sein. Roberta macht das schon."

„Wann triffst du dich mit Steven?", fragte David, während er zustimmend nickte.

„Nächsten Mittwoch." Jetzt war er es, auf dessen Lippen sich ein Lächeln schlich. Und ähnlich wie es wohl auch bei David der Fall war, konnte Hunter nichts dagegen tun. Dachte er an Steven, musste er automatisch lächeln. Es war wie ein Reflex.

„Falls du Unterstützung brauchst, sag Bescheid", meinte David mitfühlend.

Hunter lachte auf. „Danke für dein Angebot, aber ich denke, ich schaffe das allein."

David stand auf und schloss das Fenster. „Du hast bestimmt ständig Dates und bist im Training."

Von seiner Schreibtischplatte aus kehrte Hunter zurück auf den Bürostuhl. „Wenn du dich da mal nicht täuscht. Das ist mein erstes Date seit ... nun, acht oder neun Jahren", murmelte er, sich dabei nachdenklich über das Kinn streichend.

„Du nimmst mich hoch?" Auch David nahm wieder Platz. „Das kann nicht sein." Er musterte Hunter, wohl um irgendein Zeichen für einen Scherz zu finden.

Hunter schüttelte den Kopf. „Ich spreche von ernsthaften Dates. Keine One-Night-Stands."

„Warum das?"

„Ach, weißt du, in und nach meiner letzten Beziehung lief nicht alles so optimal. Aber das ist eine andere Geschichte. Gibt es Neuigkeiten bei dir Zuhause?"

„Nein. Allerdings herrscht eine seltsame Stimmung im Haus."

Noch während David antwortete, öffnete Hunter den Ordner, in dem er die Fotos aus McGees Wohnung gespeichert hatte. Er hatte sie an dem Abend geschossen, als sie die Leiche gefunden hatten. Mit der Maus fuhr er die Liste ab und klickte die Bilder des Kalenders an. Dann zog er sie so auf seinen Bildschirm, dass sie in chronologischer Abfolge zu sehen waren. Er drehte sich leicht mit seinem Stuhl hin und her. Die Ellbogen auf die Lehne gestützt, tippte er sich mit den Zeigefingern gegen die Lippe.

„Was überlegst du?", fragte David, der über seinen Bildschirm zu ihm schaute.

„Mir gehen die Kalendereinträge mit *Sweety* nicht aus dem Kopf. Wer ist *Sweety*?"

Um den Bildschirm einsehen zu können, stand David auf und stellte sich neben ihn. „Zumindest jemand, der oder die nur in geraden Wochen Zeit hat."

Hunter setzte sich auf und überflog die Einträge. Der Name war tatsächlich ausnahmslos in geraden Kalenderwochen vermerkt.

„Du hast recht. Nicht in jeder geraden Woche, aber ausschließlich in den Geraden."

„Vielleicht ist es aber auch nur Zufall. Wir haben nur sieben Tage, an denen der Name steht. Ich finde etwas anderes seltsam." David holte sich einen der Besucherstühle vom Besprechungstisch und setzte sich schräg neben ihn. „Es gab keinerlei Einbruchspuren an der Tür, richtig?"

„So sieht es aus." Hunter drehte sich so, dass er David gegenübersaß. „Und du fragst dich jetzt, wie sowohl der oder die Täter in die Wohnung kamen und *Sweety*, richtig?"

„Ganz genau. Ich gehe davon aus, dass es sich um zwei verschiedene Personen handelt. Aus welchem Grund hätte *Sweety* so verzweifelt schreien sollen, wenn sie ihn selbst umgebracht hat? Und wozu wäre sie dann noch einmal in die Wohnung gegangen?"

„Dafür gibt es im Grunde genommen nur zwei Antworten. Möglichkeit eins: Der Mörder wurde von Barrett selbst in die Wohnung gelassen. Oder Möglichkeit zwei: Er hat sich einen Schlüssel besorgt, von wem auch immer."

„Ich habe bei meinem Einzug zwei Schlüssel für die Wohnung bekommen", erklärte David. „Wie viele Schlüssel wurden sichergestellt?"

„Das sollte im Bericht der Spurensicherung stehen." Hunter rollte wieder an seinen Schreibtisch und klickte sein Postfach an. „... der genau vor sechs Minuten eingetroffen ist." Mit einem weiteren Klick öffnete er die Datei und überflog die Zeilen, auf der Suche nach der benötigten Information. „Zwei Schlüssel. Beide hingen an einem Schlüsselring an einer Leiste neben der Tür."

„Also hat er den Schlüssel der Person selbst gegeben", resümierte Hunter. „Warte. Der Hausmeister hat einen Generalschlüssel. Damit hat er die Spurensicherung rein- und rausgelassen."

„Stimmt", bestätigte David. „Also drei Schlüssel."

„Einer zu wenig!" Mit der Hand strich sich Hunter über die Stirn.

„Wie meinst du das?"

„Wenn wir davon ausgehen, dass *Sweety* nicht der Täter ist, beide aber mit einem Schlüssel in die Wohnung kamen, hätte Barrett zwei Schlüssel an Fremde geben müssen, da er allerdings nur zwei besaß, war das nicht möglich."

„Demzufolge muss er seinen Mörder selbst hereingelassen haben, Mr Mannings Generalschlüssel wurde dafür benutzt oder es gibt noch einen Schlüssel, von dem wir nichts wissen." David streckte sich. „Das würde allerdings gegen die Hausordnung verstoßen. Da steht drin, dass der Mieter nicht berechtigt ist, sich Schlüssel nachzumachen, weil es sich um eine Sicherheitsschließanlage handelt."

Ein sarkastisch klingendes Lachen entfuhr Hunter. „Nach allem, was ich inzwischen über Barrett McGee weiß, war er nicht der Typ, der sich von einer solchen Klausel hätte abschrecken lassen. Mich wundert eher, dass er seinen Schlüssel überhaupt weitergegeben haben soll." Hunter klickte sich durch den Bericht. „Sieh mal einer an. Im Mülleimer lag sowohl die verschwundene Flasche Rotwein, als auch ein zerbrochenes Weinglas. Lee hatte recht, der Wein war mit Schlafmitteln versetzt."

„Also hatte Barrett eine Verabredung und die Dame hat ihm das Schlafmittel verabreicht", schlussfolgerte David.

„Ich glaube nicht an ein Date. In seiner Küche lag ein Pizzakarton und in der Spülmaschine befanden sich lediglich ein Besteck und ein Teller. An dem Glas, das im Müll gefunden wurde, klebten Krümel der Pizza. Er hat den Wein also zum Essen getrunken. So durchtrieben er auch gewesen sein mochte, McGee war ein Gentleman. Ich glaube nicht, dass er sich mit seinen Frauen auf eine Lieferpizza traf und sie dann dabei zuschauen ließ, wie er alleine aß. Das passt nicht zusammen."

„Wie wollen wir also weiter vorgehen?", erkundigte sich David.

„Hier ist die Auswertung von McGees Handy." Hunter scrollte sich durch die unzähligen Textnachrichten. „Gehst du bitte die Nachrichten durch? Vielleicht finden wir da einen Hinweis, mit wem er am Donnerstagabend verabredet war oder wer *Sweety* ist. Ich fahre zu dir nach Hause. Heute sollte Shaun Forster zurückgekommen sein. Mal sehen, was er uns noch erzählen kann."

KAPITEL 8 – DREI MUSKETIERE UNTER EINEM DACH

Am frühen Nachmittag läutete Hunter bei Shaun Forster. Es näherten sich dumpfe Schritte aus dem Inneren der Wohnung. Ein Mann mit einem fleckigen Dreitagebart, der ihm etwas Verwegenes gab, öffnete die Tür, wobei er mit der einen Hand das Türblatt hielt und sich mit der anderen von innen an die Wand stützte. Er blickte Hunter aus seinen rehbraunen Augen emotionslos an.

„Hallo, mein Name ist DI Hunter B. Holmes." Hunters konzentrierte Aufmerksamkeit lag auf seinem Gegenüber. Eine hohe Stirn, aber noch dichte, braune Haare. Alles in allem eine durchaus gepflegte Erscheinung. Doch der Blick verriet ihm, dass er in seinem Leben nicht nur glückliche Zeiten durchlebt hatte.

„Und Sie kommen wegen Barrett." Forsters Gesicht war nahezu regungslos. „Ich kann es nicht gewesen sein. Wie Sie inzwischen wissen, war ich nicht hier."

Entschlossen fixierte Hunter ihn mit seinem Blick. Er straffte den Körper und drückte die Brust reflexartig heraus, hier hatte er mit Gegenwehr zu rechnen und er wollte seinem Gegenüber von vornherein klarmachen, dass er damit keinen Erfolg haben würde. „Sie sind ein Mann, der gleich auf den Punkt kommt. Eine Eigenschaft, die man in der heutigen Zeit nur noch selten findet. Aber davon, dass Sie es gewesen sind, war bisher nicht die Rede. Ich hätte vielmehr ein paar Fragen zu Barrett McGee und Ihrem Verhältnis zueinander."

Forster gab der Tür wortlos einen Stoß und trat einen Schritt zur Seite. Hunter verstand diese Geste als Einladung und betrat die

Wohnung. Im Flur hing ein gerahmtes Kinoplakat des Films *Die drei Musketiere* mit *Gene Kelly* in der Hauptrolle.

Hunter blieb vor dem Poster stehen und betrachtete es. „O mein Gott. Von wann ist diese Verfilmung?" Solche Filmplakate waren Kunst. Der starke Held, der die schutzbedürftige Frau in den Armen hielt, während er für sie kämpfte. Sexismus pur, aber eben ein Klassiker.

„1948." Shaun schloss die Tür und bog in die Küche ab. Hunter folgte ihm. Wie er feststellte, war auch diese Wohnung schnittgleich mit Davids. Nur dass hier die Wand zwischen Küche und Wohnzimmer fehlte.

„Bitte." Forster deutete auf die Essgruppe, setzte sich breitbeinig auf einen der Stühle, ließ sich lässig gegen die Rückenlehne fallen und verschränkte die Arme provokant vor der Brust. Hunter zog sich einen der Stühle unter dem Tisch hervor und platzierte ihn so, dass er ihm direkt gegenübersaß.

„Sie wirken … ein wenig verärgert?", ergriff Hunter das Wort. „Gibt es dafür einen speziellen Grund?"

Forster zog die Beine an und beugte sich zu ihm vor. „Hören Sie: Ich war fünf Tage auf dieser Messe. Ich komme nach Hause, wo ich erfahre, dass einer meiner besten Freunde ermordet wurde und dass die Polizei nach mir sucht. Wie wären Sie da gelaunt?", rotzte er ihm entgegen.

„Wahrscheinlich ähnlich … schlecht." Hunter schlug eine neue Seite in seinem Notizbuch auf. „Aber um eins klarzustellen: Wir haben nicht nach Ihnen gesucht, ich wollte mich lediglich mit Ihnen unterhalten. Eine ruhige und respektvolle Unterhaltung, wenn es nach mir geht. Sollte Ihnen das momentan allerdings nicht möglich sein, ist das kein Problem." Hunter schwieg einen Augenblick, um Forster die Gelegenheit zu geben, darauf einzugehen. Doch der warf ihm nur einen kalten Blick zu. „Nun gut, ich kann Sie auch aufs Revier bestellen und wir unterhalten uns dort, wenn Ihnen das lieber ist."

Shaun Forster verschränkte erneut die Arme, hob eine Augenbraue und sah dann zum Fenster. „Nicht nötig", sagte er schließlich leise in einem verächtlichen Tonfall und drehte ihm wieder den Kopf zu, um ihm in tief die Augen zu sehen. Er studierte Hunters Blick. Mit einem Mal schien sich seine Stimmung zu ändern. „Entschuldigen Sie. Es war einfach alles ein bisschen viel." Er legte einen Arm auf die Tischplatte und den anderen auf seinen Oberschenkel, auch sein Gesichtsausdruck wurde weicher.

„Also können wir uns jetzt vernünftig unterhalten?" Hunter tippte mit der Spitze des Kugelschreibers zweimal auf die leere Seite seines aufgeschlagenen Notizblocks.

„Können wir. Denke ich." In Forsters Blick lag noch immer etwas Verärgertes, aber Hunter bemerkte, dass er sich bemühte, sich zusammenzureißen. „Was wollen Sie wissen?"

„Sie waren mit Barrett McGee befreundet?"

„Ja", knurrte Forster, drehte den Kopf wieder zur Seite und schnaubte hörbar. „Entschuldigen Sie bitte. Ja, wir waren befreundet."

„Seit wann?" Um ihn weiter zu beruhigen, versuchte Hunter, so sanft wie möglich zu sprechen.

„Irgendwie schon immer." Er lachte kurz auf. „Wir kamen damals in die gleiche Klasse und saßen von da an in der gleichen Gruppe. Barrett, Thomas und ich. Es war vom ersten Augenblick an, als wären wir drei Teile eines Ganzen. Diese Freundschaft war etwas ganz Besonderes. Wir fühlten uns damals wie die drei Musketiere. Wir gegen den Rest." Ein verklärtes Lächeln schob sich auf seine Lippen und Hunter hatte das Gefühl, dass sein Blick weit in die Vergangenheit schweifte. Eine gute Vergangenheit.

„Und diese Freundschaft bestand bis heute", stellte Hunter fest, was von Forster mit einem stummen Nicken bestätigt wurde. „Wie kommt es, dass Sie alle im gleichen Haus wohnen?"

Mit dem Finger begann Forster Achten auf seinem Oberschenkel zu zeichnen. „Barrett war der Erste, der hier einzog. Kurze Zeit darauf verlor ich meine Wohnung. Das Haus wurde abgerissen. Er erzählte mir, dass diese hier leer stand, und regelte alles mit der Hausverwaltung – also zog ich ein."

„Sind das hier nicht Eigentumswohnungen?"

„Richtig, aber einige der Eigentümer vermieten. Ich hatte ein bisschen angespart. Mein erstes Computerspiel war damals recht erfolgreich gestartet. Es reichte für einen Teil der Kaution und Barrett besorgte mir einen günstigen Kredit bei der Bank, bei der er damals noch arbeitete. Ein knappes Jahr später starb dann Mrs Fennimore und wieder wurde eine Wohnung frei, und so zog auch Thomas hier ein."

„Die drei Musketiere waren also wieder vereint", resümierte Hunter.

Forster schien sich weiter zu entspannen, seine Gesichtszüge wurden weicher und sein Blick freundlicher. „Wenn Sie so wollen – ja." Diese Freundschaft schien ihm überaus wichtig zu sein, so verklärt wie er schaute, wenn er darüber sprach.

„Was macht man als Spieledesigner genau?", hakte Hunter nach, um etwas Unverfänglichkeit in das Gespräch zu bringen.

„Vereinfacht gesagt, entwickle ich Ideen und Konzepte für Computerspiele, die ich dann mit Autoren, Grafikern und Programmierern umsetze."

Hunter hatte ihn, das wusste er sofort. Bei diesem Thema begannen Forsters Augen zu strahlen. „Für Konsolen oder Computer?"

„Für so ziemlich alle Plattformen. Auch Onlinespiele fürs Handy. Spiele auf dem Handy sind die Zukunft." Die Begeisterung, mit der er über dieses Thema sprach, zeigte Hunter, dass er voll und ganz in seinem Beruf aufging.

„Ein interessanter Job." Er lächelte Shaun bewundernd zu. „Kommen wir noch einmal auf die Zeit zurück, als Sie hier eingezogen sind. Waren Sie da schon verheiratet?"

Hunter beobachtete Forster, doch es war keinerlei Gefühlsregung zu erkennen. Hatte er sich gerade noch in Hunters Bewunderung gesuhlt, war es nun, als hätte er von einem Moment zum anderen einen Schalter umgelegt. Jegliches Strahlen wich aus seinen Augen. Starr fixierte er einen Punkt auf seinem Oberschenkel.

„Nein. Ich habe meine Frau erst ein paar Jahre später kennengelernt", antwortete er monoton.

„Und dieses Kennenlernen tat ihrer Freundschaft zu den anderen beiden keinen Abbruch?" Er strich mit dem Finger über den oberen Rand seines Buches und fühlte die Schärfe der Blätter.

Verwundert sah Forster ihn an. „Was meinen Sie damit?"

Hunter hob reflexartig eine Augenbraue. „Nun ja, man hört das ja öfter. Dicke Freunde, unzertrennlich, und dann kommt eine Frau und die Freundschaft verändert sich. Nicht selten zerbricht sie daran ganz."

Ein nicht zu deutendes Lächeln schob sich auf Forsters Lippen. „Tja, in unserem Fall war das nicht so. Weder Susan noch Mona haben unsere Freundschaft verändert. Und bei Barrett bestand nie die Gefahr, von der Sie da sprechen."

„Sie sprechen von Mona Fitzgerald, der Verlobten von Mr Robinson?"

Forster nickte.

„Und aus welchem Grund bestand bei Mr McGee nie diese Gefahr?"

Er lachte auf. „Barrett war nicht so der Beziehungstyp. Rein ins Bett, raus aus dem Bett." Etwas Abfälliges schwang in seinem Tonfall mit.

„Wie fanden Sie seinen Lebenswandel?"

„Solange er mich damit in Ruhe ließ, war es mir egal." Forsters Blick senkte sich kurz zu Boden. „Mir taten die Frauen leid. Barrett als Herzensbrecher zu bezeichnen wäre die Untertreibung des Jahrhunderts. Ich will nicht wissen, wie viele Tränen wegen ihm vergossen wurden." Er schnaubte auf und zog seine Stirn in Falten. Sein Handy klingelte. Missmutig zog er es aus seiner Hosentasche und schaute auf das Display. „Mein Boss. Da muss ich ran. Entschuldigen Sie mich." Er ging in den Flur und zog die Küchentür hinter sich zu.

Hunter gab sein Verschwinden kurz die Gelegenheit, sich ein wenig genauer in dem Wohnzimmer umzusehen. Neben dem Kamin entdeckte er drei Degen, die gekreuzt auf einem kunstvoll geschnitzten Eichenbrett an der Wand befestigt waren. Umrahmt wurden sie von gerafftem, rotem Samt, der wie ein Baldachin über dem Brett wallte. Die Wand selbst war mit Bruchsteinimitaten verkleidet. Hunter stellte sich davor, neben den Kamin. Von hier aus betrachtet hatte er den Eindruck, als befände er sich in einer mittelalterlichen Burg. Für sein Empfinden fehlte nur noch eine Ritterrüstung und das Bild wäre perfekt gewesen.

Neben dem Fernseher stand ein kleines Bücherregal. Hunter ging davor in die Hocke. Klassiker schienen es Forster besonders angetan zu haben. *Der Graf von Monte Christo* und *Der Mann mit der eisernen Maske* reihten sich ebenso darin ein wie *Tom Sawyer und Huckleberry Finn* oder *Moby Dick*. Selbstverständlich durften auch die drei Musketiere nicht fehlen.

Er hörte durch die Tür, dass Forster dabei war, sein Telefonat zu beenden, und ging leise zu seinem Stuhl. Kurz darauf kam Shaun ins Wohnzimmer zurück. „Entschuldigen Sie die Störung", sagte er und nahm wieder Platz. „Wo waren wir stehen geblieben?"

„Bei Barretts Lebenswandel."

„Richtig. Dem habe ich nichts hinzuzufügen."

„Kannten Sie die Frauen, mit denen sich Ihr Freund traf?"

Forster grinste spöttisch. „Ein paar wenigen bin ich von Zeit zu Zeit begegnet. Fragen Sie mich aber bitte nicht nach Namen. Ich habe kein besonders gutes Namensgedächtnis. Meistens brauche ich irgendein Erlebnis mit Menschen, um mich an deren Namen erinnern zu können. Einen Trigger, wenn Sie verstehen, was ich meine."

Verstehend nickte Hunter. „Sie wissen also auch nicht, mit wem Mr McGee in den letzten Tagen zusammen war?"

Forster schüttelte den Kopf. „Ist das wichtig? Sie denken doch nicht etwa, dass es eins seiner Betthäschen war?"

Diese Frage ließ Hunter unbeantwortet. Er schob seinen Daumen zwischen Kugelschreiber und Halter. „Gab es eine Frau, die ihm näherstand als die anderen? Eine Frau, der Mr McGee vielleicht soweit getraut hat, ihr einen Schlüssel zu seiner Wohnung zu geben?"

Fragend sah Forster ihn an, dann eroberte ein Lächeln sein Gesicht und er winkte ab. „Barrett hätte einer Frau nie seinen Schlüssel gegeben. Um nichts in dieser Welt."

„Hatten Sie einen Schlüssel zu seiner Wohnung?"

Mit einem Mal wirkte er fahrig und blickte Hunter erschrocken an. „Warum fragen Sie? Nein, natürlich nicht. Warum sollte ausgerechnet ich einen gehabt haben?"

„Sie waren einer seiner besten Freunde, da liegt es doch im Bereich des Möglichen, dass er einen bei Ihnen deponiert hat."

„Im Bereich des Möglichen vielleicht. Aber ich hatte keinen!", wiegelte Forster ab und ruckelte nervös auf seinem Stuhl herum, während er auf seine Uhr sah.

„Sie hatten letztes Jahr einen größeren Streit", fuhr Hunter fort und suchte dabei seinen Blick.

„Wir hatten öfter mal eine Meinungsverschiedenheit. Nichts Besonderes. Wann soll das gewesen sein?"

„Das kann ich Ihnen nicht sagen. Aber es muss wohl kurz bevor Ihre Frau Sie verlassen hat gewesen sein."

Hunter bemerkte ein leichtes Zucken um Forsters Mundwinkel. Der blickte wieder zu Boden und begann erneut, seinen Oberschenkel zu streicheln.

„Ich weiß es nicht. Wenn, dann war es nichts, das mir im Gedächtnis geblieben ist. Wie gesagt, wie unter Freunden üblich, ist man nicht immer einer Meinung."

„Ich hörte Sie leben in Scheidung."

Forster blies Luft durch seine Zähne. „Tue ich. Tut das irgendetwas zur Sache?" Kühle schlug Hunter entgegen.

„Darf ich fragen, was der Grund für Ihr Zerwürfnis ist?"

„Dürfen Sie, aber ich werde darauf nicht antworten. Haben Sie noch viele Fragen? Mein Boss möchte einen Videocall, wegen der Messe …"

„Nein, ich denke, wir sind durch. Vielen Dank, dass Sie sich die Zeit genommen haben." Hunter schob sein Notizbuch zurück in die Tasche und stand auf. Während ihres Verhörs war in ihm die Gewissheit gewachsen, dass dies nicht das letzte Mal gewesen war, dass sie miteinander gesprochen hatten. Zu viele Ungereimtheiten.

„Wenn es Sie weitergebracht hat, gerne." Forster hielt ihm seine Hand entgegen. „Einen schönen Tag noch."

Hunter schlug ein. „Vielen Dank, und Ihnen eine erfolgreiche Besprechung."

Nachdem er Forsters Wohnung verlassen hatte, wartete er noch eine Weile vor der Tür und lauschte. Doch es blieb still. Er ließ sich mit dem Rücken an die Wand sinken, um seine Notizen zu vervollständigen. Das feindselige Verhalten von Shaun Forster war für ihn rätselhaft. Auch seine Gefühlsschwankungen waren bemerkenswert. Von enthusiastischer Euphorie bis zu gleichgültiger Kälte hatte er während ihres Gesprächs alles erlebt. In Sekundenschnelle hatte Forster umgeschaltet. Ein Mann, den er als Freund bezeichnete, war ermordet worden. Auf Hunter hatte es den Eindruck gemacht, als wäre ihm das egal. Besonders war ihm seine Reaktion auf die Frage, ob es eine Frau in dessen Leben gegeben haben könnte, die einen Schlüssel zu McGees Wohnung besessen hat, aufgefallen. Er musste noch einmal mit Manning, dem Hausmeister, sprechen, schließlich war er der Einzige im Haus, der einen Generalschlüssel für die Wohnungen hatte.

Noch seinen Gedanken hinterherhängend, ging Hunter zur Treppe. Bevor er nach unten laufen konnte, hörte er das Knarzen aus dem zweiten Treppenhaus. Erinnerungen an den Abend, als sie zu McGees Wohnung gelaufen waren, flammten in ihm auf. Dieses Knarzen. Dasselbe, das er damals gehört hatte. Nur leiser, unaufdringlicher. Damals hatte er diesem Geräusch jedoch keine größere Bedeutung beigemessen.

Er ging zurück, lief den Gang hinunter und steuerte das hintere Treppenhaus an, aus dem das Knarren an sein Ohr drang. Es klang, als ob sich jemand schwerfällig nach oben kämpfte. Er lief die Treppe hinunter. Tatsächlich knarzte fast jede zweite Stufe. Die Geräusche seiner Schritte vermischten sich mit dem des anderen. Er passierte die dritte Etage. Als er um die Ecke bog, stand er vor dem alten Björn. Unter seinen zotteligen weißen Brauen starrte er ihn aus seinen eisblauen Augen teilnahmslos an.

„Hallo Mr Anderson?" Hunter fiel auf, wie zerfurcht dessen Gesicht war. Eine Strähne seines Haares hing ihm in die Stirn. Unweigerlich glitt Hunters Blick nach unten. Eine zu kurze Hose, rote Socken und braune Schuhe.

Björn knurrte etwas zurück, was Hunter nicht verstand, dann drückte er sich an der Wand an ihm vorbei. Er schien bedacht darauf, Hunter nicht zu berühren. Als er ihn umrundet hatte, stapfte er weiter schwerfällig nach oben, ohne sich noch einmal umzudrehen.

„Ihnen auch einen schönen Tag", rief Hunter ihm hinterher und setzte seinen Weg nach unten fort.

Björns Schritte verhallten allmählich. Hunter versuchte sich zu erinnern, wie es an jenem Abend geklungen hatte. Schneller, leichter, agiler, jünger.

„Wo kommen Sie denn her?", begrüßte ihn Theodora, nachdem er das Erdgeschoss erreicht hatte. Sie stand mit einem neonpinken Staubwedel an einer der in Eisen eingefassten Lampen und staubte diese ab. Als er sie entdeckte, lächelte sie ihm kurz zu und konzentrierte sich wieder auf ihre Aufgabe.

„Mir war heute einmal nach den knarzenden Stufen", antwortete er ihr, lachte und nickte ihr kaum merklich zu.

„Des Menschen Wille ist sein Himmelreich." Sie warf einen prüfenden Blick auf die Lampe, befand sie wohl für sauber genug und schritt zur nächsten.

„Ist Mr Manning zu sprechen?" Hunter stand inzwischen neben ihr und beobachtete ihr Tun.

„Ist er. Er müsste in seinem Büro sein." Sie deutete mit dem Staubwedel den Gang hinunter. „Die Tür gegenüber seiner Wohnung."

Hunter beugte sich ein wenig zurück, um an Theodora vorbeischauen zu können. „Vielen Dank."

„Immer gern, junger Mann, wenn es weiter nichts ist." Sie nahm den Wedel herunter und schenkte ihm ein zaghaftes Lächeln, bevor sie sich wieder der Lampe widmete.

Hunter ging zur Tür, die Theodora ihm gezeigt hatte, und klopfte an. Statt des üblichen Namensschildes war eines mit der Aufschrift *Hausmeisterbüro* angebracht.

Er hörte Manning „Ja" rufen und trat ein. Ein muffig, holziger Geruch schlug ihm entgegen, als er die Tür öffnete.

„Hallo Mr Manning, ich hoffe, ich störe Sie nicht bei irgendetwas Wichtigem?"

Der Hausmeister saß an einem alten Holzschreibtisch, wie man ihn wohl seit den Sechzigern nicht mehr hatte. Auf dem Tisch waren allerlei Papiere ausgebreitet.

„Ich sitze gerade über den Angeboten für einen neuen Stromanbieter. Die Versorger ändern die Preise, wie es ihnen gerade passt. Bei der letzten Hauseigentümerversammlung wurde beschlossen, dass wir ökologischer werden wollen." Amüsiert nickte er zu den Blättern auf seinem Schreibtisch. „Als hätte man nicht schon genug zu tun. Setzen Sie sich, Inspector." Er deutete auf den Holzstuhl neben dem Tisch. Hunter hoffte, dass er nicht so wurmstichig war, wie er den Eindruck machte, als er sich setzte.

„Wie kann ich Ihnen helfen?" Manning nahm die Angebote und legte sie zusammen, bevor er Hunter anblickte.

„Sie sind hier das Mädchen für alles, wie mir scheint." Vorsichtig ruckelte er auf dem Stuhl hin und her. Zufrieden registrierte er, dass er weder schaukelte noch knarzte.

„Ach wissen Sie, mein Job ist mehr Berufung als Beruf." Er schob den Stapel an den oberen Rand des Tisches und schaute wieder zu Hunter. „Ich habe fast mein ganzes Leben in *Brick Manor* verbracht. Da fühlt man sich einfach verbunden und möchte, dass alles läuft." Eine Woge der Sentimentalität breitete sich in seinem Blick aus.

„Ihr ganzes Leben? Das heißt, Sie haben schon als Kind hier gelebt?"

„So ist es. Hier geboren, aufgewachsen, dann wiedergekommen und ich denke, ich werde auch eines Tages hier sterben." Ein verklärtes Lächeln eroberte seine Mundwinkel.

„Aber hallo, Mr Manning. Sie sind im besten Alter, da denkt man noch nicht ans Sterben."

Polternd lachte Manning auf. „Nein, nein. Keine Angst. Ich wollte damit nur ausdrücken, dass ich es mir nicht vorstellen kann, jemals woanders zu leben." Er wischte zufrieden mit seiner Hand über die Tischplatte, als wäre diese ein lebendiges Wesen.

„Was meinten Sie mit wiedergekommen?" Hunter drückte sich vorsichtig gegen die Stuhllehne und prüfte die Stabilität – auch sie schien zu halten.

„Als ich neunzehn war, starb mein Vater und meine Mutter verkaufte die Wohnung hier, um uns über die Runden zu bekommen. Wir zogen in eine der günstigeren Mietwohnungen drüben in Vauxhall." Als ob er etwas kaputtgemacht hätte, rieb sich Manning an der Wange. „Gott, was habe ich dieses Haus vermisst. Wir haben damals in der Wohnung gelebt, die später Barrett gekauft hat. Ein paar Monate später starb Mr Fowler, der Hausmeister. Ich nahm den Job an und konnte wieder einziehen. Seitdem lebe ich hier."

„Verstehe." Hunter sah sich um. Trotz der vielen Regale, in denen Werkzeug lag, sah es ordentlich aus. Alles war akribisch beschriftet und sortiert. „Dieses Haus hat einen ganz besonderen Charme."

„Ja, das hat es." Manning ließ seinen verträumten Blick nach oben schweifen. „Wissen Sie, jedes Haus hat seinen eigenen Klang. Geräusche, Gerüche oder der Anblick, wenn das Sonnenlicht durch die Fenster fällt. Ich habe *Brick Manor* damals erst so richtig zu schätzen gelernt, als ich nicht hier gewohnt habe." Manning lachte. „Genau wie das!"

Mit schief gelegtem Kopf schaute Hunter ihn fragend an. „Was meinen Sie?"

Der Hausmeister hielt seine Hand ans Ohr. „Hören Sie mal genau hin."

Hunter konzentrierte sich und lauschte. Nur ganz leise drang ein Knarzen an sein Ohr, das ihm bekannt vorkam. „Das ist die Hintertreppe, oder?"

„Richtig. Das ist Björn, der die hintere Treppe hinuntergeht." Zufrieden grinste Manning.

„Wie kommen Sie darauf, dass er es ist?"

Ein weiteres Lachen entrann seiner Kehle. „Weil er der Einzige ist, der diese Treppe noch benutzt. Alle anderen nehmen normalerweise die Haupttreppe. Und hinunter läuft er schneller als hinauf. Hören Sie."

Erneut lauschte Hunter. Tatsächlich kam es ihm vor, dass das Geräusch der Stufen nun in kürzeren Abständen erklang als vor einigen Minuten, wo er Björn begegnet war. „Björn ist … nun ja …" Hunter suchte nach dem richtigen Wort. „Speziell, nicht wahr?"

Manning lachte ein weiteres Mal auf. „Kauzig, triff es besser – aber harmlos. Björn wohnt schon viele Jahre hier im Haus. Er spricht kaum ein Wort und wenn, dann klingt es oftmals, wie ein Aufstoßen, das in Worte verpackt ist. Aber täuschen Sie sich nicht – Er kennt wahrscheinlich mehr Geheimnisse dieses Hauses, als Sie denken", entgegnete er mit ernster Miene und verschwörerischem Unterton. Dann schob sich ein Grinsen auf seine Lippen. „Im Grunde genommen ist der alte Björn selbst eins der Geheimnisse von *Brick Manor*." Mit wissendem Blick beugte sich Manning zu Hunter. „Aber Sie sind doch bestimmt nicht gekommen, um mit mir in der Vergangenheit zu schwelgen."

Ertappt lächelte Hunter. „Nein, das bin ich nicht." Er überschlug seine Beine und lehnte sich zurück. „Sie besitzen einen Generalschlüssel für die Wohnungen …"

„Das hatte ich Ihnen doch schon vor ein paar Tagen erzählt." Fragend runzelte Manning die Stirn.

„Wo bewahren Sie diesen Schlüssel auf?"

„In einem kleinen Wandtresor in meiner Wohnung."

„Wie ist der Tresor gesichert?"

„Mit einer Zahlenkombination, die nur ich kenne. Warum interessiert Sie das? Ist etwas mit dem Schlüssel."

„Reine Routine", erklärte Hunter, „ich wollte nur etwas ausschließen." Er lächelte Buck an, dem die Skepsis über seine Fragen noch deutlich anzusehen war.

„Und die hintere Treppe wird nur von Björn Anderson benutzt?"

„Wie ich schon sagte, normalerweise schon." Manning sah Hunter fragend an.

„Ist das nicht seltsam? So viele Bewohner und nur einer geht über die hintere Treppe." Erneut musste Hunter an den Abend denken, an dem sie Barretts Leiche gefunden hatten. An diesem Abend war noch jemand anderes über diese Treppe gelaufen und Björn war ihm auf der vorderen Treppe entgegengekommen.

„Ich denke, das ist Gewohnheit. Zum einen mögen es die meisten nicht, wenn die Nachbarn hören, dass man geht oder kommt, und zum anderen dürfte es Bequemlichkeit sein. Wenn man Brick Manor betritt, ist die vordere Treppe einfach direkt am Eingang." Manning lachte auf. „Wissen Sie Inspector, ich habe noch nie darüber nachgedacht", stellte er schulterzuckend fest. „Es ist einfach, wie es ist."

„Vielen Dank für diesen kleinen Plausch", sagte Hunter schließlich. „Ich muss leider wieder los." Er tippte sich an eine unsichtbare Hutkrempe, nickte dem Hausmeister zu und ging.

Kapitel 9 – Ein anderes erstes Date

Zwei Tage später kam endlich der Moment, auf den Hunter sehnsüchtig gewartet hatte, er würde Steven wiedersehen. Für ihn sollte es ein Abend werden, an dem er den Fall *Brick Manor* einmal ruhen lassen konnte, nachdem die Ermittlungen keine neuen Erkenntnisse erbracht hatten. Außerdem war es ihr erstes offizielles Date.

Ratlos stand Hunter in seinem Ankleidezimmer und starrte auf die Auswahl an Hemden in seinem Kleiderschrank. Ein wahrer Regenbogen ergoss sich vor ihm, den er einzig und allein Godric und seiner Ordnung zu verdanken hatte. Aber keines aus diesem Reigen schien auch nur annähernd passend für diesen Anlass. Sein Blick wanderte über das Muster der verschiedenen Farben.

Ein Räuspern ließ ihn zusammenfahren.

„Ist etwas nicht in Ordnung?" Godric stand in der Tür zur Ankleide.

„Nein, alles gut, Godric. Ich überlege nur, was ich anziehen soll." Hunters Blick glitt zurück zu den Kleiderhaken.

„Was ist denn der Anlass?", erkundigte sich Godric geschäftig.

„Steven. Wir haben unser erstes Date." Hunter spürte, wie ihm dieser Satz ein Lächeln auf das Gesicht zauberte. Mit einem Mal fühlte er sich leicht und beschwingt und dazu ratloser als gerade eben noch.

„Nun, aber er kennt dich doch. Ihr habt euch schon einige Male gesehen." Hunter hörte am Klang seiner Stimme, dass ihm nicht bewusst war, wo das Problem lag.

„Ja, aber das war etwas anderes. Ich war immer dienstlich bei ihm. Heute möchte ich einen guten Eindruck machen. Verstehst du?"

„Wenn ich ehrlich bin – nein. Wo ist der Unterschied? Und gehe ich nicht recht in der Annahme, dass du bereits einen guten Eindruck bei diesem Mr Steven hinterlassen hast? Sonst würde er sich doch wohl kaum mit dir treffen wollen, nicht wahr?"

Hunter runzelte die Stirn. „Weißt du was, Godric? Du hast vollkommen recht." Mit geschlossenen Augen zog er wahllos eins der Hemden aus dem Schrank, ein hellblaues, wie er feststellte, als er die Augen wieder geöffnet hatte. „Steven datet mich und kein Hemd." Zufrieden lächelnd klopfte er Godric auf die Schulter und zog sich an.

„Wo soll es denn hingehen?" Sich räuspernd rümpfte Godric kaum merklich seine Nase. „Ich hoffe doch nicht, in diesen *Jungle*."

Hunter lachte amüsiert auf. „Keine Sorge, Godric. Für meinen Geschmack habe ich erst einmal genug Zeit in einer Strohhütte verbracht. Wir treffen uns am London Eye. Ein wenig an der South Bank bummeln und uns treiben lassen."

Über Godrics Lippen huschte ein Anflug von Freude. „Wenn ich bemerken darf: eine ausgezeichnete Idee."

Zwanzig Minuten vor der vereinbarten Zeit kam Hunter aus der U-Bahn der Westminsterstation. Er ging die wenigen Stufen zum Big Ben hinauf und schlenderte über die Westminster Bridge durch den Strom der Passanten. London Eye kam immer näher. Mit jedem Schritt spürte Hunter die Nervosität ein Stückchen mehr in sich steigen. Immer wieder flammten Godrics Worte in ihm auf. Er hatte keinen Grund, nervös zu sein. Steven kannte ihn und er schien Interesse an ihm zu haben. Die Aufregung war unnötig – und doch war sie da. Während er weiter auf sein Ziel zuging, beschloss er, ihr einen Platz zu geben, wie einem Freund, der spontan auf einen kurzen Besuch vorbeigekommen war. Er würde mit ihr ein Glas Cider trinken und sie dann wohlwollend wieder verabschieden.

Hunter lief an der Statue des roten Löwen vorbei, die Treppe nach unten. Schon von hier aus sah er Steven, der ein Stück weiter vor dem London Eye auf der Mauer zur Themse saß.

Ein Lächeln schob sich auf Hunters Lippen. Genau wie er trug Steven Jeans, Sneaker, Hemd und ein lässiges Sakko. Hunter lief weiter auf ihn zu. Steven hatte ihn im Getümmel der Menschen noch nicht aufgespürt, denn sein Blick schweifte unruhig von links nach rechts und wieder zurück.

Er kam immer näher. Als er nur noch ein paar Schritte von ihm entfernt war, entdeckte Steven ihn schließlich. Ein Strahlen erhellte Stevens Gesicht, als er ihn sah. Dieses Strahlen wurde heller und heller und schon versank South Bank für Hunter in einem gleißend warmen Licht, das alles andere überstrahlte, sein Herzschlag nahm deutlich an Intensität zu.

Steven kam auf ihn zu und umarmte ihn. Eine Million Synapsen explodierten in diesem Moment in Hunters Hirn.

Ein Rauschen jagte durch ihn hindurch, als sein Kumpel, die Aufregung, sich noch einmal kurz in ihm aufbäumte, bevor er endlich ging. Hunter hörte die Tür hinter ihm ins Schloss fallen.

„Hey, du bist ja schon hier", begrüßte er Steven und löste sich aus der Umarmung, wenn auch nur ungern. Am liebsten hätte er ihn für immer fest umklammert gehalten.

„Schon eine ganze Weile. Ich liebe South Bank und sitze im Sommer öfter hier, um die Leute und das Treiben zu beobachten."

„Da fällt mir ein Stein vom Herzen. Ich wusste nicht, ob Bummeln und dann mal sehen, für dich okay ist." Hunter konnte sich nicht von Stevens braunen Augen lösen, die ihn noch immer anstrahlten.

„Das ist sogar sehr in Ordnung. Ein Volltreffer sozusagen." Ein fröhliches Lachen gluckste aus Steven heraus. Sein Lachen wehte wie ein warmer Sommerwind über Hunter hinweg und bescherte ihm eine Gänsehaut. „Wollen wir ein bisschen spazieren gehen?" Steven deutete den *Queens Walk* hinunter.

„Gerne."

Die beiden schlenderten in Richtung des alten Karussells. An der Piermauer sang ein Mann mit einer Gitarre in der Hand einen alten *Bob Dylan* Song. Hunter kannte die Melodie, ihm fiel jedoch der Name des Songs nicht ein. Von einem der Stände wehte der süße Duft von Zuckerwatte um sie herum und kroch in Hunters Nase. Dieser Duft würde ihn ab sofort immer an Steven erinnern, dessen war er sich bewusst.

„Weißt du", begann Steven, „ich muss gestehen, dass ich ein bisschen nervös bin." Ein Funkeln war in seinen Augen zu erkennen, als er scheu zu Hunter sah. „Ich habe nicht so oft Dates."

Auf Hunters Lippen schlich sich ein zartes Lächeln. „Wenn ich ehrlich bin, geht es mir da genau wie dir." Er suchte Stevens Blick. „In allen Punkten." Ihm kam das Date von David und Roberta in den Sinn und er musste schmunzeln. Doch diese Geschichte würde er für sich behalten.

„Das kann ich nicht glauben. Ein Mann wie du wird doch garantiert viele Verehrer haben."

Hunter konnte nicht sagen, ob es bei Steven echtes Erstaunen oder der Versuch eines Kompliments war. „Ich … eigentlich nicht. Bei meinem Job. Außerdem habe ich beschlossen, die Sache mit dem Daten lieber sein zu lassen. Also für gewöhnlich."

„Schlechte Erfahrungen?" Steven deutete auf die Kaimauer gegenüber dem antiken Karussell und ging darauf zu.

„Sozusagen. Meine letzte Beziehung endete nicht besonders glorreich." Hunters Blick wanderte zu Boden, als er drohte, in die Vergangenheit abzudriften. „Wie sieht es bei dir aus? Auch du wirst dich nicht über mangelndes Interesse beklagen können. Ein gutaussehender Mann, über alle Maßen sympathisch und du hast dieses gewisse Etwas, das einen zum Träumen bringt." Hunter schlug sich innerlich an die Stirn. Noch schwülstiger ging es ja wohl nicht. „Entschuldige … ich …"

Auf Stevens Wagen legte sich eine blasse Röte. „Dito", hauchte er verschämt. Er löste verlegen seinen Blick von Hunter und schien die wenigen Passanten, die um das Karussell standen, zu beobachten. „Ich glaube, ich bin in der falschen Zeit geboren." Er lachte leise auf, sah kurz zu Hunter und wieder zu den Menschen, die die drehenden Pferde und Kutschen bewunderten.

„Wie meinst du das?"

Stevens Hände klammerten sich um das Geländer, das auf der Mauer angebracht war. „Mir kommt es so vor, als wäre das schwule Leben und gerade das Daten heute ein Schneller, Höher, Weiter. Der Euphorie folgt schnell die Ernüchterung, weil schon der Nächste wartet, der interessanter scheint als der davor."

Hunter lachte auf, wusste er doch sehr genau, was Steven meinte. „Diese Beobachtung habe ich auch gemacht. Einer der Gründe, warum du mich nicht auf irgendwelchen Dating-Apps findest." Ein kleiner Funken flammte in ihm auf. Ein Funken der Hoffnung.

Steven nickte verstehend. „Da stimme ich dir zu. Ich habe das mit diesen Apps mal probiert, es aber sehr schnell wieder sein lassen. Wobei ich meinen letzten Freund darüber kennengelernt habe." Er zuckte mit den Schultern. „Tja – Ausnahmen bestätigen die Regel."

Schweigend lehnte sich Hunter ebenfalls an das Geländer und umklammerte es mit seinen Händen, direkt neben denen von Steven. Dabei berührten sie sich kaum merklich, was bei ihm dennoch ein angenehmes Kribbeln auslöste.

Steven schluckte hörbar, bewegte seine Hand jedoch nicht einen Millimeter von Hunters weg. „Was ist dir in einer Beziehung wichtig?" Er stockte. „Entschuldige, das klingt abgedroschen und übereilig. Vergiss die Frage."

„Nein." Zu ihm schauend, straffte Hunter seinen Körper ein wenig. „Ich möchte sie nicht vergessen. Ich finde das wichtig." Er fing Stevens Blick ein. „Mir ist Ehrlichkeit und Verlässlichkeit wichtig, man muss miteinander lachen und sich aufeinander verlassen können. In dieselbe Richtung gehen, aber doch man selbst sein können."

Steven lächelte – er wirkte erleichtert auf ihn.

„Ich weiß, ich bin altmodisch." Hunter musste schmunzeln. „Wenn ich es mir recht überlege, bin ich vielleicht auch in der falschen Zeit geboren."

„Oder aber genau in der richtigen." Stevens Hand rutschte wie zufällig ein kleines Stück näher an Hunters heran. Die Berührung ihrer Finger wurde intensiver und ließ Hunters Körper stärker kribbeln, so heftig, als hätte er eine Starkstromleitung berührt. Blitze durchzuckten ihn und Hitze wallte in ihm auf. Stevens verträumter Blick legte sich auf ihn. Unfähig ein Wort zu sagen, sahen sie sich eine kleine Ewigkeit tief in die Augen.

„Wollen wir mal schauen, ob wir in einem der Restaurants am Southbank Centre einen Tisch bekommen?", fragte Hunter mit belegter Stimme, als er sich wieder gefangen hatte, und stand auf.

„Eine sehr gute Idee. Ich habe tatsächlich ein bisschen Hunger." Auch Steven erhob sich, und sie schlenderten weiter gemütlich den *Queens Walk* hinunter. Immer wieder trafen sich ihre Blicke, bis sie zu einem italienischen Restaurant kamen, wo im Außenbereich noch Tische frei waren. Die Sonne schickte ihre letzten Strahlen auf die Erde und tauchte alles um sie herum in Gold.

Hunter und Steven nahmen Platz. Nachdem sie in die Speisekarte geschaut hatten, entschieden sie sich für zwei Gläser Wein und Pasta.

Nachdem der Kellner gegangen war, beugte sich Steven zu Hunter, der ihm gegenüber saß. „Du bist so ganz anders, als ich es vermutet habe."

„Wie meinst du das? Du kennst mich doch."

„Na ja, kennen wäre übertrieben." Steven zwinkerte ihm zu. „Ich weiß, wer du bist, aber bisher habe ich dich nur in deiner Rolle als Polizist kennengelernt. Immerhin war ich einer der Tatverdächtigen in deinem letzten Fall." Steven fixierte Hunter. „War ich doch?"

Ein Lachen entschlüpfte Hunter und Steven stimmte in dieses Lachen ein. Für Hunter war es das schönste Geschenk in diesem Moment, ihn so zu erleben, zu wissen, dass er dafür verantwortlich war. Sein Lachen bedeutete alles. Er schwor sich, alles zu tun, um Steven lachen zu sehen. „Bin ich denn so anders, wenn ich im Dienst bin? Und nein, du warst kein Tatverdächtiger, nur ein Zeuge."

Für einen Moment wurde Steven ernst. „Ich kann die Sache mit Max manchmal immer noch nicht glauben."

„Willkommen in meiner Welt. Aber zumindest ein Gutes hatte dieser Fall – wir haben uns dadurch kennengelernt."

Der Kellner brachte zwei Gläser Rotwein und stellte sie auf den Tisch. Hunter hob sein Glas und prostete ihm zu. „Auf diesen Abend."

„Auf diesen Abend", hauchte Steven und stieß mit ihm an. „Wolltest du eigentlich schon immer Polizist werden?"

„Wolltest du schon immer eine Universität managen?", fragte Hunter, ohne Stevens Frage beantwortet zu haben.

„Das erzähle ich dir gerne. Gleich nachdem du meine Frage beantwortet hast." Steven grinste ihn vergnügt und herausfordernd an.

Schlagfertig ist er auch noch, schoss es Hunter in den Sinn und er schmunzelte. „Ja, ich wollte schon immer Polizist werden. Eigentlich seit ich denken kann."

„Das ist schön, dann hast du deinen Traumberuf ja gefunden. Ich kam eher durch Zufall an die Uni. Ein guter Zufall, denn heute würde ich nichts anderes mehr machen wollen. Studiert habe ich allerdings Betriebswirtschaft."

„Was sonst." Amüsiert lachte Hunter auf, was mit einem verdrießlichen Blick von Steven quittiert wurde. „Entschuldige. Aber gefühlt haben das alle meine damaligen Freunde studiert." Hunter nippte an seinem Wein. „Und das mit dem Traumberuf – lass das mal nicht meinen Vater hören."

„Warum?", fragte Steven verwundert. „Polizist ist doch einer der ehrbarsten Berufe überhaupt. Du sorgst für Recht und Ordnung."

Freudig glucksend schüttelte Hunter den Kopf. „Nicht für meinen Vater. Unter anderem deswegen bin ich auch nach London gezogen."

„Du kommst nicht aus London?" Steven drehte sein Glas am Stiel zwischen Zeigefinger und Daumen und hob es, um einen Schluck zu nehmen.

„Nein. Ich komme aus einer kleinen Grafschaft in Südengland."

„Ein Landei." Vergnügt kicherte Steven in sein Glas.

„Und zwar eines, wie es im Buche steht. Die Hälfte meiner Jugend habe ich in Ställen und auf Feldern verbracht."

„Kuh oder Schwein?"

„Beides, dazu Pferde und Geflügel."

„Ihr habt ein Pferd?"

Hunter schmunzelte. „Eine Pferdezucht!"

„Wow. Dagegen ist mein Leben ja fast langweilig. Geboren in London, aufgewachsen in London und bis heute … in London. Meine ganze Kindheit habe ich in Mietwohnungen verbracht, genauso wie mein Erwachsenenleben."

„Aber du scheinst eine glückliche Kindheit gehabt zu haben."

„Hatte ich. Woher weißt du das?" Gespielt skeptisch beäugte Steven ihn. „Ist das deine geheime Polizistensuperkraft?"

„Mag sein. Du machst einfach diesen Eindruck auf mich. Du hast dieses Leuchten an dir, das die meisten Menschen mit einer glücklichen Kindheit haben."

Steven zog sein Handy aus der Hosentasche. Er aktivierte die Kamera und betrachtete sich auf dem Display.

„Was tust du?", fragte Hunter, der ihn dabei beobachtete.

„Ich suche das Leuchten", erwiderte Steven grinsend, was Hunter erneut zum Lachen brachte.

„Du kannst dein Handy wieder wegpacken. Das sehen nur Leute von der Polizei."

„Also doch eine Superkraft."

Das Gespräch erstarb, als der Kellner das bestellte Essen servierte und die Teller vor den beiden platzierte. „Ich zeige dir jetzt meine Superkraft. Ich werde vor deinen Augen diesen vollen Teller in einen leeren verwandeln."

Steven lachte auf. „Diese Kraft besitze ich ebenfalls."

Für eine Minute kratzte nur das Besteck auf dem Porzellan.

„Warum hat es mit deinem Ex nicht geklappt?", fragte Hunter zwischen zwei Bissen und sah zu Steven.

„Im Grunde sind wir an der Entfernung gescheitert. Er lebte auf den Philippinen und ich eben hier. Wir sahen uns zweimal zwei Wochen im Jahr. Schließlich kamen wir beide zu der Einsicht, dass das zu wenig war und nicht der Beziehung entsprach, die wir uns wünschten. Aber wir sind noch befreundet. Er hat jemanden in seiner Stadt gefunden."

„Das freut mich … also beides." Hunter grinste forsch. „Es ist sicherlich schön, auch nach dem Ende einer Beziehung befreundet zu bleiben. Man hat sich ja schließlich einmal viel bedeutet."

Mit der Serviette tupfte sich Steven den Mundwinkel ab. „Das klingt, als ob es bei dir anders wäre."

„Ist es. Kein gutes Thema." Hunter zwinkerte ihm zu und hoffte inständig, dass er nicht weiter nachfragen würde. Das war ein Thema für später. Sehr viel später.

„Mit all deinen ehemaligen Beziehungen?" Steven blieb hartnäckig, was Hunter gefiel, zwar nicht in diesem Punkt, aber im Allgemeinen. Er hatte mehr und mehr das Gefühl mit ihm jemanden auf gleicher Augenhöhe gefunden zu haben.

„Ich hatte nur eine. Wir waren über zehn Jahre zusammen."

„Ach, wer weiß, wie es bei mir und Juan gewesen wäre, wenn wir uns wegen etwas anderem getrennt hätten." Steven winkte ab und strahlte ihn wieder an. Er schien verstanden zu haben, dass er nicht weiter darüber reden wollte.

„Die Vergangenheit ist Geschichte, soll sie ruhen." Hunter hob sein Glas und hielt es Steven lächelnd entgegen. „Auf die Zukunft."

„Auf die Zukunft."

Die Zeit verging wie im Flug zwischen Erinnerungen an Ex-Freunde, vergangenen Erlebnissen, und Plänen für die Zukunft. Hunter hing förmlich an Stevens Lippen, als der ihm erzählte, wo er schon im Urlaub gewesen sei und wo es ihm am besten gefallen habe, als der Kellner sie darauf hinwies, dass das Restaurant bald schließen würde. Hunter bezahlte die Rechnung, was Steven nur mit einigem Protest akzeptierte. Erst als er ihm das Versprechen abnahm, dass er sich beim nächsten Mal revanchieren dürfe, war er besänftigt.

Beim nächsten Mal. Diese Worte hallten den ganzen Rückweg über in Hunters Kopf nach. Für ihn hatte es außer Frage gestanden, dass es ein nächstes Mal geben würde, und doch hatten ihn immer wieder kleine Zweifel geplagt, ob Steven das auch wollen würde. Jetzt hatte er die Bestätigung, und er konnte nicht mehr anders, als zu grinsen. Sein Grinsen hielt vom Restaurant bis zu dem Zeitpunkt, an dem sie unter dem Löwen standen.

South Bank war inzwischen leer geworden. Nur ein paar vereinzelte Nachtschwärmer flanierten noch über den *Queens Walk*. London Eye hatte längst geschlossen und auch auf den Straßen fuhren nur wenige Autos. Unter der Westminster Bridge schipperte eines der Partyschiffe durch. Das Pumpen der Beats wehte zu ihnen hinauf und wurde allmählich leiser. Das warme Licht der Straßenlaternen tauchte die Brücke in sanftes goldenes Leuchten, das lediglich von den vereinzelt fahrenden Autos durchbrochen wurde.

„Ich muss hier entlang." Steven deutete in die entgegengesetzte Richtung, in die Hunter musste.

„Dann müssen wir uns wohl hier verabschieden", raunte Hunter und blickte Steven tief in die Augen.

„Müssen wir wohl", antwortete ihm Steven mit sanfter Stimme, aus der deutlich das Bedauern zu hören war. „Es war ein wirklich schöner Abend. Und …" Sein Gesicht bewegte sich kaum merklich auf Hunters zu.

„Und …", flüsterte Hunter. Sein Herz hämmerte gegen die Innenseite seiner Brust, während auch sein Kopf zu Steven strebte.

Ihre Lippen trafen sich behutsam in der Mitte. Nach einem sanften Kuss zog Hunter seinen Kopf leicht zurück und begegnete Stevens sehnsuchtsvollem Blick. Ein erneuter Kuss folgte, intensiver und voller Leidenschaft. Leidenschaftlich und fordernd fanden ihre Lippen erneut zusammen, ihre Zungen in wildem Tanz vereint. Für einen Moment schien die Welt um Hunter herum in Licht und Wärme zu versinken. Doch viel zu schnell endete dieser kostbare Augenblick.

„Und ich hoffe, dass wir uns wiedersehen", hauchte Steven.

„Bald wiedersehen." Hunter stahl sich einen weiteren Kuss, dann ließ er ihn los. „Ich freue mich." Glück durchflutete ihn, als er Steven nachsah, der nun ging.

Hunter lief ein paar Meter und blieb stehen. Er drehte sich um und sah Steven an, der ebenfalls stehen geblieben war und Hunter anblickte. Sehnsucht wallte in ihm auf.

Fast gleichzeitig rannten beide aufeinander zu. Ihre Lippen fanden sich erneut.

„Ich muss gehen. Sonst geht die Sonne auf und wir stehen immer noch auf der Westminster Bridge", flüsterte Steven. „Ich melde mich bei dir."

„Das will ich hoffen." Hunter lächelte ihn verschmitzt an, bevor er sich auf den Weg nach Hause machte.

Als er im Bett lag, hatte er das Gefühl, alles würde sich drehen. Jede seiner Zellen schien vor Glück kurz vor dem Bersten. Steven war mit einem Mal in all seinen Gedanken. Er konnte das sanfte Echo ihres Kusses noch immer auf seinen Lippen spüren und die Wärme, die er währenddessen gespürt hatte. Die Ahnung, dass sich sein Leben heute Abend verändert hatte, erfüllte ihn mit Glücksgefühlen und Vorfreude, auf das, was kommen würde.

Eine Träne der Freude kullerte ihm über die Wange. Immer wieder ließ er den Abend Revue passieren und konnte nicht glauben, wie alles gekommen war. Unruhig wälzte er sich hin und her, die Gedanken bei Steven, und irgendwann, Stunden später, war er eingeschlafen.

KAPITEL 10 – KRUMME GESCHÄFTE

Hunter begrüßte David gut gelaunt, als er ins Büro kam, „Guten Morgen Casanova". Zuvor war ihm bereits Roberta verklärt lächelnd und augenzwinkernd auf dem Flur begegnet. Auf Davids Schreibtisch stand der obligatorische Muffin neben einer dampfenden Tasse Kaffee.

„Wie war es gestern?", erkundigte sich David und schaute ihn erwartungsvoll grinsend an.

Hunter setzte einen betrübten Blick auf, er verlangsamte seinen Gang und zog seine Schultern nach unten. Schwerfällig bückte er sich und schob seine Tasche in die Nische neben dem Schreibtisch, dann ließ sich auf den Stuhl sinken. Er rutschte gegen seine Stuhllehne und streckte sich, wobei er sich mit den Fingern die Augen rieb.

David beobachtete ihn gespannt, doch sein Grinsen verschwand mit jeder geschwiegenen Sekunde.

„Weißt du, David", begann Hunter, „manche Menschen passen einfach nicht zueinander." Während er sprach, behielt er David, dessen Miene sich zusehend verfinsterte, im Blick. „Und so wie es aussieht, gehören Steven und ich …", er schluckte schwer, „… wohl nicht zu diesen Menschen."

Während David noch zu verstehen versuchte, was Hunter soeben gesagt hatte, schob sich ein breites Lächeln auf dessen Lippen. „Du Arsch", feuerte er ihm entgegen, doch sein Strahlen war augenblicklich zurück. „Also seid ihr jetzt zusammen?"

„Jetzt mal langsam, Partner." Hunter setzte sich auf und beugte sich über den Tisch. „Ich würde sagen, es war ein guter Anfang und wir werden sehen. Aber für ein erstes Date war es schon ziemlich gut. Ich würde sogar soweit gehen und behaupten, dass es mit großem Abstand das beste erste Date war, das ich jemals hatte." Hunter zog seine Augenbrauen zusammen und fixierte einen Punkt auf seiner Tastatur. „Ach, was sage ich? Es war das allerbeste Date, das ich jemals hatte."

David winkte mit wissendem Blick ab. „Dann ist das mit dem Zusammensein ja nur noch reine Formsache."

„Du kennst dich aus, Partner, nicht wahr?" Zufrieden grinste Hunter in sich hinein. Seit dem Abend mit Roberta gab David den Experten, was Beziehungen und erste Dates betraf. „Bist du denn mit Roberta zusammen?"

„Jupp", sagte er wie selbstverständlich und schnippte dabei mit den Fingern einen Krümel von der Tischplatte.

„Wann ist denn das passiert?", fragte Hunter erstaunt, der mit einer schwammigen Antwort gerechnet hatte.

„Am Abend nach dem Restaurantbesuch." David rieb sich am Kinn. „Ich würde schätzen so gegen Viertel vor neun, im Kino, kurz nachdem der Vorspann gelaufen war."

Ein Schmunzeln stahl sich auf Hunters Lippen. „Na dann, Partner – herzlichen Glückwunsch!"

Davids Wangen färbten sich zartrosa. „Der Bericht von Barretts Laptop ist übrigens gekommen", lenkte er räuspernd ab und wandte sich wieder seinem Computer zu.

„Das sagst du erst jetzt?" Eilig schob Hunter den Bürostuhl an seinen Schreibtisch. „Irgendwas Auffälliges?"

„Allerdings. Auf seinem Konto sind hin und wieder größere Provisionszahlungen aus Tonga eingegangen und es wurde eine aufschlussreiche Datei gefunden."

Hunter rückte näher, um besser auf den Bildschirm sehen zu können. „Was für eine Datei?"

„So wie es aussieht, war McGee neben seinem Job bei der Bank noch im Optionshandel tätig. Er hat Optionsgeschäfte an Leute vermittelt und dafür Provision kassiert. Und zwar reichlich."

„Eine riskante Angelegenheit", stellte Hunter fest. „Ich kenne mich mit Wertpapiergeschäften nicht so gut aus. Aber dass man von Optionsgeschäften generell die Finger lassen sollte, das weiß sogar ich."

„Da hast du nicht ganz unrecht. Was ich so sehen kann, ging es auch bis auf zweimal schief. Ich habe hier eine Auflistung mit McGees Kunden." Er öffnete eine Tabelle mit den Namen der Investoren, den erworbenen Wertpapieren und eine Gewinn-/Verlustrechnung.

„Da ist ziemlich viel rot dabei." Mit dem Finger fuhr Hunter die Zeilen auf dem Bildschirm ab. Bei einem größeren Betrag blieb er hängen. „Ist ja interessant. Siehst du, was ich sehe?"

David beugte sich vor. „Oh. Das habe ich vorhin übersehen."

„Und jetzt sieh dir das Datum an." Auf Hunters Lippen legte sich ein gewinnendes Lächeln.

„Juli vor einem Jahr." Mit einem erstaunten Gesichtsausdruck sank David zurück gegen die Stuhllehne.

„Ich glaube, wir haben soeben den Grund gefunden, weswegen es zwischen Barrett McGee und Shaun Forster Streit gab. Ich weiß nicht, was ein Spieleentwickler verdient, aber diesen Verlust wird auch er nicht so einfach geschluckt haben."

„Dann sollten wir Shaun damit konfrontieren." David schickte sich an, aufzustehen.

Hunter drehte sich kaum merklich auf seinem Stuhl. Er hatte die Ellbogen auf die Stuhllehne gestützt und tippte sich gedankenverloren mit den Zeigefingern an die Lippen. „Warte", sagte er schließlich, bevor er aufstand und zum Telefon auf seiner Seite des Tisches ging. Unter seiner Schreibtischablage klemmte noch die Visitenkarte, die er von McGees Vorgesetztem bekommen

hatte. „Ich möchte erst wissen, was genau das für Geschäfte waren."
Noch beim Reden schnappte er sich den Hörer und wählte Steward
Browns Nummer.

„*Royal Bank of London*, Sie sprechen mit Steward Brown",
meldete der sich am anderen Ende der Leitung, nach gerade einem
Freizeichen.

„Mr Brown, hier spricht DI Holmes. Ich würde gerne auf Ihr
Angebot zurückkommen, mich bei weiteren Fragen bei Ihnen zu
melden."

„Hallo Mr Holmes, um was geht es denn?", fragte Brown.
Neugier schwang in seiner Stimme mit, auch wenn er versuchte,
gelassen zu klingen.

„Das würde ich gerne mit Ihnen persönlich besprechen. Wann
haben Sie Zeit?"

„Einen Augenblick." Hunter hörte ein leises Tippen. „Ich habe
heute keine Termine mehr."

„Dann bin ich in einer Stunde bei Ihnen. Bis gleich." Nachdem
auch Brown sich verabschiedet hatte, legte er auf.

Mit einem leisen Ächzen erhob sich Hunter, schnappte sich das
Jackett von der Stuhllehne und drehte sich zu David. »Kommst
du?«, fragte er ihn und nickte in Richtung Ausgang.

„Ich soll mitkommen?"

„Natürlich. Brown weiß nicht, dass du im selben Haus wie
McGee wohnst."

Knapp vierzig Minuten später parkte Hunter seinen Dienstwagen
auf demselben Parkplatz wie schon bei seinem ersten Besuch. Sie
gingen denselben Weg zum Eingang der Bank, doch heute bot sich
ihm ein völlig anderes Bild. Es war kurz vor Mittag und die
Gehsteige waren wie leergefegt. Ein wenig kam er sich vor wie in
einem dieser Endzeitfilme, die er in seiner Jugend in dem kleinen
Kino in Chadwick gesehen hatte. Der Strom aus Anzugträgern war

heute vereinzelten Touristen gewichen, die staunend Fotos von den Hochhäusern schossen.

Sie gingen durch die Drehtür in die Bank, holten sich einen Besucherausweis und fuhren mit dem Lift nach oben. Ein paar Minuten später empfing sie Steward Brown in seinem Büro.

„Also, wie kann ich Ihnen helfen?", fragte er, nachdem sie Platz genommen hatten.

„Wir brauchen Ihr Wissen als Finanzexperte", erklärte Hunter den Grund ihres Besuchs und reichte ihm einen Ausdruck der Datei von McGees Laptop.

Brown nahm die Papiere und blätterte sie durch. War sein Gesichtsausdruck anfangs noch relativ gelassen, verfinsterte er sich zunehmend, mit jedem Blatt, das er umdrehte.

„Sie wissen, was das ist?", fragte Hunter nach einer Weile.

„Ich fürchte, ja." Brown legte die Papiere zusammen und schob sie von sich weg. Er wischte sich über das Gesicht und stand auf. Geistesabwesend stakste er zum Fenster und ließ dabei die Hände in die Hosentaschen wandern. Mit leerem Blick starrte er hinaus, dorthin, wo sich die Zigarre befand.

„Können Sie uns das erklären?" Hunter warf David einen flüchtigen Blick zu, bevor er sich wieder Brown zuwandte.

„Dabei", Brown deutete auf den Ausdruck, der auf dem Tisch lag, „handelt es sich um höchst spekulative Geschäfte. Geschäfte, die fast immer mit einem Totalverlust enden. Unsere Bank hat damit nichts zu tun."

„Sie wussten also nichts davon?"

Brown riss sich von seinem Platz am Fenster los und kam zurück zum Tisch. Vor Hunter stemmte er die Hände darauf ab und blickte ihm fest in die Augen. „Es gab vor einigen Monaten Gerüchte, dass ein Mitarbeiter unserer Bank in solche Geschäfte verwickelt sei. Wir haben daraufhin eine interne Untersuchung laufen lassen, bei der sich diese Gerüchte allerdings nicht bestätigt haben. Mit Barrett habe ich selbst gesprochen. Er hat mir glaubhaft versichert, dass er sich niemals auf so etwas eingelassen hätte."

„Und Sie haben ihm geglaubt", stellte Hunter fest.

„Natürlich. Barrett genoss mein vollstes Vertrauen", entgegnete Brown resigniert und setzte sich wieder. „Schließlich besitze ich eine sehr gute Menschenkenntnis." Sein Oberkörper sank gegen die Stuhllehne. „Das dachte ich zumindest."

„Können Sie uns erklären, um was für Geschäfte es sich hierbei gehandelt hat?" Hunter zog sich die Papiere heran und schlug sie auf. „Aber bitte für Laien verständlich."

„Natürlich. Darf ich?" Brown nahm die Liste wieder zur Hand und überflog sie. Er schüttelte abwesend den Kopf und begann zu erklären: „Optionsgeschäfte sind im Grunde genommen Wetten auf Kurse von Wertpapieren, die diese zu einem bestimmten Termin erreichen sollen. Man kann dabei auf steigende oder fallende Kurse setzen. In diesem Fall", Brown deutete auf den Ausdruck, „in diesem Fall wurden Wetten auf Firmen, die kurz vor der Insolvenz standen, geschlossen."

„Das heißt, die Firmen waren pleite?", schob David dazwischen.

„Noch nicht, aber sie standen kurz davor."

„Warum kauft jemand Wertpapiere von solchen Firmen?"

„Stellen Sie sich eine Firma vor, von der bekannt wird, dass sie in Schwierigkeiten ist, was passiert dann mit dem Aktienkurs dieser Firma?" Brown lehnte sich zurück und überschlug die Beine.

„Ich würde vermuten, dass der Kurs fällt. Wenn ich Aktien einer solchen Firma hätte, würde ich einen Totalverlust befürchten und verkaufen", erwiderte David.

„Ganz genau. Es setzt sich eine Abwärtsspirale in Gang. Die Ersten verkaufen aus Angst. Durch die Verkäufe sinkt der Kurs weiter, was immer mehr dazu bringt, auszusteigen, was wiederum den Kurs weiter fallen lässt. Meistens enden solche Firmen ganz schnell als Pennystocks."

„Okay – soweit verstanden." Hunter sah zu David, um sich dessen Zustimmung zu holen.

„Jetzt stellen Sie sich vor, diese Firma würde gerettet. Sei es durch einen Verkauf oder einen neuen Investor, sei es durch ein bahnbrechendes Produkt, das kurz vor der Einführung steht, oder irgendetwas anderes. Was würde dann passieren? Erinnern wir uns, die Aktien dieser Firma sind für ein paar Pennys zu haben, und eine solche Nachricht kommt an die Öffentlichkeit."

„Verstehe. Es gäbe eine relativ große Chance, dass in kurzer Zeit viele Investoren wieder in diese Unternehmen investieren, weil durch den niedrigen Kurs der Aktie überproportionale Gewinne winken", stellte Hunter fest.

„Richtig. Und mit dieser Chance handeln diese Optionspapiere. Klappt das, bekommt man den Gewinn jedoch nicht eins zu eins ausbezahlt, sondern um einen bestimmten Faktor multipliziert. Das ist das Verlockende. Das Knifflige ist, dass man einerseits nicht weiß, ob ein solches Szenario überhaupt eintritt und andererseits, wann es denn eintritt, weil man ja darauf wettet, dass es bis zu einem bestimmten Zeitpunkt passiert."

„Die Gefahr, seinen Einsatz zu verlieren, ist also riesig." Hunter tippte sich mit dem Zeigefinger an die Lippen.

„Sie könnten auch Lotto spielen, ja. Was mich schockiert, ist, dass Barrett dieses Risiko nicht nur für die Leute, die auf Ihrer Liste stehen, eingegangen ist. Was schon schlimm genug wäre. Barrett hat dafür auch noch Provisionen kassiert. Er war sozusagen der Einzige, der bei diesem Spiel gewonnen hat. Mit Ausnahme der zwei, drei, bei denen es geklappt hat." Fassungslos blickte Brown zu Hunter.

„Sind Kunden Ihrer Bank dabei?" Hunter nickte in Richtung der Liste, die Brown noch aufgeschlagen vor sich liegen hatte.

Er nahm sie und ging die Namen durch. „Ein paar kommen mir bekannt vor. Dürfte ich mir eine Kopie ziehen? Dann würde ich das überprüfen lassen."

„Eine Kopie ist leider nicht möglich, aber ich könnte mit Ihnen die Liste gemeinsam durchgehen", schlug David vor.

Fragend sah Hunter zu Brown.

„Wenn Sie Zeit haben. Ich lasse meine Assistentin die Namen überprüfen." Brown stand auf und verließ das Zimmer. Durch die offen stehende Tür hörte man, wie er mit der Frau im Vorzimmer sprach, dann kam er zurück. „Meine Assistentin wird mit Ihnen die Liste durchgehen. Bitte." Mit einer einladenden Geste deutete er zur Tür.

David nahm die Liste an sich und stand auf, während Brown wieder ins Vorzimmer ging.

„Wir treffen uns dann heute Nachmittag im Büro", sagte Hunter.

„Alles klar. Ich nehme die U-Bahn. Was machst du?", erkundigte sich David.

„Ich fahre nach *Brick Manor* und schaue, ob ich Mr Forster antreffe."

„Da solltest du gute Chancen haben. Er arbeitet ziemlich viel von zuhause aus. Das hat Ida mir jedenfalls erzählt."

Hunter schmunzelte. „Wer auch sonst. Dann bis später." Er stand auf und ließ David im Büro zurück. Nachdem er sich bei Brown verabschiedete hatte, verließ er das Gebäude.

Das vertraute Klingeln ertönte, als Hunter den Klingelknopf von Shaun Forsters Apartment drückte.

„Einen Moment bitte", hörte er ihn durch die Tür.

Hunters Blick glitt den Gang entlang und blieb an einem Gesicht, das ihm aus dem hinteren Treppenhaus anstarrte, hängen. Eisblaue Augen musterten ihn.

„Guten Tag", rief er Björn zu.

Statt eine Antwort zu geben, verschwand das Gesicht wieder hinter dem Mauervorsprung. Kurz darauf vernahm Hunter schwere Schritte, die auf der knarzenden Treppe nach oben erklangen.

Forster öffnete die Tür. „Sie? Hatten wir einen Termin?"

„Nein. Ich war zufällig in der Gegend und es haben sich noch ein paar Fragen ergeben."

„Hören Sie Inspector, ich habe Ihnen bereits alles erzählt. Ich glaube nicht, dass ich dem etwas hinzufügen kann. Was wollen Sie denn jetzt noch wissen?", bügelte ihn Forster unfreundlich herunter.

Lächelnd rieb sich Hunter über das Kinn. „Es gibt neue Erkenntnisse. Ich kann mir inzwischen denken, warum es letztes Jahr zwischen Ihnen und Barrett McGee zum Streit kam. Wollen wir das hier besprechen?" Wortlos ließ er seinen Blick erst den Flur entlanggleiten, dann wieder zu Forster.

Der studierte sein Gesicht, wohl um irgendeinen Hinweis auf einen möglichen Bluff zu finden, aber Hunter hielt seiner Musterung stand. Forsters Körper sackte in sich zusammen. „Natürlich nicht. Bitte. Sie kennen sich aus." Er ließ die Türklinke los, die er bis eben noch festgehalten hatte, und ging mit gesenktem Kopf in die Wohnung. Hunter folgte ihm und nahm auf demselben Stuhl wie bei ihrem letzten Gespräch Platz.

„Also", forderte Forster ihn auf. Er hatte sich breitbeinig mit verschränkten Armen vor ihm platziert und bemühte sich, entspannt zu wirken, aber seine Augen fixierten nachdenklich einen Punkt in Hunters Gesicht. Das Pochen seiner Halsschlagader war überdeutlich zu sehen. „Was gibt das jetzt?", fragte er nach einer Weile. „Lassen Sie Ihre Abenteuergeschichte raus. Ich bin gespannt."

„Es wird keine Abenteuergeschichte im eigentlichen Sinn. Vielmehr ein Börsenthriller, um in Ihrer literarischen Metapher zu bleiben."

Forsters Gesichtszüge entglitten ihm für einen Wimpernschlag, doch schnell gelang es ihm, sie wieder unter Kontrolle zu bekommen.

„Bevor Sie alles abstreiten. Wir haben Beweise dafür, dass Sie mithilfe Ihres Freundes in hochriskante Optionsgeschäfte verwickelt waren. Geschäfte, bei denen Sie einen ziemlich großen Haufen Geld verloren haben." Hunter ließ seine Stimme ruhig und sachlich klingen. Er überschlug die Beine und faltete die Hände, die er auf seinen Oberschenkel abgelegt hatte. Sein Blick war fest auf Forsters Gesicht geheftet. „Wobei ich noch hinzufügen möchte: ganz im Gegensatz zu Mr McGee."

„Was wollen Sie damit sagen?", fragte Forster rotzig.

„Ihr Freund kassierte für die Vermittlung dieser Geschäfte eine nicht unerhebliche Provision. Wussten Sie das nicht?"

Forster stand auf, fuhr sich mit der Hand über den Nacken und ging schweigend zu den Degen an der Wand. Davor blieb er stehen und betrachtete sie. Hunter beobachtete ihn dabei und ließ ihm einen Moment Zeit.

„Ich gehe davon aus, dass Sie keine Kenntnis über diese Provisionszahlungen hatten?"

Forster lachte verächtlich auf. Er drehte sich um und ging wieder zurück zum Stuhl, auf den er sich fallen ließ. „Da treffen Sie wohl den Nagel auf den Kopf."

„Shaun, was war damals?" Hunter beugte sich ihm entgegen. Er stützte seine Ellbogen auf seine Oberschenkel und sah ihn auffordernd an. „Shaun! Es sieht momentan nicht gut für Sie aus. Sie haben ein überaus starkes Motiv. Musketiere hin, Musketiere her."

„Ich war in Birmingham. Falls Sie sich noch erinnern."

„Ich erinnere mich. 90 Minuten hin und 90 Minuten zurück. Shaun, ich bitte Sie."

Forster senkte den Kopf. Er schien seine Optionen zu überdenken. Langsam hob er ihn wieder. „Ich habe ihn nicht umgebracht. Auch wenn ich Grund dazu gehabt hätte."

„Was war damals?", wiederholte Hunter seine Frage.

Shaun streckte sein rechtes Bein aus, während er seinen linken Fuß um das Stuhlbein schlang. „Barrett hat mir wochenlang von einem scheinbar todsicheren Investment vorgeschwärmt. Es war eine Firma in Frankreich. Die Firma war in Zahlungsschwierigkeiten geraten und ihr Aktienkurs in den Keller gerauscht. 1 Pfund und 24 Penny." Gequält lachte er auf. „Barrett sagte, er habe aus einer sicheren Insiderquelle erfahren, dass ein großer Investor einsteigen würde. Die Bekanntgabe sollte am ersten Juli erfolgen. Er sagte, dass der Kurs explodieren würde, sobald diese Information veröffentlicht würde."

„Also stiegen Sie ein."

Forster nickte. „Er erwarb für mich im Wert von fast vierzigtausend Pfund Aktien. Unsere gesamten Rücklagen. Doch an dem Tag, an dem die große Enthüllung stattfinden sollte, passierte nichts. Der Kurs war inzwischen auf weit unter einen Pfund abgerutscht. Ich wollte aussteigen, um zumindest noch einen Teil zu retten, doch Barrett überredete mich, noch ein paar Tage zu warten." Er schluckte schwer. „Zwei Tage danach meldete das Unternehmen Konkurs an und die Aktien wurden vom Markt genommen."

„Das hieß für Sie …"

„Totalverlust. Alles weg." Eine Pause entstand. Nachdenklich schob Shaun den Fingernagel seines Daumens unter den des anderen. „Das war der Grund für den Streit."

„War diese Geschichte auch der Grund dafür, dass sich Ihre Frau von Ihnen getrennt hat?", hakte Hunter mit sanfter Stimme nach.

Vorsichtig nickte Forster. „Es war der letzte Tropfen, der das Fass zum Überlaufen brachte."

„Was hatte es zuvor gefüllt?"

„Meine Freundschaft zu Barrett und Thomas. Susan fühlte sich zurückgesetzt. Sie war eifersüchtig auf die beiden. Als das mit dem Geld hinzukam, war es wohl zu viel. Sie ging und zog zurück zu ihren Eltern. In der Folge hatte ich einiges zu tun, damit ich die Wohnung hier nicht auch noch verlor." Forster deutete mit einem Nicken ins Zimmer hinein. „Mein Glück war, dass ich kurz danach einen neuen Auftrag bekam, mit dem Vorschuss konnte ich weiter die Raten zahlen, sonst wäre ich hier raus gewesen."

„Und was tat Ihr Freund?"

Ein bitteres Lächeln schob sich auf seine Lippen. „Er hat gemeint, es täte ihm leid, hat die Schuld aber auf die Umstände geschoben und mir angeboten, jederzeit ein offenes Ohr für mich zu haben."

„Nicht besonders ehrenhaft für einen Musketier", stellte Hunter fest. „Und Sie haben es darauf beruhen lassen?"

„Natürlich nicht. Ich bin zu einem Anwalt, um zu sehen, ob ich Schadensersatz bekommen kann. Die Antwort können Sie sich sicherlich denken. Bei Aktiengeschäften muss der Käufer einen Totalverlust jederzeit einkalkulieren. Mein Vertrauen in Barrett war weg. Innerlich kündigte ich ihm die Freundschaft."

Hunter horchte erstaunt auf. „Innerlich?"

„Ich kam hin und wieder zu gemeinsamen Treffen – Thomas zuliebe." Forster schob seine Augenbrauen zusammen. „Und weil ich mir erhoffte, dass er irgendwann einmal etwas rausrückt, was beweist, dass er mich übers Ohr gehauen hat."

„Kann irgendjemand bezeugen, wo Sie in der Nacht von Donnerstag auf Freitag letzte Woche waren?"

„Ich war im Hotel in Birmingham!" Er sprang auf und lief zu seinem Schreibtisch, wo er in einem Stapel Papiere kramte, bis er fündig wurde und ein Blatt herauszog. Damit ging er zurück zum Tisch und legte es vor Hunter. „Bitte. Die Rechnung."

„Das beweist nur, dass Sie dort ein Zimmer hatten, aber kann jemand bezeugen, dass Sie auch dort waren?"

Resigniert schüttelte Forster den Kopf. „Nach dem Abendessen war ich alleine auf meinem Zimmer. Wenn man den ganzen Tag im Messetrubel steckt, ist man froh, mal niemanden zu sehen und seine Ruhe zu haben."

„Nun gut. Wir werden Ihre Angaben überprüfen. Darf ich?" Hunter deutete auf die Rechnung und wedelte mit seinem Handy, um zu verdeutlichen, dass er ein Foto machen wolle.

„Selbstverständlich." Shaun schob Hunter die Rechnung hin, so dass er ein Foto schießen konnte.

„Vielen Dank. Sind in den nächsten Tagen größere Reisen geplant?" Den Blick auf sein Gegenüber gerichtet, ließ er sein Handy zurück in seine Hosentasche gleiten.

„Nein. Ich arbeite an einem neuen Konzept. Das geht am besten von zuhause aus."

„Halten Sie sich bitte zur Verfügung. Es kann sein, dass ich Sie noch einmal brauche. Und es wäre gut, wenn Sie mir die Adresse Ihrer Frau geben könnten." Hunter zückte seinen Kugelschreiber und öffnete das Notizbuch.

Shaun nickte niedergeschlagen, er holte ein Blatt Papier und schrieb die Adresse auf, während Hunter den Kuli und das Buch wieder einsteckte. „Sie wohnt noch immer bei ihren Eltern."

„Danke. Ich werde mich bei Ihnen melden."

Kapitel 11 – Mr und Mrs Forster

David war bereits im Büro und telefonierte, als Hunter vom Verhör mit Shaun Forster zurückkam. Er saß am Schreibtisch, vor ihm lag der Ausdruck, den sie bei Steward Brown dabeigehabt hatten. Hinter den Namen einiger der Geschädigten hatte er sich Notizen gemacht und ein paar der Zeilen markiert.

Hunter nickte ihm zur Begrüßung zu, warf einen neugierigen Blick auf die Liste und ging dann weiter zu seinem Schreibtisch.

„Danke, dass Sie sich Zeit genommen haben", beendete David sein Telefonat.

„Du bist ja schon zurück." Hunter startete den Computer und stand wieder auf. „Kaffee?"

„Es ging schneller als gedacht und gerne. Browns Assistentin war eine große Hilfe. Die Frau hat ein Wissen …" Anerkennend schüttelte David den Kopf und blies Luft durch seine Lippen. „Wenn du zurück bist, bringe ich dich auf den neuesten Stand."

Hunter schlenderte zur Kaffeelounge, die sich am Ende des Flurs befand. Dort angekommen nahm er zwei Tassen aus dem Schrank und stellte sie unter die Maschine. Während der Kaffee sprudelnd in die Tassen lief, lehnte er sich entspannt an den Schrank. Steven kam ihm in den Sinn, er zog sein Handy aus der Hosentasche und tippte eine Nachricht an ihn. ‚*Ein kleiner Zwischendurchgruß. Ich freue mich auf unser nächstes Treffen.*'

Ein warmes Gefühl wallte in ihm auf, als er auf seinem Bildschirm sah, dass seine Nachricht zugestellt worden war.

„Hey Hunter, wie geht's?" Roberta hatte den Raum betreten, ohne dass er es registriert hatte, und strahlte ihn an. „Lange nicht gesehen."

Nicht so lange, wie du vielleicht denkst, kam ihm in den Sinn und er schmunzelte. „Da hast du recht. Und wie ich hörte, ist in dieser Zeit einiges passiert." Wissend zwinkerte er ihr zu.

Robertas Leuchten verstärkte sich zusehends.

„Ihr scheint euch gut zu verstehen."

Sie nickte lächelnd. In diesem Augenblick strahlte sie das pure Glück aus. Hunters Herz hüpfte vor Freude, als er sie betrachtete.

„David ist ein Schatz." Sie blickte sich um, als wollte sie sichergehen, dass niemand in der Nähe war, und beugte sich zu ihm. „Er ist zwar noch ein wenig schüchtern, aber das bekommen wir in den Griff."

„Davon gehe ich aus. Du machst das schon." Er schmunzelte. Je mehr er von den beiden mitbekam, desto eher war er der Meinung, dass da zusammengekommen war, was zusammengehörte, und Roberta schien in dieser Beziehung den Takt vorzugeben. „Ich muss wieder. Dir einen schönen Tag." Er goss einen Schwall Milch in eine der Tassen, zog sie unter dem Auslauf hervor, dann machte er sich wieder auf den Weg zurück ins Büro.

Nachdem er David den Kaffee neben die Tastatur gestellt hatte, nahm er erneut Platz. „Also, was hast du herausgefunden?"

David nippte an seinem Getränk. Hastig zog er den Kopf zurück und blies Luft durch seine Zähne. „Heiß." Er stellte die Tasse wieder ab und nahm die Liste in die Hand. „Die Assistentin von Steward Brown war auf zack. Sie hat nur eine knappe halbe Stunde benötigt, um die ganzen Kunden abzuchecken."

„Was kam dabei raus?"

„Etwa die Hälfte auf der Liste waren Kunden der Bank, die andere hatte keinerlei Geschäftsbeziehungen zu McGees Arbeitgeber. Ich habe inzwischen gut zwei Drittel erreicht." Er blätterte in den Ausdrucken. „Die, die keine Kunden waren, waren durch Mund-zu-Mund-Propaganda auf McGee gekommen."

Spöttisch lachte Hunter auf. „Was soll das für eine Mundpropaganda gewesen sein? Wenn du mal richtig gut Geld verlieren willst …"

David schüttelte den Kopf. „Es war durchaus nicht so, dass alle Verluste gemacht haben. In diesem Fall passt die Datei auf seinem Computer nicht mit den Aussagen überein. Wenn ich das richtig sehe, hatte McGee nur die Ausreißer nach oben oder unten in der Tabelle zusammengefasst."

„Den Leuten war also bewusst, auf was sie sich da eingelassen haben?" Hunter legte die Stirn in Falten.

„Den meisten schon. Sie haben aber auch nur für sie verschmerzbare Beträge investiert. Bis jetzt habe ich zwei erwischt, denen das Risiko wohl nicht bewusst war oder die es ignoriert haben. Kurioserweise waren das aber auch die mit den größten Verlusten. Die beiden waren nicht besonders gut auf McGee zu sprechen. Na ja und Shaun natürlich."

Beide Zeigefinger, zu einem Dreieck geformt, lagen an Hunters Lippen, während er Davids Ausführungen lauschte. „Dann sollten wir uns die beiden vielleicht einmal genauer ansehen."

„Sie haben beide Alibis für die Nacht, in der McGee getötet wurde." David blätterte auf die letzte Seite. „Der eine war mit seiner Familie im Urlaub am *Comer See*. Sie sind erst am Samstag zurückgekommen und der andere liegt mit einem gebrochenen Bein zuhause. Ein Foul beim Fußball vor zwei Wochen. Lass mich die anderen noch durchtelefonieren."

Hunter lehnte sich in seinem Stuhl zurück und legte die Füße auf den Tisch. „Also fassen wir zusammen: Motive hätten am wahrscheinlichsten einige der Geschädigten seiner Börsengeschäfte oder eine der Frauen, mit denen er was am Laufen hatte. Und der

Täter oder die Täterin hatte sehr wahrscheinlich einen Schlüssel zu seiner Wohnung."

Mit dem Stuhl rollte David um den Schreibtisch herum. „Eine Tatsache, die eher für die Frauen spricht. Aus welchem Grund sollte einer seiner Kunden einen Schlüssel für seine Wohnung haben?"

„Vielleicht eine Kundin, mit der er gleichzeitig was hatte …"

„Ich glaube eher an einen Täter." David fuhr mit seinem Zeigefinger über den Rand der Kaffeetasse.

„Was bringt dich zu dieser Meinung?"

„McGee wurde ans Bett gefesselt. Er war ein durchtrainierter, großer Mann. Es gehört schon ziemlicher Kraftaufwand dazu, ihn dorthin zu schleppen und darauf zu hieven."

„Da bin ich mir nicht sicher. Zum einen war er durch das Schlafmittel außer Gefecht gesetzt. Was, wenn er müde wurde und sich selbst ins Bett gelegt hat? Auch die Wahl des Mordwerkzeugs würde eher für eine Frau sprechen. Schlafmittel und ein Plastiksack über dem Kopf. Männer bevorzugen es brachialer. Sie erschießen, erstechen oder erwürgen."

„Erwürgen oder ersticken – wo ist der Unterschied?", fragte David.

„Der Unterschied liegt im Gefühl der Macht. Meistens sind Männer die Machtbesesseneren. Es verleiht Macht, wenn man einen anderen erwürgt. Er stirbt durch die eigenen Hände. In diesem Fall wurde zwar dafür gesorgt, dass das Opfer erstickt, aber nicht durch die Hand des Täters, sondern eher beiläufig. Das Töten wurde nicht zelebriert. In gewisser Weise wurde McGee entsorgt."

„Also gut. Gehen wir von deiner Theorie aus, war es eine seiner Liebschaften, und nach meiner Theorie einer seiner Börsengeschädigten", stellte David nüchtern fest.

„Waren denn gar keine Frauen unter den Geschädigten?"

„Zwei. Die eine einundsechzig, die andere über siebzig. Ein fast reiner Männerverein."

Schmunzelnd schüttelte Hunter den Kopf. „Männer und ihre Spielsachen."

David kratzte sich am Mundwinkel. „Gab es denn neue Erkenntnisse bei Shaun Forster?"

„Ein interessanter Charakter, dein Nachbar. Er bemüht sich, unfreundlich zu wirken, was ihm jedoch ziemlich viel abverlangt. Als ich ihn mit den Fakten konfrontiert habe, hat er sofort alles zugegeben. Meiner Meinung nach hat ihn McGee wissentlich und ohne Skrupel über den Tisch gezogen. Danach war er nicht nur fast pleite, auch seine Beziehung ging letzten Endes wegen dieser Geschichte in die Brüche. Seine Frau hatte ein Problem mit McGee." Hunter nahm seine Füße vom Tisch und kramte das Notizbuch hervor, in das er den Zettel mit ihrer Anschrift gelegt hatte. „Ich habe ihre Adresse, mal sehen, was sie mir über die drei Musketiere erzählen kann."

„Wie sieht es mit Shauns Alibi aus?", warf David ein.

„Dürftig. Er war zwar in Birmingham in einem Hotel eingebucht, und ich denke auch, dass es Zeugen geben wird, die bestätigen können, dass er dort abgestiegen ist, jedoch nur bis zu einem bestimmten Zeitpunkt an dem betreffenden Abend." In seinen Notizen hatte er hinter Shauns Namen das Wort Alibi geschrieben – dick und unterstrichen mit einem Fragezeichen. „Nach seinen Angaben war er alleine auf dem Zimmer."

David rutschte an seinen Computer und tippte etwas auf der Tastatur. „Von Birmingham nach London braucht man mit dem Zug etwas mehr als anderthalb Stunden."

„McGee starb gegen 2:30 Uhr. Sagen wir, Forster wäre um zehn in sein Zimmer gegangen, dann hätte er mindestens acht Stunden gehabt, um nach London zu fahren, sich in McGees Wohnung zu schleichen, ihn zu töten und wieder zurückzufahren."

„Das wäre locker machbar gewesen. Aber er hätte einen Schlüssel zu seiner Wohnung haben müssen." David hob seinen Zeigefinger, um seine Überlegung zu unterstreichen.

„Ganz genau." Hunter rieb sich die Wange. „Und was das betrifft, denke ich, dass mich Mr Forster angelogen hat. Ich glaube, er hatte sehr wohl einen. Als ich ihn danach gefragt habe, wurde er nervös."

„Aber er hätte auch wissen müssen, dass McGee genau an diesem Abend den Wein mit dem Schlafmittel trinkt."

„Das ist richtig. Der einzige Punkt, der noch Fragen aufwirft. Vielleicht hatte er einen Komplizen. Immerhin gab es drei Musketiere." Hunters Blick schweifte zum Fenster.

„Was hast du ständig mit diesen Musketieren?", fragte David verwundert.

„Dein Nachbar ist ein Fan und sah sich und seine Freunde als eine Art moderne Version dieser Figuren. Wusstest du das nicht?"

David schüttelte den Kopf. „Wie schon gesagt, ich kenne meine Nachbarn nur sehr oberflächlich."

„Hmm." Hunter rollte mit dem Bürostuhl in Griffweite des Telefons. Er rief das öffentliche Telefonbuch in seinem Browser auf und tippte die Adresse von Susan Forster in das Suchfeld. Eine Nummer erschien, die Hunter anwählte. Nach ein paarmal Klingeln wurde abgehoben.

„Hallo, mein Name ist DI Hunter B. Holmes. Spreche ich mit Susan Forster?", meldete er sich.

„Das tun Sie. Ich habe schon auf Ihren Anruf gewartet", antwortete die Frau am anderen Ende der Leitung.

„Sie wissen, warum ich anrufe?"

„Ich nehme an, wegen Barrett", erwiderte sie kühl.

„Können wir uns treffen?", fragte Hunter.

„Wie sieht es morgen Vormittag aus? Da fahren meine Eltern immer zum Einkaufen auf den Markt und wir wären ungestört."

„Das klingt vortrefflich. Ich bin gegen neun bei Ihnen." Hunter verabschiedete sich und legte auf. „Dann wollen wir mal sehen, was uns Mrs Forster zu erzählen hat. Kommst du mit?"

„Was für eine Frage!", entgegnete David.

Kapitel 12 – Vorstadtidylle

Hunter parkte am Straßenrand schräg gegenüber dem Elternhaus von Susan Forster, in dem sie mit ihr verabredet waren.

„Vorstadtidylle", brummte David, der seinen Blick über die Straße schweifen ließ, als sie geparkt hatten.

„Höre ich da etwa Begeisterung mitschwingen?", hakte Hunter nach und lächelte seinen Partner spöttisch an.

„Es ist ein wenig ... spießig, nicht wahr?"

Auch Hunter ließ seinen Blick über die Häuser mit den gepflegten Vorgärten mit den penibel beschnittenen Hecken, den Auffahrten mit Nobelkarossen und getrimmten Rasen wandern.

„Findest du? Ich denke, hier kann man ganz gut leben. Man ist nahe der Stadt, allerdings ohne den Lärm und die Hektik. Jeder kennt jeden und man hilft sich."

„Wie ich schon sagte – spießig. Ich mag den Lärm und den Trubel. Man fühlt sich lebendig. Hier steht man unter ständiger Beobachtung der Nachbarn. Und vielleicht möchte man nicht, dass der Nachbar alles von einem mitbekommt!"

Hunter beugte sich nach vorn und legte seine Arme auf das Lenkrad. „Stell dir doch mal vor, du hättest mit Roberta zusammen so ein Häuschen. Wenn du abends nach Hause kommst, ist sie mit einer Tasse Tee im Garten und läuft dir entgegen. Dann sitzt ihr nebeneinander auf einer Bank unter einem Baum und schaut den Eichhörnchen zu, wie sie die Bäume hoch und runter jagen." Er deutete in den Garten der Forsters. Am Stamm einer wuchtigen Kastanie standen eine alte Holzbank und ein Tischchen. „Ungefähr so wie hier". Bei seiner Beschreibung und diesem Anblick bekam er selbst Lust, hier zu leben. Steven und er.

„Erstens arbeitet Roberta auch, also würde sie nicht hier sitzen und warten, wir würden, wenn überhaupt, gemeinsam ankommen. Und wenn du unter einem Baum sitzt, kackt dir am Ende noch ein Vogel auf den Kopf und Eichhörnchen mag ich nicht. Im Endeffekt sind es braune Ratten mit einem buschigeren Schwanz."

Hunter öffnete die Tür. „Romantikkiller", entgegnete er belustigt und stieg aus.

„Wie kommst du darauf, dass Roberta auf so was steht?", fragte David, der neben ihm auf das Haus von den Forsters zulief.

„Tut sie nicht?" Er schielte zu David.

„Also … ich weiß nicht." Grübelnd sah er Hunter an.

Hunter ging an die Tür. „Du wirst es herausfinden." Dann drückte er den Klingelknopf, noch bevor David etwas erwidern konnte.

Eine brünette Frau mit langen Haaren öffnete ihnen. Ihre freundlichen braunen Augen musterten Hunter und David durch eine schmale bernsteinfarbene Brille auf der Nase. „Inspector Holmes nehme ich an?"

„So ist es." Hunter hielt ihr seine Hand entgegen. „Das ist mein Partner David Cloverfield", stellte er David vor.

„Bitte. Kommen Sie herein." Sie ging zu einer dunkel-hellblau gestreiften Polstersitzgruppe. „Nehmen Sie doch Platz." Susan ließ sich in den Sessel sinken, überschlug die Beine grazil und lehnte sich auf das rechte Armpolster, während sich die beiden gegenüber auf dem Zweisitzer niederließen .

„Wie kann ich Ihnen helfen?", fragte sie und blickte zu Hunter. Eine schneeweiße Katze sprang mit einem Satz auf den Sessel und quetschte sich zwischen Susan und die Armlehne.

„Mr Tingles, jetzt nicht", sagte sie sanft und hob den Kater hoch. Sie schaute ihm tief in die Augen, ein Lächeln zupfte an ihrem

Mundwinkel, als der Kater zu schnurren begann. „Na gut." Sie setzte ihn wieder neben sich, wo er sich sofort zusammenrollte. „Entschuldigen Sie bitte. Mr Tingles ist der Kater meiner Eltern. Er hat irgendwie einen Narren an mir gefressen. Stört es Sie?"

„Nicht im Geringsten." Hunter sah schmunzelnd den Kater an, wie dieser mit geschlossenen Augen angeschmiegt an Susans Bein im Sessel lag. Er zückte sein Notizbuch und seinen Stift. „Vielen Dank, dass Sie so schnell Zeit hatten."

„Ich bitte Sie, wenn ich helfen kann. Ich arbeite als Lehrerin und zur Zeit sind sowieso Ferien."

„Sie wissen, aus welchem Grund wir hier sind?", fragte Hunter.

„Ist Shaun in Schwierigkeiten?", hakte sie nach. Hunter meinte ehrliche Sorge zu hören, die in ihrer Stimme mitschwang.

„Dazu können wir zum jetzigen Zeitpunkt noch nichts sagen. Aber wir hätten einige Fragen bezüglich der Beziehung von Shaun Forster und Barrett McGee." Er schlug das Buch auf und blickte wieder zu Susan.

„Und Thomas nehme ich an."

„Und Thomas Robinson", ergänzte Hunter, lächelte verhalten und warf David einen flüchtigen Seitenblick zu.

„Sie waren lange Zeit Teil dieser speziellen Gemeinschaft. Was können Sie uns über die Freundschaft der drei sagen?"

Susans freundlicher Blick verlor eine Nuance des Glanzes. „Die drei Musketiere", erwiderte sie mit einer Spur Abfälligkeit. „Sie kennen sich seit ihrer Kindheit und sind nie wirklich voneinander losgekommen."

„Sie sprechen davon, dass sie im gleichen Haus wohnen?"

„Nicht nur davon." Susan senkte den Blick und streichelte mit ihrer Hand über den Kopf des Katers, der sich auf den Rücken drehte. „Wer wohnt schon in diesem Alter noch mit seinen Schulfreunden zusammen?" Susans Stimme schwoll an. Sie schluckte und schüttelte eine Strähne aus dem Gesicht.

„Entschuldigen Sie. Wissen Sie, ich musste viele Jahre gegen diese Freundschaft ankämpfen. Aussichtslos."

„Wie müssen wir uns diesen Kampf vorstellen?", warf David eine Frage ein.

Susan kraulte sanft den Bauch des Katers, der sie dafür mit einem gleichmäßigen Schnurren belohnte. „Stellen Sie sich vor, Sie sind verheiratet und machen mit Ihrer Frau etwas aus, Inspector. Sagen wir ein romantisches Dinner. Ihre Frau freut sich tagelang auf diesen Abend und dann kommt Ihr bester Freund und schlägt für diesen Abend vor, zusammen um die Häuser zu ziehen." Susans Verbitterung war noch immer deutlich zu hören.

„Verstehe", erwiderte Hunter. „Ich nehme an, das Dinner wurde in diesem Fall gecancelt?"

„Dinner, Urlaube, Ausflüge, Einstellungen, Pläne überhaupt." Susan ließ sich gegen die Lehne sinken, hörte kurz auf, den Kater zu streicheln, was dieser mit einem entsetzten Blick bestrafte. „Thomas nahm zumindest Rücksicht auf Mona. Barrett war das jedoch egal. Manchmal hatte ich das Gefühl, er genoss es, wenn Shaun und ich uns seinetwegen stritten."

„Wie lange waren sie verheiratet?", hakte David nach.

„Etwa fünfeinhalb Jahre." Gedankenverloren drehte sie ihren Ehering. Traurigkeit durchzog ihren Blick und Hunter glaubte, einen Schimmer über ihren Augen zu erkennen.

„Vielmehr dürften es wohl auch nicht werden." Betroffen senkte sie den Kopf. „Nächsten Monat ist der Termin für die Scheidung."

„Wie kam es zu dem Entschluss, die Scheidung einzureichen?", fragte Hunter.

„Ich nehme an, Shaun hat Ihnen von seiner einsamen Entscheidung letztes Jahr berichtet?", entgegnete sie verbittert.

„Sie sprechen von der Investmentsache?"

Sie nickte mit unglücklichem Blick. „Hat er Ihnen auch gesagt, dass er nicht nur sein Geld, sondern unser gesamtes Erspartes vernichtet hat?" Sie schüttelte verhalten den Kopf, so als ob sie noch immer nicht glauben konnte, was geschehen war.

Hunter sah zu David, der betroffen zu ihr blickte.

„Das war der entscheidende Moment, der alles zum Kippen brachte. Ich konnte nicht mehr. Verstehen Sie mich nicht falsch. Ich liebe Shaun über alles, aber drei sind nun einmal einer zu viel. Und in unserer Ehe waren wir von Anfang an zu dritt."

„Wie war Ihr Verhältnis zu Barrett McGee?" Hunter tippte mit seinem Kugelschreiber auf den Einband des Notizbuchs, woraufhin Mr Tingles ein Auge öffnete, um ihn misstrauisch zu betrachten. Da er jedoch keine Gefahr darzustellen schien, schloss er es wieder.

„Ich habe ihn still ertragen. Was hätte ich auch sonst tun sollen? Bis zu unserer Hochzeit dachte ich, wir würden gut miteinander auskommen. Er war zuvorkommend, freundlich und rücksichtsvoll. Doch ab dem Tag, an dem Shaun und ich geheiratet hatten, zündete er ein Störfeuer nach dem anderen und Shaun tat nichts dagegen. Ich kann Ihnen nicht sagen, ob er es nicht bemerkt hat oder nicht merken wollte. Manchmal denke ich, dass er Barrett hörig war." Ihre Verzweiflung war deutlich zu vernehmen.

„Es tut mir leid", erwiderte Hunter mitfühlend. „Hatten Sie nach der Trennung noch Kontakt zu Mr McGee?"

Susan lachte auf. „Nein. Das war eines der guten Dinge, nachdem ich ausgezogen war. Barrett war weg aus meinem Leben." Zynismus schwang in ihrer Stimme mit.

„Ich möchte nicht zu vermessen sein, aber Sie wirken auf mich, als wäre Ihre Ehe für Sie nicht ganz so beendet, wie Sie sagen." Hunter hatte das Mienenspiel von Susan genau beobachtet, er erkannte darin noch Hoffnung.

Sie senkte den Kopf, eine Strähne fiel ihr ins Gesicht. Mit dem Finger fuhr sie eine Naht auf dem Polster des Sessels nach. Dann hob sie den Kopf wieder. Ihre Augen waren feucht geworden und sie lächelte. „Erwischt, Inspector. Auch wenn ich es nur ungern zugebe. Der erste Gedanke, den ich hatte, als ich von Barretts Ableben gehört habe, war, ob es vielleicht noch eine Chance für uns geben könnte. Idiotisch, ich weiß." Erneut drehte sie den Ring an ihrer Hand.

„So würde ich das nicht bezeichnen. An den Punkt zu kommen, jemanden zu heiraten, ist etwas Besonderes. Immerhin geht man im Normalfall mit dem Plan in eine Ehe, dass man mit diesem Menschen sein restliches Leben verbringt. Ungleich schwerer ist es, diesen Plan zu begraben. Da ist es doch nur allzu verständlich, wenn sich die Umstände ändern, diese Entscheidung zu hinterfragen." Hunter rückte an die Kante der Sitzfläche vor, um näher an Susan zu kommen. „Ich denke, Sie haben Ihre Entscheidung bereits gefällt, richtig?"

Susan nickte erleichtert. „Wir haben gestern lange telefoniert und wollen uns am Freitag noch mal zusammensetzen. Ohne Anwalt. Nur Shaun und ich. Dann werden wir sehen." Ein sanftes Lächeln umspielte ihre Mundwinkel und Hoffnung durchflutete ihren Blick.

„Besitzen Sie noch einen Schlüssel für das Haus?", fragte Hunter beiläufig.

Susan schüttelte den Kopf. „Nein. Die habe ich zurückgelassen. Da nichts mehr von mir in der Wohnung war, wofür hätte ich einen Schlüssel benötigt?" Susans Blick glitt wehmütig zum Fenster. „Nichts, außer meinem Mann", fügte sie kaum hörbar hinzu.

„Nun ja, immerhin sind Sie noch verheiratet. Es kommt nicht selten vor, dass der Partner, der aus der gemeinsamen Wohnung zieht, zumindest einen Ersatzschlüssel behält – für Notfälle."

„Wir hatten nur zwei Schlüssel und die hat Shaun behalten. Er wollte, dass ich einen nehme, aber …" Anstatt weiterzusprechen, schüttelte sie nur stumm den Kopf.

„Können Sie uns sagen, ob sich das Verhältnis zwischen Mr McGee und Ihrem Mann in irgendeiner Weise geändert hat, nach allem, was vorgefallen ist?", warf David, der nun eine längere Zeit still neben Hunter gesessen hatte, ein.

„Nur aus den Erzählungen von Shaun und Thomas. Demnach war es merklich abgekühlt, doch Shaun hat Barrett auch nicht die Freundschaft gekündigt. Sie sahen sich wohl immer noch regelmäßig."

„Haben Sie noch Kontakt zu Thomas Robinson?", hakte David nach.

„Nein. Er war ein paar Wochen nach meinem Auszug bei mir und wollte mich überreden, es noch einmal mit Shaun zu versuchen. Doch damals war alles noch so frisch und ich habe ihn weggeschickt." Susan hob eine Pfote des Katers an und rieb sie behutsam zwischen Daumen und Zeigefinger. Mr Tingles drehte sich wieder auf den Rücken und seufzte. „Wissen Sie, wenn ich so darüber nachdenke, ist Thomas das, was ich als wirklichen Freund bezeichnen würde. Er ist in Ordnung."

„Wissen Sie, ob Barrett McGee Feinde hatte?", fragte Hunter.

Susan schnaufte auf. „Hatte Barrett Feinde?", wiederholte Sie die Frage. „Das weiß ich ehrlich gesagt nicht. Es gab bestimmt jede Menge Leute, die ihn nicht mochten, aber ob ich so weit gehen würde, sie als Feinde zu bezeichnen, weiß ich nicht."

„Wer könnte das zum Beispiel gewesen sein?"

„Ich zum Beispiel oder eine seiner vielen Frauen. Barrett hat nicht nur ein Herz gebrochen und ich gehe davon aus, dass Shaun nicht der Einzige war, den er geschäftlich über den Tisch gezogen hat. Aber Namen kann ich Ihnen nicht nennen. Wie gesagt, ich habe ihn ertragen, mich aber nie für ihn oder sein Leben interessiert." Sie hob den Kater auf ihren Schoß und setzte sich auf. „Es tut mir wirklich sehr leid, was mit Barrett passiert ist. Niemand hat es verdient, auf diese Weise zu sterben. Aber irgendwie bin ich auch froh, dass er nicht mehr da ist. Auch wenn ich mich für diese Gedanken schäme."

„Eine letzte Frage noch. Wo waren Sie vorletzten Donnerstag auf Freitagnacht?" Hunter behielt Susan fest im Blick, um jede kleinste Regung zu erkennen.

„Sie meinen die Nacht, in der Barrett umgebracht wurde?"

Er nickte.

„Das war der einunddreißigste." Sie starrte nachdenklich auf einen Punkt zwischen David und Hunter. „Ja, natürlich", erwiderte sie schließlich. „Hier. Ich habe die Prüfungen korrigiert. Am Freitag war der letzte Schultag und ich wollte die Ergebnisse vor den Ferien austeilen. Wissen Sie, ich unterrichte die dritte Klasse einer Grundschule und ich wollte meine Schüler nicht unwissend in die Ferien entlassen – vor allem, weil es dieses Mal ausnahmslos gute Noten gegeben hat."

„Sie haben das Haus also nicht verlassen?", bohrte David nach.

„Nein. Ich kam am Donnerstag am späten Nachmittag aus der Schule und habe mich gleich an die Korrekturen gesetzt. Lediglich zum Abendessen war ich unten, danach bin ich wieder rauf in mein Zimmer. Als ich fertig war, habe ich noch kurz ferngesehen. Fragen Sie aber bitte nicht was. Meistens läuft der Fernseher nur als Hintergrundberieselung, um runterzukommen. Da war ich aber schon im Bett."

„Vielen Dank." Hunters Blick wanderte zu David. „Hast du noch Fragen?"

David, der entspannt auf dem Zweisitzer gelehnt hatte, straffte sich. „Nur eine noch: Sie haben durchblicken lassen, dass Sie bereit seien, sich mit Ihrem Mann auszusöhnen. Wann haben Sie ihm das erste Mal von diesem Sinneswandel erzählt?"

„Erzählt im eigentlichen Sinn habe ich ihm gar nichts. Wie vorhin gesagt, haben wir gestern telefoniert und sind während dieses Gesprächs übereingekommen, uns noch einmal zusammenzusetzen. Warum fragen Sie?"

„Ich wollte nur sichergehen, dass ich es richtig verstanden habe. Vielen Dank."

„Was denkst du?", fragte Hunter, als sie wieder im Auto saßen, und startete den Motor.

„Sie hat ein Motiv und kein wirkliches Alibi. Wenn wir ihre Eltern befragen, werden sie sagen, dass sie zuhause war." David zog den Gurt heraus und ließ ihn in die Halterung schnappen.

„Es bleibt die Frage, ob Susan einen Schlüssel zu Barretts Wohnung gehabt haben könnte und wenn, ob sie zu einer solchen Tat in der Lage wäre." Hunter betätigte den Blinker und fuhr los.

„Woher hätte sie einen Schlüssel haben können? Barrett und sie waren Rivalen um die Gunst ihres Manns. Er wird ihr also kaum einen gegeben haben."

„Das denke ich auch nicht", entgegnete Hunter.

„Vielleicht hatte Shaun also doch einen und sie hat ihn nachmachen lassen."

Hunter schüttelte den Kopf. „So einfach ist das nicht. Bei diesen Schließsystemen kann man nicht einfach losgehen und einen neuen Schlüssel besorgen."

David tippte mit dem Zeigefinger auf sein Knie, während er überlegte. „Vielleicht war sie bei Barrett, um mit ihm zu sprechen, und er hat sie selbst reingelassen."

„Und dann hat sie ihm den Wein mit Schlafmittel versetzt, gewartet, bis er ihn trank und eingeschlafen war. Anschließend hat sie die Stricke, den Müllsack und das Panzertape, welches sie zufällig dabeihatte, ausgepackt und ihn umgebracht", führte Hunter aus.

David blickte angesäuert zu ihm und zog eine Schnute. „Ist ja gut. Ich gehe nur die Optionen durch."

Hunter zwinkerte David zu.

„Ich weiß selbst, dass das unwahrscheinlich ist. Aber was ist mit Shaun Forster? Er hatte ein noch größeres Motiv, er hätte die Gelegenheit gehabt und wäre vielleicht sogar an einen Schlüssel gekommen, beziehungsweise, hatte einen. Was wäre, wenn Susan und Shaun es gemeinsam getan haben? Vielleicht hatten sie sich schon vorher ausgesöhnt und dann alles aus der Welt geschafft, was ihrer Ehe erneut gefährlich werden könnte. Shaun wäre von Barrett hereingelassen worden. Er hätte das Schlafmittel in die Flasche geben können und Susan hat dann den Rest erledigt.“

„Wäre eine Möglichkeit, wenn auch eine sehr weit hergeholte.“

„Warum? Du hast selbst gesagt, dass Barrett ein Gentleman war, der nie eine Frau dabei hätte zusehen lassen, wie er eine Pizza verschlingt. Gilt das auch für einen Freund, der unangemeldet vorbeikommt, weil er zufällig im selben Haus wohnt?“

Hunter sah zu David und überlegte. War es so? Hatte ihm Shaun das Schlafmittel gegeben und Susan hatte den Rest erledigt? „Für mich ist Shaun im Moment der Hauptverdächtige. Dass Susan involviert war, kann ich mir nicht vorstellen.“ Hunter bog aus der Siedlung auf die Hauptstraße.

„Ist ja gut. Wenn ich ehrlich bin, für mich auch, obwohl ich ihn mag“, gab David zerknirscht zu. „Wie machen wir nun weiter?“

„Ich überprüfe das Ehepaar Forster. Was auch noch nicht geklärt ist: Hat einer von beiden eine medizinische Vorbildung? Lee meinte, dass die Person, die McGee ermordet hat, medizinisches Wissen haben müsste – die Nadel, mit der Barrett das Aufputschmittel gespritzt wurde, traf beim ersten Versuch die Vene.“

„Okay. Dann gehe ich noch mal die Chats mit Barretts Dates durch und hole weitere Erkundigungen über die Geschädigten mit den größten Verlusten bei den Optionsgeschäften ein. Vielleicht gibt es ja da einen Mediziner.“ David zückte das Handy und tippte darauf herum.

„Klingt nach einem Plan.“

Kapitel 13 – Bis aufs Blut

Hunter saß auf der Terrasse seiner Lounge, die halb leere Kaffeetasse noch in seiner Hand. Das Frühstück, das ihm Godric bereitet hatte, hatte seine Lebensgeister geweckt. Hunter konnte nicht sagen warum, aber er war schon, seit er denken konnte, ein Morgenmuffel. Ansprechbar, erst nachdem er etwas zu essen bekommen hatte.

Godric hatte die Spülmaschine bestückt und sich dann mit einem seiner *Inspector Flatterly Bücher* neben ihm auf eine der Liegen niedergelassen. Obwohl es erst kurz nach halb neun war, war es bereits ungewöhnlich warm an diesem Tag. Die Sonne strahlte mit voller Kraft auf die Stadt, lediglich ein paar Schönwetterwolken glitten über den Himmel. Hunters Blick schweifte über die Londoner Skyline. Gedankenverloren drehte er die Tasse in seiner Hand. Im Kopf ging er die letzten Tage noch einmal durch. Die Überprüfung von Susan und Shaun Forster hatte keinerlei weiteren Ergebnisse gebracht. Keiner von beiden war in irgendeiner Form auffällig geworden. Keiner von beiden hatte etwas mit Medizin zu tun, und doch war Shaun noch immer der Verdächtige Nummer eins für Hunter. Bei ihm passte einfach alles – das Motiv, die Gelegenheit, das fehlende Alibi, bis hin zu Hunters Vermutung, dass er einen Schlüssel zu McGees Wohnung haben musste.

Und was die anderen Bewohner des Hauses betraf – Buck, Theodora, Ida und selbst dieser verschrobene Björn hatte kein Motiv. Zumindest keines, von dem sie wussten. Buck traute er es nicht zu, eine solche Tat in seinem geliebten Brick Manor zu begehen. Ida und Theodora gerieten regelmäßig ins Schwärmen, wenn sie von Barrett sprachen. Und Björn schien zwar überall aufzutauchen, doch sich ansonsten nicht für die Leben seiner Nachbarn zu interessieren. Wären da also noch Thomas und Mona. Beide hatten ein Alibi. Thomas war bei der Arbeit und Mona mit einer Freundin im Kino gewesen, was inzwischen bestätigt worden war.

Zudem hatten Davids Nachforschungen wenig Aufschlussreiches über die anderen möglichen Verdächtigen zu Tage gefördert. McGees Börsenopfer waren allesamt wohlhabende Leute, denen die, für ihre Verhältnisse, kleineren Verluste, nicht wehtaten. Die meisten seiner Verflossenen waren zwar alles andere als gut auf ihn zu sprechen, doch hatten sie entweder ein hieb- und stichfestes Alibi oder kein Motiv mehr, weil sie inzwischen vergeben oder sogar verheiratet waren. Kurzum, sie traten auf der Stelle oder schienen etwas Wichtiges zu übersehen.

Hunter schob die Gedanken an den Fall beiseite und stellte seine Tasse neben die Liege, auf der er saß. Er fingerte sein Handy aus der Tasche seines Morgenmantels und öffnete die Nachrichtenapp. Stevens Name erschien ganz oben in der Liste. Mit ihm war er am morgigen Samstag verabredet. Wie schon bei ihrem ersten Date hatten sie nichts Spezielles geplant und würden sich treiben lassen. Vielleicht landeten sie in einem Restaurant, vielleicht im Kino oder vielleicht ganz woanders. Das war das Schöne an dem Gefühl, das ihm Steven bescherte. Es schien alles möglich und es schritt im richtigen Tempo voran. Es lief einfach, ohne sich anstrengen oder verstellen zu müssen.

„Musst du heute nicht in den Yard?", erkundigte sich Godric und senkte das Buch.

„Doch, aber ich habe noch ein bisschen Zeit. Es steht nichts an, und in den Ermittlungen wegen des Bankers hängen wir fest." Er spähte auf den Buchumschlag. *Inspector Flatterly und der mörderische Direktor*. Hunter schmunzelte. *Godric und seine Romane.*

„Kein Mörder in Sicht?"

„Nicht wirklich. Jede Menge Leute, die ihn nicht mochten, doch keiner, bei dem Motiv, Gelegenheit und die Fähigkeit gegeben war. Die mit Motiv hatten keine Gelegenheit. Die mit einer Gelegenheit hatten kein Motiv und der Einzige, der beides hat, besitzt wohl nicht die erforderlichen Fähigkeiten dazu. Also – Sackgasse."

„Vielleicht eine offene Rechnung aus der Vergangenheit?"

„Habe ich überprüft. Ein paar Jugendsünden, aber nichts wirklich Dramatisches." Hunters Blick fiel wieder auf das Buch. „Was würde dein *Inspector Flatterly* machen?", fragte er, während ein Lächeln seine Mundwinkel umspielte.

Godric klappte das Buch zu, klemmte jedoch einen Finger zwischen die Seiten. Seine Augen schweiften über die Stadt. „Keine Ahnung. Heute ist Freitag. Ich denke, er würde versuchen, das Wochenende zu genießen und am Montag mit frischem Elan an den Fall gehen."

Hunter lächelte. „Würde er das? Ich denke, dann werde ich deinen, oder besser gesagt seinen, Rat mal befolgen." Er nahm die Tasse und trank. Der Kaffee war inzwischen kalt. Mit einem Schluck leerte er sie und stellte sie zurück neben die Liege. „Gibt es bei dir schon einen Mörder?" Hunter nickte auf das Buch.

„Der Direktor", antwortete Godric, den Blick noch immer auf die Stadt gerichtet.

„Auf welcher Seite bist du?", fragte Hunter schmunzelnd.

Godric schlug das Buch auf. „Dreiundvierzig."

Amüsiert drehte Hunter den Kopf von ihm weg und entsperrte sein Handy wieder. Er wollte gerade Steven schreiben, als David ihn anrief. „Guten Morgen Partner. Habe ich einen Termin vergessen?", meldete er sich verwundert.

„Nein. Du musst sofort kommen. Shaun Forster wurde tot aufgefunden!" Aufgekratzt atmete David kaum zwischen den Wörtern.

„Was?" Hunter schoss hoch. „Wann?"

„Vor zehn Minuten vielleicht. Buck rief mich an. Ich fahre jetzt wieder nach Brick Manor."

„Weißt du schon was Genaueres?" Mit dem Handy am Ohr lief Hunter in sein Schlafzimmer.

„Nur dass es dieses Mal wohl auf keinen Fall Schlaftabletten waren."

Er stellte auf laut und warf das Mobiltelefon aufs Bett, während er sich eine Jeans anzog. „Wie kommst du darauf?"

David sagte etwas, doch seine Stimme wurde von einem Rauschen übertönt. Er klang abgehackt und dann war das Gespräch beendet. *Verfluchte U-Bahn* schoss es ihm durch den Kopf. Nachdem er sich fertig angezogen hatte, rannte er aus dem Zimmer. „Ich habe einen Einsatz", rief er Godric zu, der in der Tür zur Terrasse stand und ihn fragend ansah.

Little und Bigfoot gingen gerade ins Haus, als Hunter an *Brick Manor* ankam. Sie sollten sich inzwischen auskennen, nachdem sie schon beim Tod von McGee hier gewesen waren. Auch Lee war bereits vor Ort und stieg in diesem Moment aus seinem Wagen.

„Sherlock, du hier? Nach mir? Das muss ich mir im Kalender notieren." Er ging zum Kofferraum und holte seine Tasche heraus. „Ich hoffe, es ist nicht wieder der zwanzigste Stock."

„Es war der sechste Dolittle, und ich kann dich beruhigen, dieses Mal wohnt das Opfer im vierten." Hunter ging an Lee vorbei auf das Haus zu.

Lee schloss zu ihm auf. „Du kennst dich aus, was Sherlock?"

Hunter ließ seine Frage unbeantwortet. Gemeinsam betraten sie das Gebäude, das Hunter inzwischen so vertraut war, als würde er selbst hier drin wohnen. Im Eingangsbereich entdeckte er Buck, der neben seiner Wohnungstür stand und Theodora im Arm hielt. Zusammengesunken starrten beide ins Treppenhaus. Lee nickte ihnen zu und ging weiter, während Hunter auf sie zulief.

„Ich gehe schon nach oben", rief ihm Lee zu.

„Was ist passiert?", erkundigte sich Hunter.

„Er ist tot. Das viele Blut", schluchzte Theodora, sie war kreidebleich.

„Blut?" Sein Blick fiel auf Buck, der stumm nickte, auch er wirkte abwesend und geschockt.

„Shauns Frau war vorhin hier", erklärte Buck. „Sie hat wohl seit Längerem versucht, ihn zu erreichen. Nachdem sie heute Morgen an der Wohnung war und vergeblich geklingelt hat, kam sie zu mir. Susan war der Überzeugung, dass sich Shaun etwas angetan hat. Also bin ich mit ihr nach oben und habe die Wohnung aufgeschlossen, und da lag er." Seine Stimme klang monoton und sein Blick ging ins Leere, als würde er versuchen, die Bilder aus seinem Kopf zu verbannen.

„Wo ist Mrs Forster jetzt?"

„Oben. Bei ihm." Buck deutete zur Treppe.

„Okay. Falls ich später noch Fragen habe …"

„Wir sind hier." Der Hausmeister drückte Theodora fest an seine Seite.

Hunter ging die Stufen nach oben, es roch frisch geputzt. Im vierten Stock angekommen, entdeckte er Ida Nichols vor der mit Absperrband abgeriegelten Wohnung von Shaun, die unaufhörlich auf Susan Forster einredete. Am Ende des Gangs lugte der alte Björn aus dem zweiten Treppenhaus. Als er Hunter bemerkte, zog er seinen Kopf zurück.

Hunter ging zu den beiden Frauen. Leise hallte das Knarzen der Stufen, während sich Björns Schritte allmählich entfernten.

„Guten Morgen", begrüßte Hunter Ida und Susan.

„Was ist an diesem Morgen gut?", zischte ihn Ida an und schob zornig ihre Augenbrauen zusammen.

Hunter stockte. „So sehr ich es bedauere, ich gebe Ihnen recht. Würden Sie uns entschuldigen Mrs Nichols?"

Perplex sah ihn Ida an, rührte sich jedoch nicht vom Fleck.

„Mrs Nichols, bitte gehen Sie in Ihre Wohnung. Das hier ist ein Tatort, da haben Sie nichts verloren und ich müsste mich kurz mit Mrs Forster unterhalten. Ungestört." Hunter legte seine ganze Autorität in die Stimme, dann lächelte er und fügte versöhnlich hinzu: „Ich bin mir sicher, Sie haben dafür Verständnis."

„Unverschämtheit", fauchte Ida und ließ ihn stehen.

„Mein Beileid", wandte sich Hunter an Susan.

Sie stand reglos an der Wand und starrte auf die Wohnungstür. „Danke", sagte sie monoton. „Wie konnte das nur passieren?"

„Das werden wir herausfinden, Mrs Forster. Können wir kurz reden?", fragte Hunter mit sanfter Stimme.

Susan nickte. Die Tür von Forsters Wohnung öffnete sich und David lugte heraus. Er nickte Hunter zu und ging wieder zurück in die Wohnung.

„Was ist heute Morgen passiert?", fragte er einfühlsam, ohne seinen Notizblock zur Hand zu nehmen. Er wollte nicht den Eindruck eines distanzierten Polizisten erwecken, der nur an den Fakten interessiert war, hier war Mitgefühl angebracht.

Susan starrte noch immer auf die Tür.

„Mrs Forster?", fragte Hunter ein wenig lauter.

Erschrocken zog sie den Kopf zwischen ihre Schultern und sah ihn verwirrt an. Es machte den Eindruck, als wäre sie aus einer Trance erwacht. „Entschuldigen Sie." Zittrig strich sie sich mit der Hand über die Stirn. „Ich habe Shaun gestern den ganzen Tag nicht erreicht und auch als ich es heute Morgen noch einmal versucht habe, ging er nicht ans Handy. Vorhin habe ich in seiner Firma angerufen. Dort teilte man mir mit, dass auch sie ihn nicht erreichen konnten. Also fuhr ich her. Wir waren heute sowieso verabredet." Susan schluckte schwer. Sie lehnte sich an die Wand und sah Hunter aus rotgeränderten Augen an. Im nächsten Augenblick beugte sie sich schluchzend nach vorne.

Er nahm sie in den Arm, während sie von Krämpfen geschüttelt wurde. „Alles gut, lassen Sie es raus", sagte er leise.

Nach ein paar Minuten beruhigte sie sich. Sie löste sich von ihm, zog ein Taschentuch aus ihrer Handtasche und schnäuzte sich fast lautlos. „Entschuldigen Sie."

„Sie brauchen sich für nichts zu entschuldigen. Geht's wieder?"

Zaghaft nickte Susan. „Wo war ich? Ach ja. Ich bin hierhergefahren. Buck war an den Mülltonnen und hat mich hineingelassen. Ich bin hoch und habe bei Shaun geläutet. Doch nichts. Kein Geräusch. Dann habe ich ihn wieder angerufen und durch die Tür das Handy klingeln gehört. Da wusste ich, dass etwas passiert sein musste. Shaun ging nie ohne sein Handy aus dem Haus."

„Und dann haben Sie Mr Manning geholt?"

„Ja, ich sagte ihm, dass Shaun etwas passiert sein muss. Er ging zusammen mit mir hier rauf und schloss die Wohnung auf. Und da lag er, in einer Blutlache in der Tür vom Wohnzimmer zum Flur. Es war so viel Blut." Susan brach erneut zusammen. Sie rutschte an der Wand nach unten, bis sie mit angezogenen Beinen auf dem Boden saß, und verbarg ihr Gesicht in den Händen.

Hunter ging neben ihr in die Hocke und legte seine Hand auf ihren Arm. Als sie sich wieder beruhigt hatte, sagte er: „Wir unterhalten uns morgen. Wäre das in Ordnung?"

Susan deutete ein Nicken an.

„Ich lasse Sie nach Hause bringen. Ist dort jemand, der sich um Sie kümmern kann?"

„Meine Eltern sind zuhause", erwiderte sie mit zitternder Stimme. Dann riss sie den Kopf hoch und starrte ihn mit aufgerissenen Augen an. „O mein Gott. Sie wissen von alldem hier noch nichts."

Hunter legte behutsam seine Hand auf ihre Schulter und drückte sie sanft. „Ich hole Ihnen jemanden, der Sie nach Hause bringt und mit Ihren Eltern spricht. Einverstanden?"

„In Ordnung.", raunte Susan kraftlos.

„Ich bin gleich wieder bei Ihnen." Er stand auf und klopfte an der Tür. David öffnete ihm.

„Könntest du Mrs Forster nach Hause fahren? Ihre Eltern wissen noch nicht, was hier passiert ist …"

„Verstehe. Übernimmst du hier?" Behutsam schob sich David durch den Türspalt, achtete darauf, dass Susan nicht hineinsehen konnte, und zog sie zu. Sie saß noch immer mit gesenktem Kopf an der Wand und schluchzte hemmungslos.

Hunter ging erneut neben ihr in die Hocke und berührte sie wieder sanft an der Schulter. „Mrs Forster? Mein Partner wird Sie nach Hause bringen. Wenn irgendetwas ist, rufen Sie mich an. Einverstanden?" Er holte eine Visitenkarte aus seiner Geldbörse und reichte ihr diese, dann stand er auf und nickte David zu.

Dieser half Susan aufzustehen und brachte sie zum Treppenhaus. Bevor sie nach unten gingen, warf Susan Hunter noch einen Blick zu. „Finden Sie dieses Monster, das das getan hat." Dann stakste sie, gefolgt von David, nach unten.

Hunter lief zur Wohnungstür und klopfte erneut. Er holte Gummihandschuhe aus seiner Jackentasche und zog sie sich über. Lee öffnete und er betrat die Wohnung. Aus dem Wohnzimmer ertönte das Klicken einer Kamera.

Forster lag in einer geronnenen Blutlache in der Tür zwischen Wohnzimmer und Flur. Über die Küche betraten Hunter und Lee den Raum.

„Kannst du schon etwas zum Todeszeitpunkt sagen?"

„Aufgrund des Zustands der Leiche würde ich sagen, er ist heute Nacht gestorben. Ich tippe auf einen Todeszeitpunkt zwischen Mitternacht und drei Uhr früh." Lee ging um die Leiche herum, deren Hemd aufgeknöpft war. „Dem Opfer wurde mit einem spitzen Gegenstand direkt ins Herz gestochen. Er war sofort tot."

„Mit einem spitzen Gegenstand?" Fragend blickte Hunter zu Lee, der die Brust freilegte. Auf Höhe des Herzens entdeckte Hunter die Einstichstelle. Zu klein für ein Messer oder etwas Ähnliches – es musste etwas Filigraneres gewesen sein.

„Wenn der Täter die Waffe nicht wieder mitgenommen hat, würde ich auf das da tippen." Lee deutete auf die drei Degen, die glänzend in ihrer Halterung an der Wand steckten.

Erst jetzt bemerkte Hunter den zarten Veilchenduft. Er schnüffelte in die Luft.

„Was tust du?", fragte Lee, der noch immer neben Forster kniete.

„Riechst du das?"

Auch Lee hob seine Nase. „Veilchen. Derselbe Duft wie bei dem im sechsten Stock. Vielleicht haben Sie eine Sammelbestellung für Raumdüfte aufgegeben. Spart Porto."

„Witzig. Als ich vor ein paar Tagen hier war, hat es nicht so gerochen. Was sagst du jetzt?"

„Konfuzius sagt, der Edle verlangt alles von sich selbst, der Primitive verlangt alles von anderen."

„Das war vielleicht im sechsten Jahrhundert unter chinesischen Philosophen üblich."

Lee stand auf. „Ich bin beeindruckt. Dein Vater hat dir eine gute Bildung angedeihen lassen."

„Das war nicht mein Vater. Ich war schon immer sehr wissbegierig", antwortete Hunter.

„Du bist der Schnüffler, Sherlock, und ich der, der die Toten untersucht. Mit Veilchen kenne ich mich nicht aus, außer sie stecken in einer Leiche. Finde du es heraus. Wenn du mich jetzt entschuldigst, ich würde ihn hier jetzt abtransportieren lassen." Er deutete auf Forster.

Hunter rümpfte seine Nase, schwieg jedoch und ging zu den Degen. Little war dabei, sie auf Fingerabdrücke zu untersuchen. Hier, direkt vor der Wand, hatte Hunter den Eindruck, dass der Veilchenduft noch intensiver war.

„Wie sieht es aus?", fragte er ihn.

„Bisher keine Abdrücke. Man könnte fast meinen, es wäre frisch geputzt worden."

„Könnt ihr schon sagen, wie der Täter in die Wohnung gekommen ist?"

„So weit sind wir noch nicht. Aber auf den ersten Blick würde ich vermuten, er oder sie hatte entweder einen Schlüssel oder wurde hereingelassen. An der Tür sind keine sichtbaren Einbruchspuren. Steht dann aber im Bericht."

Ist es wahrscheinlich, dass jemand die Schlüssel von McGee und Forster besitzt? Manning kam ihm in den Sinn. Er war der Einzige, der mit seinem Generalschlüssel Zugang zu allen Wohnungen hatte.

Hunter verabschiedete sich von seinen Kollegen und machte sich auf den Weg nach unten.

Er klingelte, doch niemand schien zuhause. Als er gerade wieder gehen wollte, kam der Hausmeister mit einer Rolle Mülltüten in der Hand zur Tür herein.

„Sind Sie schon fertig?", fragte er.

„Den Rest erledigen die Kollegen. Gab es vorgestern Abend beziehungsweise in der darauffolgenden Nacht irgendwelche besonderen Vorkommnisse?"

Manning schob sich an ihm vorbei und öffnete die Tür zu seinem Büro. „Kommen Sie rein. Da sind wir ungestört." Er spähte in den Gang und Hunter folgte dem Blick. Am Ende des Flurs stand Björn, der beide grimmig musterte. Nachdem Hunter den Raum betreten hatte, folgte auch Manning, bevor er die Tür hinter sich schloss.

„Sie kennen sich aus." Buck deutete auf den Stuhl neben seinem Schreibtisch. „Vorgestern Abend", wiederholte er, als er zum Regal im hinteren Bereich des Raums ging und die Rolle Mülltüten hineinlegte. Hunter fiel das pinke Zugband der Tüten auf. Aber da war noch etwas anderes. Neben den Müllsäcken lagen mehrere Rollen Klebeband. Wenn ihn nicht alles täuschte, war es das Gleiche, das beim Mord an McGee verwendet worden war. „Eigentlich nicht. Ich war zuhause mit Theodora. Wir haben ferngesehen und sind gegen vier ins Bett."

„Vier Uhr morgens?", fragte Hunter erstaunt.

„In letzter Zeit schlafen wir immer öfter mal beim Fernsehen ein." Manning zuckte mit den Schultern. „Man wird halt doch langsam älter." Als ob er das Gesagte noch unterstreichen wollte, setzte er sich mit einem Ächzen auf den Stuhl. Für einen Moment wirkte er tatsächlich alt und gebrechlich.

„Mr Manning, wer außer Ihnen hat Zutritt zu diesem Raum?" Er deutete mit dem Kopf auf das Regal.

„Zu meinem Büro?"

Hunter nickte.

„Im Grunde genommen nur ich. Warum fragen Sie?"

„Im Grunde genommen?" Er stand auf und schritt zum Regal.

„Na ja, es gibt zwei Schlüssel, wie zu jeder Wohnung hier im Haus. Einen trage ich bei mir und einer liegt in meiner Wohnung." Ertappt senkte er den Kopf. „Oder besser gesagt ... lag", fügte er verlegen hinzu.

„Lag? Wo liegt er jetzt?" Überrascht wandte er sich ihm zu, bevor er seinen Blick wieder auf das richtete, was sich im Regal befand. Im Fach unter den Müllsäcken standen eine Rolle mit aufgewickeltem Seil, ebenso wie Reinigungsmittel, auf deren Verpackung ein langanhaltender Veilchenduft angepriesen wurde.

„Ich habe ihn vor ein paar Tagen verloren … glaube ich."

„Wissen Sie es nicht genau?" Hunter drehte sich wieder zu Manning.

Dieser schüttelte den Kopf. „Ich bin mir eigentlich sicher, dass ich ihn am Schlüsselregal neben meiner Wohnungstür hängen hatte. Doch dort war er nicht mehr."

„Haben Sie das gemeldet?" Aus seiner Jackentasche fingerte er ein paar Handschuhe und zog sie sich über, dann holte er eine der Reinigungsmittelflaschen aus dem Regal und öffnete diese. Es war derselbe Geruch wie an den Tatorten.

„Gemeldet?"

„Ja, bei der Hausverwaltung zum Beispiel." Hunter studierte Mannings Mimik, während er die Flasche zurückstellte.

Angst huschte über sein Gesicht. „Um Gottes willen nein. Ich habe letztes Jahr schon meinen Generalschlüssel verloren. Sie mussten daraufhin die komplette Schließanlage austauschen lassen. Ein Schaden im fünfstelligen Bereich. Wenn ich wieder einen Schlüssel als verloren melde, bekomme ich richtig Ärger. Und da es nur der Schlüssel zu meinem Büro war … Vielleicht taucht er ja auch wieder auf."

„Fest steht, dass sich der oder die Täter mit großer Wahrscheinlichkeit hier bedient hat." Hunter zückte sein Telefon und wählte Lees Nummer.

„Was ist?", meldete sich dieser umgehend.

„Bist du noch oben?", fragte Hunter.

„Wo soll ich sonst sein, Sherlock? Die Leiche wurde noch nicht abtransportiert. Konfuzius sagt …"

„Ja, ja – schickst du mir bitte einen der Kollegen von der Spurensicherung nach unten. Ich bin in dem kleinen Hausmeisterbüro links neben der Treppe."

„Okay." Schon hatte Lee aufgelegt.

„Mr Manning, ich lasse diesen Raum versiegeln und untersuchen."

Der Hausmeister stand zögernd auf. Sein Blick wanderte ängstlich über das Regal. Dann verließ er, gefolgt von Hunter, wortlos das Büro. Kurze Zeit später traf Bigfoot von der Spurensicherung ein. Hunter gab ihm kurz Anweisungen und ließ sich von Manning den Schlüssel aushändigen.

„Gehen wir in meine Wohnung", schlug Manning vor und öffnete die Tür.

„Sollten Sie den Schlüssel nicht verlegt haben, wer könnte in Ihre Wohnung gekommen sein?", forschte Hunter nach, nachdem sie in seinem Wohnzimmer angekommen waren.

Nervös knetete Manning seine Hände und sah betroffen zu Hunter. „Genau genommen jeder." Er senkte den Kopf. „Theodora lässt öfter mal die Tür offen stehen, wenn sie den Müll rausbringt oder nach Post sieht. Ich habe ihr schon tausendmal gesagt, dass sie das nicht tun soll."

„Was soll ich nicht tun?"

Erschrocken fuhr er herum. „Theodora? Du bist hier? Ich dachte, du wärst einkaufen?"

„Ich gehe doch jetzt nicht einkaufen. Wir haben die Polizei im Haus. Zwei Menschen sind gestorben. Also, was soll ich nicht tun?"

„Ihr Lebensgefährte vermisst einen Schlüssel zu seinem Büro, der an dem Schlüsselregal neben der Wohnungstür hing", erklärte Hunter und deutete in den Flur.

„Hängt er denn nicht mehr dort?" Sie lief dorthin und inspizierte das Regal. „Er ist weg!"

„Genau darum geht es. Könnte es sein, dass Sie hin und wieder die Tür offen stehen lassen?", fragte Hunter mit ernstem Gesicht zu Theodora gerichtet.

Sie warf Buck einen bitterbösen Blick zu, bevor sie sich an Hunter wandte. „Hin und wieder, aber nur, wenn ich kurz den Müll raustrage und an den Briefkasten gehe."

„Wie lange sind Sie dann weg?", hakte er nach.

Sie winkte ab. „Keine Minute."

„Außer wenn du Ida triffst. Da kann es auch schon mal länger dauern."

„Was hast du schon wieder gegen Ida?", fuhr sie Buck an.

„Nichts. Aber wenn du mit ihr tratschen möchtest, nimm einen Schlüssel und schließ ab. Du siehst, was wir jetzt davon haben."

„Willst du mir jetzt die Schuld an den Morden in die Schuhe schieben?" Theodoras Stimme schwoll an.

„Barrett und Shaun wurden mit Utensilien aus meinem Büro ermordet, an die niemand gekommen wäre, hätte man nicht den Schlüssel gehabt", schnaubte Buck, seine Gesichtsfarbe wechselte auf Rot.

„Nun mal langsam", mischte sich Hunter ein. „Ich muss Mr Manning recht geben. Es ist leichtsinnig, eine Tür offen stehen zu lassen." Dann wandte er sich an Buck. „Aber Mr Manning, erstens ist noch nicht bewiesen, dass die Mordwaffen aus Ihrem Arsenal stammen, und zweitens gibt es Panzertape und Müllsäcke in jedem Baumarkt zu kaufen. Es wäre also auch ohne Zugang zu Ihrem Büro möglich gewesen, an diese Dinge zu gelangen." Er schaute zwischen den beiden hin und her und hoffte, sie würden sich nicht weiter bekriegen. Es herrschte eine überaus angespannte Atmosphäre. Die Blicke der beiden flogen wie Blitze durch den Raum und lieferten sich ein stummes Duell, Hunter wusste, würde er jetzt gehen, würde die Stimmung explodieren.

„Ich würde vorschlagen, wir beruhigen uns jetzt alle wieder und warten die Ergebnisse der Untersuchung ab. Einverstanden?"

Theodoras vernichtender Blick traf erneut Buck. „Einverstanden."

Auch Hunter sah ihn an.

„Einverstanden", brummte dieser. „Sie halten uns auf dem Laufenden?"

„Versprochen. Wenn Sie mich jetzt entschuldigen würden?" Nachdem Hunter die Tür hinter sich geschlossen hatte, atmete er tief durch und war froh, aus der Schusslinie zu sein. Er konnte dort, wo er stand, sehr genau hören, dass die Diskussion zwischen den beiden lautstark weiterging. Seufzend sank er gegen die Wand.

Kapitel 14 – Reise in die Vergangenheit

Hunter zog sein Handy aus der Tasche und wählte Davids Nummer. Zweimal klingelte es, dann nahm er ab. „Wo bist du gerade?", fragte er.

„Auf dem Weg zurück. Es hat ein bisschen länger gedauert, weil Susans Eltern noch nicht zuhause waren, und ich wollte sie in ihrem Zustand nicht alleine lassen. Gibt es etwas Neues?"

„Das könnte man so sagen. Wann bist du hier?"

„Bei dem Verkehr … in etwa fünfzehn Minuten."

Hunter hörte Hupen durch die Leitung. „Ich warte vor deiner Wohnung." Mit einem Ohr noch immer zur Wohnung des Hausmeisters gerichtet, legte er auf und sah den leeren Flur hinunter. Buck und Theodora stritten noch immer, wenn auch nicht mehr ganz so lautstark wie vor ein paar Minuten.

Hunter steckte das Handy wieder ein und ging nach oben, doch dieses Mal beschloss er, die Knarztreppe zu nehmen. Wie er erneut auf den ersten Stufen feststellte, war es nahezu unmöglich, geräuschlos über diese Treppe zu gehen. Umso verwunderlicher war es, dass der alte Björn so oft aus dem Nichts auftauchte. Das Treppenhaus selbst ähnelte dem anderen. Gleiche Wandfarbe, gleiche Lampen, der einzige Unterschied waren die knarzenden Stufen. Insgeheim machte er sich bereit, wieder auf Björn zu treffen, doch dieses Mal wurde er enttäuscht. Keine Spur von dem mysteriösen Mann.

Vor Davids Wohnung ging er in die Hocke und lehnte sich an die Wand, um die Aufzeichnungen in seinem Notizbuch zu vervollständigen. Doch schon kurz darauf kam David an.

„Du bist schon hier?" Hunter drückte sich am Boden ab.

„Am Ende ging es schneller als gedacht. Komm rein." David fischte seinen Schlüssel aus der Hosentasche und schloss auf. „Kaffee?", fragte er und bog in die Küche ab.

„Gerne." Wie selbstverständlich ging Hunter ins Wohnzimmer und setzte sich auf den Sessel, auf dem er schon die letzten Male gesessen hatte. Er wusste, wann immer er in Zukunft hier wäre, würde dieser Sessel seiner sein.

David stellte ihm eine Tasse Kaffee vor die Nase, der exakt den richtigen Braunton hatte, den David durch die Milch erzielt hatte. Sein Partner hatte in den letzten Monaten gut aufgepasst und gelernt, wie Hunter seinen Kaffee mochte.

„Also, was gibt es Neues?", erkundigte sich David, nachdem auch er Platz genommen hatte.

„Shaun Forster wurde aller Wahrscheinlichkeit nach mit einem der Degen aus seinem Wohnzimmer erstochen. Es gab auch dieses Mal keine Einbruchspuren."

„Also hatte der Täter auch zu seiner Wohnung einen Schlüssel", folgerte David trocken. „Gemeinsame Bekannte mit Motiv?"

„Nach allem was wir wissen in erster Linie Thomas Robinson mit seiner Verlobten und Shauns Frau." Hunter nahm einen Schluck Kaffee und stellte die Tasse vor sich auf den Couchtisch.

„Und alle, die hier im Haus wohnen", ergänzte David. Er streifte sich die Schuhe von den Füßen und zog die Beine an, so dass er im Schneidersitz auf dem Sofa saß.

„Das führt uns zu eurem Hausmeister. Ihm wurde aus seiner Wohnung ein Schlüssel zu seinem Büro gestohlen." Hunter streckte sich, bevor er fortfuhr. „In diesem Büro befanden sich Müllsäcke, Panzertape, Seile und nach Veilchen duftendes Reinigungsmittel."

„Interessant. Warum hat er den Schlüssel nicht als vermisst gemeldet?"

„Weil ihm angeblich letztes Jahr dasselbe mit dem Generalschlüssel passiert ist." Mit gehobener Augenbraue beobachtete er Davids Reaktion auf diese Information.

„Aber wenn der Generalschlüssel weg ist, dann …"

„… hätte man rein theoretisch Zugang zu allen Wohnungen. Diesen Verlust hat er jedoch gemeldet, woraufhin die komplette Schließanlage getauscht wurde."

„Also befindet sich der Täter oder die Täterin unter den Bewohnern hier im Haus", resümierte David.

„Entweder das oder es ist jemand, der hier regelmäßig ein- und ausgeht."

„Um nicht die schreiende Frau zu vergessen, von der wir auch noch keine Spur haben. Ist sichergestellt, dass niemand an den Generalschlüssel kommt?" Grübelnd tippte sich David an die Lippe.

„Den hat Manning seit letztem Jahr in einem kleinen Wandtresor, von dem nur er die Kombination kennt. Lassen wir mal Forsters Frau, Thomas Robinson und seine Verlobte Mrs Fitzgerald außen vor. Wer wohnt noch hier im Haus?"

„In den unteren Stockwerken eigentlich ausschließlich alte Leute. In den restlichen Familien, und ein oder zwei Wohnungen stehen aktuell leer und sollen renoviert werden. Und hier bei mir auf der Etage lebt noch ein Flugbegleiter, der so gut wie nie zuhause ist, die andere Wohnung hat ein Makler, der sie nur benutzt, wenn er in London zu tun hat, weil er nicht im Hotel übernachten möchte." Ein Schmunzeln huschte David über das Gesicht. „Angeblich, weil in jedem Hotelzimmer schon mindestens ein Mensch gestorben ist."

„Dafür, dass du deine Nachbarn nicht kennst, weißt du ziemlich viel über sie", stellte Hunter erstaunt fest.

„Ich bin vor ein paar Tagen Mrs Nichols in die Arme gelaufen. Und ihren Andeutungen zufolge hat der Makler wohl eine Affäre, von der seine Frau nichts weiß."

„Das würde die Abneigung gegen Hotels ebenfalls erklären." Hunter verdrehte die Augen, konnte sich aber ein Grinsen nicht verkneifen.

„Wie gehen wir also weiter vor?", fragte David.

„Wir teilen uns auf und befragen die Nachbarn, die wir noch nicht befragt haben, und ich gehe zu Thomas Robinson. Er sollte wissen, mit wem seine Freunde engeren Kontakt hatten oder gar im Clinch lagen."

„Er ist nicht hier. Über das Wochenende weggefahren und kommt erst Sonntag wieder."

„Woher weißt du das? Sag nichts – Ida Nichols." Mittlerweile hatte Hunter ein Gefühl dafür entwickelt, wie die Dinge hier in *Brick Manor* liefen. Eigentlich mochte er Plappermäuler wie Ida nicht besonders, fand sie aber auf der anderen Seite auch auf befremdliche Art unterhaltsam und hin und wieder überaus nützlich. Und in ihrem Fall verspürte er sogar so etwas wie Sympathie, weil sie ihn an Mrs Plummer erinnerte.

„Ganz genau. Ich denke, bei ihr fange ich an. Wenn es hier im Haus schmutzige Geheimnisse gibt, dann weiß sie es."

„Okay, ich beginne unten. Wir treffen uns wieder hier, wenn wir durch sind?", fragte Hunter.

David stand auf und ging zum Flur. „Ich gebe dir meinen Ersatzschlüssel, dann kannst du rein. Wie die Kaffeemaschine funktioniert, findest du heraus."

Hunter kehrte nach etwas über zwei Stunden zu Davids Wohnung zurück. Doch der war noch nicht da. Er nahm sich einen Kaffee aus der Maschine und wartete in *seinem* Sessel. Eine knappe halbe

Stunde später erschien David dann endlich. Erledigt ließ er sich auf das Sofa fallen.

Hunter warf ihm einen amüsierten Blick zu. „Lass mich raten – Mrs Nichols?", feixte er.

„Unglaublich diese Frau. Ich dachte, ich vernehme doch erst die anderen und sie am Schluss."

„Und? Was Interessantes erfahren?" Hunter überschlug die Beine und legte die Hände darauf ab.

„Was unsere beiden Fälle betrifft: Nein, aber ich weiß jetzt mehr über das Liebesleben meiner Nachbarn, als mir lieb war." Angewidert schüttelte David den Kopf. „Mit Barrett und Shaun scheint allerdings niemand großartig Kontakt gehabt zu haben. Zusammen mit Thomas scheinen sie wirklich eine eingeschworene Gemeinschaft gewesen zu sein, die mit niemandem weiter etwas zu tun hatte. Diejenigen, die sie kannten, beschrieben sie als höfliche und ruhige Nachbarn."

Aufmerksam hörte Hunter zu und nickte. „Das habe ich auch festgestellt. Eine ältere Dame im ersten Stock wusste noch nicht einmal, von wem ich spreche. Erst als ich ihr die Fotos auf meinem Handy gezeigt habe, hat sie die beiden erkannt." Frustriert schüttelte er den Kopf. „Hast du Björn Anderson angetroffen?"

„Habe ich." David verzog genervt das Gesicht. „Ich dachte, ich höre noch einmal bei ihm nach."

„Und? Was Interessantes erfahren?"

„Nicht wirklich. Er hat kein wirkliches Alibi. Zum Tatzeitpunkt hat er geschlafen und mit Barrett und Shaun hatte er nichts zu tun. Das glaube ich ihm auch. Ich beobachte ihn, seit ich hier wohne. Er taucht zwar scheinbar überall auf, doch ich habe ihn noch nie mit jemandem reden sehen. Also Sackgasse." David schüttelte den Kopf und setzte sich auf.

Hunter nahm einen kräftigen Schluck Kaffee. „Was mir gerade in den Sinn kommt: Die beiden kannten sich doch schon seit der

Schulzeit. Was wäre, wenn es jemanden gäbe, der noch eine alte Rechnung mit ihnen offen und diese jetzt beglichen hat?"

„Dann könnte Thomas Robinson davon wissen."

Hunter sah auf die Uhr. „Wir machen für heute Schluss. Kannst du in der Zwischenzeit herausfinden, wann genau er zurückkommt und wann er am Montag zuhause sein wird?"

David nickte. „Lass mir ein bisschen Zeit, dann gehe ich noch einmal zu Mrs Nichols." Gequält lachte er auf und schien Hunter zu beobachten. „Du wirkst auf einmal so gehetzt. Hast du noch Termine?"

Ein Lächeln schob sich auf Hunters Lippen. „Es könnte sein, dass ich mich morgen mit Steven treffe und noch ein bisschen was vorbereiten muss."

„Dann können wir ja ein Doppeldate machen. Ich gehe morgen Abend auch mit Roberta essen."

Vergnügt lachte Hunter auf und er musste an das *Wild Jungle* denken. „Lass mal. Vielleicht irgendwann anders." Er stand auf, gab David einen freundlichen Klaps auf die Schulter und verabschiedete sich.

Kapitel 15 – Geräusche in der Nacht

Überglücklich ließ sich David auf seine Couch sinken. Das Essen mit Roberta war zwar früher zu Ende gegangen, als er erwartet hatte, weil sie noch zu ihrer Mutter musste, die eine knappe Stunde außerhalb Londons wohnte. Aber er fühlte sich trotzdem wieder wie im Himmel. Die Blicke, die ihm Roberta zugeworfen hatte, die scheinbar zufälligen Berührungen und die Küsse vor ihrem Haus, hinter der Hecke, bevor sie gegangen war … Wenn er mit ihr zusammen war, schien die Zeit stillzustehen und gleichzeitig zu rasen. Er fühlte sich wie ein Abenteurer, dem das Adrenalin durch die Adern schoss, und doch hatte er den Eindruck angekommen zu sein. Seit er mit ihr zusammen war, war sein Leben aufregend, wild, durcheinander und wunderschön, es hatte einen Sinn bekommen.

Sein Handy piepste und zeigte den Eingang einer Nachricht.

‚Ich vermisse dich schon jetzt‘, las David. Er sah auf die Uhr. Kurz nach elf, gerade einmal sechsunddreißig Minuten waren vergangen und sie vermisste ihn schon. Wohlig grunzend schwang er seine Beine auf das Sofa und sank in die weichen Kissen. Er nahm sich eins davon und drückte es auf seinen Bauch, dabei stellte er sich vor, Roberta läge bei ihm. Ja, er vermisste sie auch.

Wenn er jetzt darüber nachdachte, konnte er nicht verstehen, warum er so viel Angst davor gehabt hatte, sie anzusprechen. Mit ihr fühlte er sich auf sonderbare Weise vollständiger. Ein Gefühl, das er noch nie erlebt hatte, obwohl er sich vorher nie unvollständig gefühlt hatte. Zumindest hatte er nie daran gedacht, dass er es nicht war.

Sicherlich hatte er in der Vergangenheit für die ein oder andere Frau geschwärmt, doch nie war mehr passiert. Zu einem *Mehr* war er viel zu schüchtern gewesen. Wenn er heute zurückblickte, wusste er, dass es gut war, weil mit Roberta eben alles anders war.

Sein Handy kam ihm wieder in den Sinn. Er stützte sich auf seinen Ellbogen ab. ‚Ich vermisse dich noch viel mehr‘, tippte er und schickte die Nachricht ab, dann kuschelte er sich erneut in die Kissen.

Glücklich und in seinen Gedanken versunken starrte er an die Decke. Erst heute wurde ihm bewusst, wie schön seine Zimmerdecke eigentlich war. Rein und weiß und durch die schlichte Struktur einfach einzigartig. Während er sie betrachtete, meinte er in der Textur ein Lächeln zu erkennen. Seine Decke lächelte ihm zu.

David drehte den Kopf zur Seite und blickte zum Kamin. Auch er war schön. Die beigen Steine, die ihn einrahmten. Unregelmäßig und perfekt. Einfach schön. Überhaupt war alles wunderschön und alles wurde noch viel schöner, wenn er sich Roberta dabei vorstellte.

Ein entferntes Klappern zog seine Aufmerksamkeit auf sich. Er setzte sich auf, sein Blick glitt zum Lüftungsschacht. Erneut rumpelte es. David stand auf und lief in die Richtung. Er stellte sich vor die Wand und starrte auf die Abdeckung des Schachts. Gespannt lauschte er. Sowohl die Wohnung über ihm, als auch jetzt die unter ihm standen nach den Toden von Barrett und Shaun leer. Die Spurensicherung hatte ihre Arbeit getan.

David konzentrierte sich weiter auf den Schacht. Aus ihm drangen tatsächlich Geräusche. Geräusche, die aus Shauns Wohnung zu kommen schienen. Wie konnte das sein? Die gute Laune wich einer Anspannung und sein Herzschlag beschleunigte sich. All seine Sinne richteten sich auf das dumpfe Schleifen, als würde dort unten jemand Schubladen aufziehen, seine Gedanken wirbelten umher. Hunter anrufen? Nein, dafür war keine Zeit. Wer wusste, wer in der Wohnung war und wann dieser jemand wieder verschwinden würde?

David schoss aus seinem Wohnzimmer in den Flur, wo er eilig in seine Schuhe schlüpfte. Er tippte konzentriert die Kombination in den kleinen Wandtresor, in dem er seine Dienstwaffe deponiert hatte, und öffnete diesen. Ein Griff und er hatte sich die Waffe geschnappt, dann den Schlüssel. Als er die Hand auf die Türklinke legte, hielt er kurz inne. Er atmete tief ein und aus, bevor er so geräuschlos wie möglich die Wohnung verließ.

Leise schlich er die Treppe hinunter, bis zur Tür von Shauns Wohnung. Das Absperrband hing davor. Es war weder abgerissen noch beschädigt. Die Tür war verschlossen. David legte sein Ohr an das Holz. Tatsächlich drangen Geräusche aus dem Inneren. Jemand befand sich in der Wohnung.

Er sah auf die Uhr. Kurz vor halb zwölf. Sollte er es wagen? David nahm sein Handy aus der Tasche und wich in den Gang zurück, dann wählte er Bucks Nummer. Es klingelte. David zählte. Einmal, zweimal, dreimal. Er wollte gerade auflegen, als sich der Hausmeister meldete.

„Hallo, hier ist David Cloverfield. Entschuldigen Sie die späte Störung", flüsterte er.

„Schon gut. Wir waren noch nicht im Bett. Was gibt es denn?"

„Wäre es möglich, dass Sie mir Ihren Generalschlüssel kurz überlassen? Ich muss in Shauns Wohnung etwas überprüfen."

„Selbstverständlich. Sie können ihn holen."

„Wenn es keine großen Umstände macht, wäre es besser, wenn Sie ihn mir bringen. Wir treffen uns vor Shauns Wohnung."

Laut stöhnte Buck auf. „Wenn es sein muss. Es dauert aber zwei Minuten, ich muss mir erst etwas anziehen."

David sah vor seinem inneren Auge, wie Buck nackt am Telefon stand, und schüttelte sich, um dieses Bild wieder loszuwerden.

Dann ging er ins Treppenhaus und platzierte sich so auf der Treppe, dass er Shauns Wohnungstür noch im Blick hatte, aber sichergestellt war, dass Buck nicht den Gang betrat. Schon hörte er eine Tür zufallen und Schritte auf den Stufen, die sich näherten. Kurz darauf kam der Hausmeister hochgelaufen und hielt ihm den Schlüssel hin.

„Danke", flüsterte David. „Ich bringe ihn wieder runter."

Buck brummte ihm etwas entgegen, was er nicht verstand, dann drehte er sich um und verschwand wieder.

David schlich zur Wohnungstür. Sachte schob er den Schlüssel ins Schloss und drehte ihn. Mit einem leisen Klacken öffnete sie sich. Vorsichtig drängte er sich in die Wohnung. Die Tür zum Wohnzimmer war geschlossen, doch aus der Küche fiel ein wandernder Lichtschein in den Flur. *Eine Taschenlampe* schoss es ihm ins Hirn. David zog langsam seine Waffe und entsicherte sie, dann schob er die Wohnungstür zu und drehte den Schlüssel einmal herum, so dass der Einbrecher und er nun zusammen in der Wohnung eingesperrt waren. Durch den gleitenden Lichtschein konnte er zumindest erkennen, wo er hintrat.

Schon war er bei der Küche. Sein Herz pumpte heftig in seiner Brust. Leise ausatmend, presste er behutsam seinen Kopf durch den schmalen Spalt der Tür.

Eine dunkle Gestalt, etwa in seiner Größe, stand mit dem Rücken zu ihm und wühlte in einer Kommode. David betrat nahezu geräuschlos das Wohnzimmer. Wachsam tastete er an der Wand entlang, bis er den Lichtschalter fand. Im gleichen Augenblick, als er „Hände hoch" schrie, schaltete er das Licht an. Seine Hand schnellte zur Waffe zurück und umklammerte sie. Der Mann vor ihm erstarrte und richtete sich aufreizend gelassen auf.

„Umdrehen", befal David.

Der Unbekannte gehorchte und drehte sich mit erhobenen Händen langsam zu ihm um.

„Thomas?", sprudelte es aus David heraus.

„Es ist nicht das, was Sie jetzt vielleicht denken." Thomas stand mit schuldbewusstem Blick und noch immer erhobenen Händen vor ihm.

„Was denke ich denn?"

„Dass ich Shaun ermordet habe. Aber ich war es nicht." Sein Körper verlor an Spannung und er sackte in sich zusammen.

„Wie kommen Sie überhaupt hier rein?", hakte David nach.

„Mit meinem Schlüssel." Zerknirscht senkte Thomas den Kopf. „Kann ich die Arme jetzt wieder runternehmen?"

David warf ihm einen verächtlichen Blick zu. „Sie haben einen Schlüssel zu Shauns Wohnung?"

Sein Gegenüber nickte gequält. „Wir hatten alle Schlüssel zu den Wohnungen der anderen", murmelte er.

Ohne ihn aus den Augen zu lassen, zückte David sein Handy. Mit der Waffe auf Thomas gerichtet, öffnete er seine Schnellkontakte und wählte Hunters Nummer. Als er abhob, drang ein Gemisch aus gedämpften Unterhaltungen und leiser Musik an sein Ohr. Hunter schien in einem Restaurant zu sein. „Hey David, was gibt's?"

„Es tut mir leid, dich zu stören, aber ich habe gerade Thomas Robinson in der Wohnung von Shaun Forster erwischt."

„Wo seid ihr jetzt?", fragte Hunter. Seine Stimme hatte einen ermittelnden Tonfall angenommen.

„Noch vor Ort."

„Ich bin nicht weit weg, bin gleich da." Hunter legte auf.

„Umdrehen."

Thomas gehorchte augenblicklich.

Vorsichtig näherte sich David ihm von hinten und tastete ihn ab. Nachdem er sich vergewissert hatte, dass er keinerlei Waffe bei sich trug, schlug er einen anderen Ton an. „Sie können sich wieder umdrehen und die Hände jetzt runternehmen."

Thomas senkte seine Arme. Sein Gesicht war eingefallen und die Schultern hingen kraftlos nach unten. Er sah müde aus. Ängstlich schaute er zu David, ohne etwas zu sagen.

„Gehen wir", befahl David.

„Wohin?"

„In Ihre Wohnung. Das hier ist immer noch ein Tatort. Sie gehen voraus."

***

Hunter seufzte leise und suchte Stevens Blick. „Es tut mir leid, aber ich muss mich leider auf den Weg machen. Es hat mit meinem aktuellen Fall zu tun."

Ein verständnisvolles Lächeln eroberte Stevens Lippen. „Ich verstehe das vollkommen. Aber bis hierher war es ein wundervoller Abend. Und ich hoffe ..."

„Du musst nicht hoffen. Wir werden das sehr bald fortsetzen." Hunter winkte dem Kellner.

„Wie wäre es mit Dienstagabend?", schlug Steven vor.

„Das klingt ausgezeichnet", erwiderte Hunter, während er nach seiner Kreditkarte griff.

„Stopp, junger Mann. Heute bin ich dran, schon vergessen? Und ich würde noch ein wenig bleiben." Steven lächelte dem Kellner zu, der bereits an den Tisch gekommen war. „Bringen Sie mir noch ein Glas Wein."

Hunter lächelte leicht verlegen. „So hatte ich mir unser zweites Date nicht vorgestellt."

„Du bist eben ein Polizist. Und nun gib mir einen Abschiedskuss, bevor du den Verbrecher schnappst. Darauf bestehe ich!", forderte Steven mit einem Zwinkern.

David öffnete die Tür, als Hunter an Robinsons Wohnung klingelte. Er brachte ihn flüsternd auf den neusten Stand, bevor sie gemeinsam ins Wohnzimmer gingen. Thomas saß zusammengesunken auf der Couch, sein Blick fiel besorgt ins Leere.

„Darf ich?", fragte Hunter und deutete auf den Zweisitzer, doch Thomas reagierte nicht. „Mr Robinson? Darf ich?", sagte er etwas lauter.

Thomas zuckte zusammen. „Entschuldigen Sie. Ja, bitte, nehmen Sie Platz."

Während sich David schräg hinter ihm an die Wand lehnte, setzte sich Hunter und zog sein Notizbuch aus der Tasche.

„Nun denn, Mr Robinson, Sie besitzen also Schlüssel zu den Wohnungen von Barrett McGee und Shaun Forster, die inzwischen beide tot sind. Der Mörder, das wissen wir bereits, wurde entweder von beiden hereingelassen oder besaß einen Schlüssel zu den Wohnungen." Mit festem Blick auf Thomas machte Hunter eine Pause, um seine Zusammenfassung wirken zu lassen. „Was sagen Sie dazu?"

Aus Thomas' Gesicht wich jegliche Farbe. Mit aufgerissenen Augen stierte er auf einen Punkt, irgendwo zwischen seinen Knien und den darauf gefalteten Händen.

„Mr Robinson, haben Sie mich verstanden?"

Thomas nickte kaum merklich, schwieg jedoch.

„Ihnen ist bewusst, dass Sie sich durch Ihre heutige Aktion zum Hauptverdächtigen gemacht haben?"

Angsterfüllt hob er den Kopf und starrte Hunter an. „Ich? Aber sie waren meine Freunde! Ich würde doch niemals …"

„Sie wären nicht der Erste, der einen *Freund* umbringt."

Thomas beugte sich zu Hunter. „Ich war es nicht!" Seine Stimme klang nun fester, er schien in den Verteidigungsmodus zu wechseln. „Ich habe beide Male gearbeitet. Fragen Sie doch am Flughafen nach. Und beim Tod von Shaun …" Schwer schluckte er. „Sind wir direkt, nachdem meine Schicht beendet war, über das Wochenende weggefahren. Mona wird Ihnen das bestätigen."

„Ihre Verlobte. Wo ist sie eigentlich?" Hunter blickte sich um.

„Sie ist für ein paar Tage bei ihren Eltern geblieben. Eigentlich wollten wir beide bis Montag bleiben, aber als ich von Shauns Tod gehört habe, bin ich sofort zurückgefahren."

„Wie haben Sie davon erfahren?", fragte David aus dem Hintergrund.

„Susan rief mich an. Sie war vollkommen aufgelöst."

„Sie haben alle drei gegen die Hausordnung verstoßen, wenn ich mich richtig erinnere. Aus welchem Grund gab es diese Ersatzschlüssel?"

„Ich weiß." Betroffen senkte Thomas seinen Blick. Er atmete hörbar ein und ließ die Luft langsam wieder entweichen. „Barrett hatte sich letztes Jahr ausgesperrt."

„Es gibt hier einen Hausmeister mit einem Generalschlüssel", stellte Hunter lapidar fest.

„So sollte es sein, doch Buck hatte seinen Generalschlüssel gerade verloren, also musste Barrett einen sündhaft teuren Schlüsseldienst kommen lassen." Thomas ließ sich gegen die Rückenlehne sinken. „Kurz darauf wurden alle Schlösser ausgetauscht, aber Barrett meinte, dass Buck langsam verkalken würde und wir nur darauf zu warten brauchen, bis wieder so etwas passiert. Also haben wir uns welche nachmachen lassen."

„Braucht man dafür nicht eine Schlüsselkarte? Wir reden hier von einem Sicherheitsschließsystem."

„Barrett kannte jemanden …"

„Verstehe. Also betrieben Sie nur eine Absicherung für den Notfall?" Hunter runzelte die Stirn. Bis hierher waren Robinsons Aussagen nachvollziehbar.

Schweigend nickte Thomas.

„Was wollten Sie dann heute in der Wohnung von Shaun Forster? Gab es heute auch einen Notfall?" Gleichmäßig tippte er mit seinem Stift auf sein Notizbuch.

Sein Gegenüber schluckte, dann senkte er erneut den Kopf. „Kein Kommentar", murmelte er.

„Kommen Sie, Thomas. Sie haben doch etwas gesucht", blaffte David in seine Richtung.

Hunter legte sein Notizbuch neben sich auf das Polster. Er setzte sich auf und beugte sich zu ihm. „Mr Robinson", sagte er mit verständnisvoller Stimme. „Machen Sie es doch nicht schlimmer, als es sowieso schon ist. Wissen Sie, ich glaube nicht, dass Sie es waren. Aber zwei Ihrer besten Freunde sind tot. Kaltblütig ermordet. Zwei von drei. Wenn es etwas gibt, das auch Sie in Gefahr bringt, müssen Sie es uns sagen. Nur so können wir Ihnen helfen." Er behielt ihn genauestens im Blick.

Thomas atmete tief ein und mit einem Seufzer wieder aus, er rieb sich mit den Händen das Gesicht und starrte zum Fenster. Kaum merklich neigte er seinen Kopf von einer Seite auf die andere, als würde er einen stillen Diskurs mit sich selbst führen.

Hunter konnte förmlich spüren, wie er wankte. „Thomas, bitte", legte er nach. „Was wollten Sie in Shauns Wohnung?"

Nach längerem Warten drehte Thomas seinen Kopf zu ihm und sah ihm nun direkt in die Augen, sein linkes Lid zuckte. „Also gut. Es kommt ja sowieso irgendwann raus." Er sackte sichtlich in sich zusammen. „Ich habe Shauns Tagebuch gesucht", wisperte er weinerlich.

„Sein Tagebuch?", wiederholte Hunter erstaunt.

Thomas nickte müde. „Shaun hat Tagebuch geführt."

Verwundert schaute Hunter zu David, der noch immer Thomas im Blick hatte.

„Was steht in diesen Tagebüchern, dass Sie es für notwendig gehalten haben, in seine Wohnung einzubrechen?"

Sein Gegenüber fiel noch mehr in sich zusammen. „Ich bin nicht eingebrochen – ich habe einen Schlüssel", raunte er trotzig, zog ein Bein hoch und schob es unter den Oberschenkel des anderen. „Vor zwei Jahren gab es einen Unfall, bei dem eine junge Frau starb. Barretts Freundin."

„Ich verstehe nicht. Was für einen Unfall?"

„Sie stürzte vom Dach."

Etwas blitzte in Hunters Gehirn auf. Bei seiner ersten Vernehmung von Buck hatte dieser etwas in dieser Art angedeutet. Doch Buck hatte von Selbstmord gesprochen. „Wie hieß sie?"

„Bridget."

„Bridget", wiederholte Hunter und notierte sich den Namen. „Und weiter?"

„Den Nachnamen kenne ich leider nicht. Sie war damals noch nicht lange mit Barrett zusammen und ich hab sie nur einmal getroffen", erzählte er wie paralysiert.

„Was ist damals passiert, Thomas?", hakte Hunter nach.

Er starrte wie gelähmt vor sich hin, als ob er seinen Blick weit in die Vergangenheit richten würde. „Barrett hatte Shaun und mich zum Essen eingeladen", begann er zu erzählen, „um uns seine Freundin vorzustellen. Wir fanden sie beide überaus sympathisch und haben uns gut mit ihr verstanden. Am späteren Abend verschwand Barrett mit ihr ins Schlafzimmer, während Shaun und ich gezockt haben." Thomas musterte Hunter kurz, bevor er fortfuhr. „Irgendwann bekamen wir mit, dass die beiden hitzig diskutierten. Ich ging an die Tür und klopfte, um zu fragen, ob alles in Ordnung sei." Sein Blick fiel auf David, dann wieder auf Hunter. „Doch anstatt eine Antwort zu bekommen, rannte Bridget wütend aus dem Schlafzimmer und Barrett hinterher. Sie wollte aus der Wohnung. Barrett versperrte ihr den Weg und wir versuchten zu schlichten. Irgendwie schaffte sie es doch hinaus. Barrett lief ihr nach und versuchte, sie zurückzuholen. Sie flüchtete aufs Dach."

Mit der Hand strich Thomas sich über das Gesicht. „Und … und wir folgten ihr." Er schluckte, während seine Augen feucht wurden. „Verstehen Sie? Sie hatte die Wahl nach unten oder nach oben zu laufen. Wer rennt schon nach oben?" Hastig wischte er sich über die Augen und schluckte erneut.

„Was ist auf dem Dach passiert?", bohrte Hunter weiter nach und versuchte dabei, so mitfühlend wie irgend möglich zu klingen.

Thomas fing sich ein wenig, atmete tief durch. „Barrett redete unentwegt auf sie ein. Er streckte ihr eine Hand entgegen, doch sie wich immer weiter zurück und dann … fiel sie."

Hunter hielt den Blick weiter auf ihn gerichtet, in seinem Kopf formte sich ein Bild jener Nacht. „Was ist danach passiert?"

„Wir standen eine Weile da und starrten von oben auf ihren Körper. Unfähig, uns zu bewegen." Ein Schluchzen drang aus Thomas' Kehle, Hunter ließ ihm einen Moment, um sich wieder zu beruhigen.

„Barrett fing sich als Erster", fuhr er fort. „Er bugsierte uns zurück in seine Wohnung. Wir beratschlagten, was wir jetzt tun sollten. Er sagte, wir würden alle im Knast landen. Also schworen wir einen Eid in dieser Nacht. Keiner von uns würde jemals wieder ein Wort über diesen Abend verlauten lassen."

„Gab es keine Untersuchung über den Vorfall?", fragte David sichtlich schockiert.

„Doch, die gab es. Aber es wusste niemand, dass Bridget bei uns gewesen war. Irgendwann wurde ihr Tod als Selbstmord eingestuft. Ich habe später einmal gehört, dass man ihre Leiche in dem Ort, aus dem sie stammte, beigesetzt hat."

„Und keiner Ihrer Nachbarn hat etwas von diesem Vorfall mitbekommen?", fragte Hunter erstaunt.

Thomas schüttelte den Kopf. „Nein. Nicht dass ich wüsste. Es war mitten in der Nacht, als das passierte. Die Polizei kam erst über eine Stunde später. Eine Passantin hatte sie gefunden."

„Wissen Sie, um was es in dem Streit ging, den Mr McGee mit seiner Freundin hatte?" Hunter notierte sich in Stichpunkten, was vor zwei Jahren vorgefallen war.

„An diesem Abend noch nicht. Ich konnte mir erst einen Reim darauf machen, als das mit Shaun passiert ist." Nervös knetete Thomas die Hände. „Ich denke, es ging um Barretts Börsengeschäfte. Was genau sich die beiden damals alles an den Kopf geschmissen haben, weiß ich nicht mehr. Ich kann mich nur an einen Satz erinnern. *Diese Leute vertrauen dir Barrett, du bist ein Schwein.*" Thomas beugte sich ein wenig zu Hunter. „Ich glaube, Bridget hat an diesem Abend herausgefunden, was er da mit seinen Kunden und den Investmentgeschäften trieb."

„Haben Sie Mr McGee danach einmal nach dem Grund des Streits gefragt?"

Thomas schüttelte den Kopf. „Wir haben nie wieder über diese Nacht gesprochen. Zumindest hat Barrett es nicht getan."

„Wie standen Sie zu der Geschichte, die sich zwischen Mr McGee und Mr Forster zugetragen hat?"

„Sie meinen dieses verdammte Investment?"

Hunter nickte stumm.

„Wissen Sie Inspector, in der Nacht, als Bridget starb, starb auch unsere Freundschaft. Sicher trafen wir uns noch, genau wie zuvor. Aber es stand ein Elefant im Raum. Wir trugen ein abscheuliches Geheimnis mit uns. In sehr guten Momenten waren wir wie früher. Doch diese Freundschaft schmeckte schal. Und als Barrett Shaun um sein Geld brachte, war endgültig Schluss. Shaun wollte damals zur Polizei und alles beichten, doch ich hielt ihn davon ab. Barrett hat mir gegenüber einmal geäußert, dass er aussagen würde, Shaun hätte sie geschubst."

„Fraglich, ob er damit durchgekommen wäre", entgegnete Hunter nachdenklich.

„Mag sein, aber keiner von uns wollte es riskieren. Also blieben wir weiter *befreundet*, zumindest taten wir so. Ich sah es als gerechte Strafe an, für die Schuld, die wir uns aufgeladen hatten."

„Mr Robinson, ist es möglich, dass noch jemand anderes von diesem Abend, an dem Bridget starb, Kenntnis hat? Ihre Verlobte, jemand hier aus dem Haus. Irgendjemand?"

Thomas blickte nachdenklich auf seine Hände, dann schüttelte er den Kopf. „Nein. Mit Mona war ich damals noch nicht zusammen. Ich lernte sie erst ein paar Wochen nach diesem Abend kennen und im Haus ... Nein."

„Vielen Dank, dass Sie so offen zu uns waren." Hunters Blick glitt zu David. „Wir lassen Sie jetzt allein. Vorausgesetzt, Sie unternehmen nicht wieder Ausflüge in fremde Wohnungen." Er stand auf.

„Keine Sorge. Ich habe keinen Grund mehr dazu."

Kapitel 16 – Schatten der Vergangenheit

Mit einem „Guten Morgen", begrüßte David Hunter, als er am darauffolgenden Montag ins Büro kam. Verwundert blickte er zu ihm und dann auf die Wanduhr. „Was machst du schon hier?"

„Ich konnte nicht mehr schlafen. Mir geht dieser Fall nicht aus dem Kopf. Gab es über das Wochenende noch irgendetwas bei dir?"

„Nein. Alles ruhig. Mona ist wieder da. Sie kam vorhin an, als ich gegangen bin. Ich habe gestern auch über das nachgedacht, was uns Thomas erzählt hat. Ich bin mir inzwischen sicher, dass in dieser Nacht vor zwei Jahren der Schlüssel liegt." David setzte sich und fuhr den Computer hoch.

„Das glaube ich auch. Wir sollten dringend herausfinden, wer Bridget war."

„Schon erledigt. Sie hieß Bridget Whitehead und stammte aus Chester. Ein Städtchen in der Nähe von Liverpool. Sie starb am 21. Mai vor zwei Jahren und war vierunddreißig", las David von seinem Handy vor. „Begraben wurde sie in Chester."

„Woher weißt du das alles?", fragte Hunter erstaunt.

„Mir war langweilig und Roberta war gestern noch bei ihrer Mutter."

Hunter schmunzelte. „So, so, bei ihrer Mutter …"

„Ist das wichtig?", fragte David und legte die Stirn in Falten. „Wenn wir Glück haben …" Er fixierte etwas auf dem Bildschirm, zog seine Augenbrauen zusammen. „Ja, da ist sie."

„Da ist was?"

„Die Akte des Falls Bridget Whitehead."

Hunter stand auf und ging zu ihm hinüber. Er beugte sich über Davids Schulter und schaute in die Akte. „Sie starb durch den Sturz vom Dach und war sofort tot. Genickbruch. Keine Spuren vorheriger Gewalteinwirkung. Todeszeitpunkt gegen 2:35 Uhr, Freitag, den 21. Mai."

„Hmm", raunte David. „Irgendetwas ist komisch, aber ich kann nicht sagen was."

Hunter ging zurück zu seinem Platz. Er rief die Berichte aus der Gerichtsmedizin, die McGee und Forster betrafen, auf und überflog sie, dabei fiel ihm ein kleines Detail ins Auge. „Das kann ich dir sagen ... Jetzt ergibt es Sinn."

„Was meinst du?", fragte David.

„Barrett McGee starb gegen 2:30 Uhr, am Freitag, den 2. Juni. Shaun Forster gegen 2:15 Uhr am Freitag, den 16. Juni. Fällt dir etwas auf?"

„Immer ein Freitag, immer ungefähr die gleiche Zeit", resümierte David.

„Daraus schließe ich drei Dinge. Erstens: Wir haben wahrscheinlich gerade das Motiv für die Morde gefunden. Zweitens: Wir können davon ausgehen, dass auch Mr Robinson in Gefahr ist. Und drittens: Wir haben nur noch drei Tage, um den Täter zu schnappen."

„Aber zwischen dem Mord an Barrett und dem an Shaun lagen zwei Wochen", stellte David fest.

„Das stimmt, allerdings wissen wir nicht, ob das beabsichtigt war oder es in der Woche zuvor keine Gelegenheit gab. Wir müssen so viel wie möglich über Bridget herausfinden."

„Das übernehme ich", sagte David und hackte bereits auf die Tastatur.

Der Eingang einer Mail wurde auf Hunters Bildschirm angezeigt. „Der Bericht der Spurensicherung ist da." Er überflog das Dokument. „Interessant", brummte er.

„Was ist?", fragte David und beugte sich über den Tisch.

„Sie bestätigen es noch einmal. Forster wurde mit einem der Degen aus seiner Wohnung umgebracht. Lee hatte also recht. Aber viel interessanter ist, dass die Seile, mit denen McGee gefesselt war, und auch das Panzertape und die Müllbeutel tatsächlich aus dem Fundus in Mannings Büro stammen."

„Das bringt uns wieder an den Punkt, dass es jemand aus dem Haus gewesen sein muss. Aber wer von den derzeitigen Bewohnern hatte etwas mit Bridget zu tun?"

„Das gilt es herauszufinden. Ich fahre zu Buck Manning. Mal sehen, was er über Bridget Whitehead weiß."

Hunter fand Manning in seinem Apartment. Er hatte sich im Wohnzimmer ein provisorisches Büro eingerichtet, da sein eigentliches noch immer versiegelt war. Ein Briefablagekörbchen stand auf dem Esstisch, davor lag eine Schreibtischunterlage, auf der er sich Notizen gemacht hatte. Neben dem Tischbein lehnten drei Ordner.

„Sehen Sie sich nicht zu genau um", erwiderte Buck, der Hunters Blick wohl bemerkt hatte, und rieb sich verlegen den Nacken.

„Ich denke, Sie können wieder in Ihr Büro. Deswegen bin ich hier. Darf ich?" Hunter deutete auf einen der Stühle.

„Bitte." Während Hunter Platz nahm, setzte Buck sich hinter seinen improvisierten Arbeitsplatz.

„Wo ist Ihre Lebensgefährtin?" Hunter lauschte in die Wohnung, doch kein Geräusch drang an sein Ohr. Normalerweise hätte Theodora ihn längst begrüßt.

„Beim Friseur und Besorgungen machen."

„Ich hoffe, Ihre kleine Auseinandersetzung ist inzwischen beigelegt?"

Buck lachte auf. „Keine Sorge. Theodora ist aufbrausend, beruhigt sich aber genauso schnell wieder. Ich denke, sie hatte einfach ein schlechtes Gewissen, wegen der Schlüssel." Mit einem fast hämischen Lächeln auf den Lippen lehnte er sich zurück. „Aber, ich muss sagen, es hat gewirkt. Seitdem stand die Tür nicht wieder offen." Selbstzufrieden nickte er. „Wie weit sind Sie mit Ihren Ermittlungen?"

„Es hat sich herausgestellt, dass die Gegenstände, mit denen Mr McGee ermordet wurde, tatsächlich aus Ihrem Büro entnommen wurden."

„Oh." Buck hob erschrocken seine Augenbrauen. „Dann ist Theos schlechtes Gewissen also durchaus berechtigt." Kopfschüttelnd rieb er sich über die Wange.

Abschätzend wog Hunter den Kopf. „Jemand, der einen Mord begehen will, lässt sich für gewöhnlich nicht von einer verschlossenen Tür davon abbringen."

Eine Pause entstand, in der sich beide nur ansahen.

„Mir ist etwas eingefallen", durchbrach er dann die Stille. „Etwas, das Sie bei meiner ersten Vernehmung gesagt haben."

Buck straffte seinen Körper. „Was denn, Inspector?"

„Sie erwähnten, dass hier im Haus noch nie etwas Derartiges passiert sei, bis auf einen Selbstmord vor ein paar Jahren."

„Die Frau, die sich vom Dach gestürzt hat." Nachdenklich nickte Buck.

„Kannten Sie diese Frau?", hakte Hunter nach und behielt den Hausmeister weiterhin im Blick. Doch dieser reagierte vollkommen unaufgeregt, ganz anders, als er erwartet hatte.

„Nein. Niemand hier im Haus kannte sie. Ich weiß nicht, was sie damals dazu getrieben hat, sich ausgerechnet *Brick Manor* für ihr Vorhaben auszusuchen. Vielleicht stand auch nur zufällig die Tür offen. Warum fragen Sie?"

Hunter überging die Frage. „Wie war das damals in der Nacht, als es geschah?"

Buck blies seine Wangen auf und ließ die Luft langsam entweichen. „Wie das war? Ich habe es erst mitbekommen, als mich die Polizei aus dem Bett geklingelt hat. Eine Frau, die mit ihrem Hund unterwegs war, hatte den Körper der Frau auf dem Bürgersteig liegen sehen und die Polizei verständigt."

„Was geschah danach?"

„Wir wurden alle vernommen, doch niemand kannte sie, auch in den benachbarten Häusern nicht. Mehr weiß ich leider nicht."

„Wissen Sie, wie die Frau hieß?", hakte Hunter nach.

Buck verschränkte die Arme vor der Brust und ließ den Blick zum Fenster wandern. „Der Polizist, der mich vernahm, erwähnte ihren Namen einmal." Er schüttelte den Kopf. „Seien Sie mir nicht böse, aber es ist über zwei Jahre her. Ich kann mich nicht mehr erinnern. Namen sind meine Achillesferse. Aber was hat dieser Selbstmord mit Barrett und Shaun zu tun?"

„Nun, wie sich herausgestellt hat, war Bridget Whitehead, so hieß die Dame, damals die Freundin von Barrett McGee." Ein leichtes Zucken durchlief Bucks Körper, als Hunter ihren Namen aussprach. Jegliche Farbe wich aus seinem Gesicht. „Bridget Whitehead", wiederholte er leise.

„Sagt Ihnen dieser Name etwas?", fragte Hunter, der seine Vermutung nun doch in Bucks Reaktion bestätigt sah.

Einen Wimpernschlag später fing Buck sich wieder, schüttelte kaum merklich den Kopf. „Nein, ich habe diesen Namen noch nie gehört", sagte er mit fester Stimme.

Hunter blickte ihn prüfend an. Sein Tonfall hatte sich verändert. Hatte er vorher in einem lockeren Plauderton gesprochen, so klang Buck jetzt, als säße er vor Gericht und müsste eine Aussage machen.

„Und über das Verhältnis, das Barrett McGee mit Bridget Whitehead hatte, war Ihnen auch nichts bekannt?"

Buck lehnte sich zu Hunter. „Hören Sie Inspector, ich sorge hier im Haus dafür, dass alles läuft. Was die einzelnen Bewohner privat treiben, geht mich nichts an und interessiert mich auch nicht. Wie ich Ihnen bereits gesagt habe, hat die Polizei damals jeden hier befragt und niemand kannte sie." Mit Schwung erhob er sich und stützte seine Fäuste auf die Tischplatte. „Sind wir fertig? Ich habe noch einiges zu erledigen."

„Ich habe keine weiteren Fragen, außer Sie wollen mir noch etwas mitteilen?" Hunter klemmte den Finger unter die Klammer des Kugelschreibers und schaute Buck fest in die Augen. Für einen Moment herrschte Stille zwischen ihnen. Hunter hoffte, Buck würde es sich überlegen, doch dieser blieb konsequent.

„Ich habe Ihnen alles gesagt."

Hunter stand auf und nickte. „Dann möchte ich Sie nicht weiter stören. Ich finde allein hinaus." Beim Verlassen der Wohnung fiel sein Blick direkt auf den alten Björn, der sich schräg gegenüber der Wohnung aufhielt und ihn grimmig anfunkelte.

„Was machen Sie hier?", fragte Hunter bestimmend.

Wortlos drehte sich Björn um und wollte den Gang hinunter laufen.

„Hey. Ich habe Sie etwas gefragt!" Hunter legte all seine Autorität in seine Stimme.

Abrupt blieb Björn stehen und drehte sich langsam wieder zu ihm. „Post holen", raunte er. „Ist nicht verboten, Post zu holen." Er nuschelte, als hätte er einen Kaugummi im Mund.

„Nein, das ist es nicht."

„Sonst noch was?" Erneut wandte er sich von ihm ab, und noch bevor Hunter etwas erwidern konnte, schlurfte er den Gang hinunter. Hunter sah ihm nach, bis er ins Treppenhaus eingebogen war. Das Knarzen der Schritte drang an sein Ohr. Seufzend zog er sein Handy aus der Tasche und checkte die Nachrichten. David hatte geschrieben, dass er noch nichts Neues im Fall Bridget

Whitehead herausgefunden habe, also fuhr Hunter zurück zum Yard.

Als er am Abend nach Hause kam, war Godric noch nicht da. Auf dem Esstisch fand er eine Notiz, dass sein Essen im Ofen sei. Hunter öffnete die Klappe, der Duft von Pizza waberte ihm entgegen. Godric hatte sein Flehen erhört – endlich eine Pizza. Ein Lächeln zupfte an seinen Lippen.

Eine Viertelstunde später saß er mit einem Glas Rotwein auf der Terrasse und ließ sie sich schmecken, während er noch immer an das seltsame Verhalten von Buck denken musste. Buck wusste etwas, dessen war er sich sicher.

Hunter streckte sich, ein anstrengender Tag lag hinter ihm. Nachdem er Buck Manning vernommen hatte, war er noch bei Lee vorbeigefahren, um seinen Bericht bezüglich Forsters Tod mit ihm durchzusprechen. Auch bei diesem Mord war sich Lee sicher, dass der Täter über anatomisches Wissen verfügen musste. Der Täter hatte mit dem Degen nur einmal zugestochen und ihn direkt ins Herz getroffen. Es gab keinerlei Spuren eines Kampfes oder Ähnliches. So erlebte Shaun Forster vor seinem Tod noch eine letzte Überraschung.

Auffällig war, dass der Täter körperliche Auseinandersetzungen mit seinen Opfern zu vermeiden schien. McGee war mit Schlafmittel betäubt worden und bei Forster wurde das Überraschungsmoment genutzt. War der Täter oder die Täterin beiden körperlich unterlegen oder sprach das eher für die Verachtung den Opfern gegenüber? Die Art und Weise, wie die Morde ausgeführt worden waren, könnte aber auch darauf hindeuten, dass der Täter sich der Opfer einfach entledigen wollte, ohne sich mit ihnen auseinanderzusetzen.

Hunter schob sich das letzte Stückchen Pizza in den Mund, stand auf und ging mit dem leeren Teller zurück in die Küche, wo er ihn in die Spülmaschine stellte. Das Besteck legte er in den dafür vorgesehenen Korb. Es fühlte sich gut an, mal etwas Normales zu tun und sich nicht bedienen zu lassen, die Gedanken und Ähnlichkeiten an den Fall versuchte er nun zu vermeiden.

Als er noch zuhause gewohnt hatte, war es ihm irgendwann unangenehm geworden, ständig bedient zu werden. Sicherlich hatte er auch heute mit Godric einen Butler, doch ihn sah er vielmehr als einen väterlichen Freund an und nicht als seinen Angestellten. Er schob den Korb zurück in die Maschine und drückte mit seiner Hüfte die Tür zu.

Ein Türklappen verriet ihm, dass Godric zurückgekommen war.

„Bin wieder hier", schallte es aus dem Flur.

„Bin in der Küche", rief ihm Hunter entgegen.

„Hat sie gemundet?", fragte Godric, der in die Küche kam, und nickte zum Ofen.

„Sehr sogar. Du bist der Beste." Dankbar lächelte Hunter, sein Blick fiel auf das Buch, das Godric in der Hand hielt.

„Freut mich, zu hören. Ich würde mich dann ein wenig auf die Terrasse setzen und lesen." Godric schob die Tür auf und ging nach draußen, um sich auf der Lounge niederzulassen.

Hunter folgte ihm. „Was liest du denn?", fragte er rein rhetorisch. Wie er Godric kannte, war es wieder eins dieser *Inspector Flatterly Bücher*.

„*Inspector Flatterly und die leise mordende Hausfrau*. Frisch erschienen." Godric hielt ihm das Buch entgegen. Auf dem Umschlag war eine Frau abgebildet, die ein Messer in der Hand hielt.

„Lass mich raten. Die Mörderin ist eine Hausfrau."

„Ich gehe stark davon aus." Mit beiden Händen schlug er das Buch auf und begann zu blättern.

„Wie viele Hausfrauen spielen denn in der Geschichte mit?" Hunter musste sich ein Grinsen verkneifen, kannte er auch diese Antwort bereits.

„Eine, bis jetzt", raunte Godric. „Und ja, ich weiß. Aber bei *Colombo* weiß man auch schon am Anfang, wer der Mörder ist, und trotzdem sind seine Fälle spannend."

Amüsiert ließ Hunter sich neben ihm nieder und rutschte in eine bequeme Position. „Habe ich was gesagt?", fragte er mit unschuldigem Unterton, was Godric nur mit einem leisen Brummen quittierte.

Hunters Handy summte. Das Bild von Steven formte sich in seinen Gedanken, doch als er es aus seiner Tasche zog, sah er, dass David anrief. „Hey David, gibt es wieder eine Leiche bei dir?", meldete er sich scherzhaft.

„Woher weißt du das?", fragte David erstaunt.

Hunter setzte sich auf. „Kein Scherz? Wer ist es?"

„Buck Manning. Ich denke, es ist besser, du kommst her." Im Hintergrund hörte Hunter eine Frau lauthals weinen.

„Ich bin unterwegs."

KAPITEL 17 – AUSSERHALB DER REIHE

Für Hunter fühlte sich der Weg nach *Brick Manor* inzwischen sehr vertraut an, zu oft war er ihn in den letzten Wochen gegangen. Vor dem Eingang stand ein Krankenwagen, dessen Blaulicht skurrile Schatten an die Hauswand warf. Er fragte sich, warum man einen Krankenwagen gerufen hatte, wenn Manning doch tot war, und umrundete den Wagen. Aus dem Eingang kam ein Sanitäter, der die Griffe einer Trage umklammert hielt. Das Nächste, was Hunter sah, waren zwei Füße, die in braunen Schuhen und roten Socken steckten. *Björn*, schoss es ihm in den Kopf, schon erschien der zweite Sanitäter.

„Was ist mit ihm?", fragte er den hinteren der beiden Männer.

„So wie es aussieht, wohl ein Treppensturz. Entschuldigen Sie uns. Der Mann muss dringend ins Krankenhaus."

Eilig trat Hunter beiseite. Der alte Björn wurde in den Krankenwagen geschoben, die Türen fielen zu und dann rauschte der Wagen mit eingeschaltetem Signalhorn davon. Hunter betrat das Haus. Ida Nichols stand mit einem Mann, den er von den Verhören kannte, auf der Treppe und blickte bestürzt auf die offen stehende Tür von Mannings Wohnung. Schnell nickte er ihnen zu, dann zog er sich Handschuhe über und ging in die Wohnung. Hinter sich schloss er die Tür.

Im Wohnzimmer fand er Theodora, schluchzend und vor sich hinstarrend, auf demselben Platz, an dem am Morgen noch Manning gesessen hatte. Neben ihr saß David, dessen Hand auf ihrer lag. Hunter nickte ihm zu und deutete mit einem Nicken an, ihm in den Flur zu folgen.

„Darf ich Sie einen Moment allein lassen, Theodora?", fragte er sie in behutsamem Tonfall.

„Gehen Sie ruhig", erwiderte sie weinerlich und schnappte zittrig nach Luft, während sich die Tränen einen Weg über ihre Wangen bahnten.

David stand auf und folgte Hunter in den Flur. Leise schloss er die Tür hinter sich.

„Was ist passiert?", fragte Hunter im Flüsterton.

„Buck liegt tot in der Wanne. Stromschlag. Theodora hat ihn gefunden, als sie nach Hause kam."

„Ein Stromschlag?", wiederholte Hunter.

„Der Föhn fiel wohl ins Wasser oder aber er wurde geworfen. Die Jungs der Spurensicherung sollten jeden Augenblick eintreffen. Die Aussage von Theodora habe ich."

„Was ist mit Björn?", fragte Hunter. „Er wurde gerade bewusstlos aus dem Haus getragen."

„Er scheint die Treppe hinuntergestürzt zu sein. Ida hat einen Schrei und ein lautes Rumpeln gehört."

„Alles klar. Ich sehe später bei ihr vorbei. Wo liegt Manning?"

„Es ist die Tür hinten links, Lee ist schon drin. Ich gehe wieder zu Theodora. Sie ist ziemlich fertig mit den Nerven."

Während David zurück ins Wohnzimmer ging, klopfte Hunter an die Tür zum Bad und öffnete sie. Ein undefinierbarer Geruch schlug ihm entgegen. Es roch nach Tod, durchtränkt von etwas wie verbranntem Kabel. Lee kniete vor der Badewanne. Ein Stück neben ihm lag ein Föhn in einer Pfütze am Boden. In der Wanne befand sich Manning, ein Arm hing über den Rand. Das Wasser war abgelassen worden.

„Sherlock", raunte Lee zur Begrüßung, ohne Hunter anzusehen, und hob Mannings Arm.

„Wie sieht es aus, Dolittle? Zufall oder Vorsatz?"

„Zumindest Endgültigkeit." Lee senkte den Arm wieder.

Hunter ließ seinen Blick durch den Raum schweifen. Etwa zwei Fuß entfernt hing das Waschbecken, neben dem sich zwei Steckdosen befanden. Am anderen Ende gab es eine Dusche in Übergröße. Hinter einem Wandvorsprung stand die Toilette. „Einen Unfall können wir ausschließen, denke ich."

„Was macht dich so sicher?" Lee erhob sich und streckte sich durch.

„Es gibt weder eine Ablage noch einen Haken in der Nähe der Wanne. Und da Gegenstände für gewöhnlich nach unten fallen, wenn sie denn fallen, würde ich sagen, dass der Föhn geworfen wurde."

„Kein sehr schöner Tod", raunte Lee.

„Bei Strom stirbt man durch Herzversagen, nicht wahr?"

„Das ist richtig, aber zuvor erleidet das Opfer überaus schmerzhafte Muskelkrämpfe. Es ist ungefähr so, als würde man auf dem elektrischen Stuhl sitzen."

„Also wollte der Täter ihn leiden sehen", stellte Hunter trocken fest.

„Woher willst du wissen, dass es keine Täterin war? Immerhin gibt es hier eine Lebensgefährtin."

„Ich weiß es nicht. Ist einfach so ein Gefühl. Ein Haus, drei Tode – alle auf sehr unterschiedliche Weise umgebracht. Und dann haben wir noch den Treppensturz von Björn …" Hunter blickte sich selbst im Spiegel an und fuhr sich durch seine braunen Haare.

Es klingelte an der Tür.

„Das werden die Kollegen der Spurensicherung sein." Lee hob erneut Mannings Arm an und legte ihn auf dessen Oberkörper.

„Bevor ich gehe: Kannst du etwas zum Todeszeitpunkt sagen?"

„Ich schätze, er ist ungefähr vor drei oder vier Stunden gestorben. Genauer kann ich es dir erst sagen, wenn ich ihn näher untersucht habe."

„In Ordnung."

Es klopfte an der Tür. Hunter öffnete. In Begleitung von Little betrat Roberta den Raum.

„Roberta?", fragte er erstaunt.

„Genau die." Sie zwinkerte ihm zu. „Ich habe genug Innendienst verrichtet und wollte mal was Neues, deswegen habe ich mich in den Außendienst versetzen lassen. Wo ist David?"

„Im Wohnzimmer, bei der Lebensgefährtin des Opfers. Weiß er davon?" Hunter deutete auf den Spurensicherungskoffer, den sie in der Hand trug.

„Nein." Ein zartes Lächeln umspielte ihre Lippen. „Das sollte eine Überraschung sein."

„Dann walte deines Amtes." Hunter tätschelte ihre Schulter und schob sich an ihr vorbei in den Flur. Hinter ihnen standen bereits zwei weitere Männer mit einer Trage.

Nachdem er den Flur überquert hatte, klopfte er an die Wohnzimmertür und öffnete. Inzwischen schien sich Theodora ein wenig gefangen zu haben. Sie saß noch immer auf demselben Stuhl, unterhielt sich jedoch in einem unaufgeregten Tonfall mit David. Dieses Verhalten war Hunter nur allzu bekannt, dem ersten Schock folgte meistens eine Art Verdrängung. Er wusste aber auch, dass diese Phase nur eine kleine Verschnaufpause für die Trauernden war.

„Ich bräuchte dich mal. Es könnte länger dauern." Hunter nickte ihm zu.

„Sie kommen klar?", fragte David zaghaft.

„Selbstverständlich. Ich will Sie nicht weiter aufhalten." Mühsam drückte sich Theodora an der Tischplatte ab und stand auf.

„Bitte gehen Sie nicht ins Badezimmer. Die Kollegen geben Ihnen Bescheid, sobald das wieder möglich ist." Hunter öffnete die Tür und spähte in den Flur, wo er noch sehen konnte, wie die beiden

Männer mit der Trage aus der Wohnung im Hausflur verschwanden.

Mit einer weiteren Verabschiedung an Theodora verließen auch sie die Wohnung.

„Was ist?", fragte David, als sie im Hauseingang standen.

„Wir gehen zu Mrs Nichols." Hunter steuerte das Treppenhaus an, während David ihm folgte. Kurz bevor sie in dem Stockwerk, in dem Ida Nichols wohnte, ankamen, hörten sie das Quicken einer Frau. Abrupt blieb David stehen.

Fragend sah Hunter zu ihm. „Alles ok?"

David starrte perplex, dann schüttelte er den Kopf. „Ach nichts, ich hatte so eine Art Déjà-vu."

Sie gingen weiter und bogen in den Gang ein. Vor Ida Nichols Tür befand sich Mona Fitzgerald, die mit aufgerissenen Augen ihre Hände vor den Mund presste. Mit betroffenem Blick legte Mrs Nichols ihr eine Hand auf die Schulter.

„Mr Holmes. David", begrüßte sie die beiden. „Ich habe Mona gerade das von Buck erzählt."

„Könnten wir uns kurz unterhalten?", fragte Hunter.

„Selbstverständlich. Kommen Sie herein." Ida deutete in ihre Wohnung. „Ich komme später mal bei dir vorbei, meine Liebe", sagte sie zu Mona, tätschelte noch einmal ihre Schulter und ging hinein.

Hunter nickte Mona zu und folgte Ida.

„Heute ist ein furchtbarer Tag." Besorgt legte Ida die Hände an ihre Wangen und schüttelte den Kopf. „Nehmen Sie Platz." Sie setzte sich auf einen der Stühle an dem Esstisch und faltete die Hände auf der Tischdecke.

„Ja, das ist er. Ist es in Ordnung, wenn wir Ihnen ein paar kurze Fragen stellen?", erkundigte sich Hunter und blickte zu David, der nachdenklich auf den Boden starrte.

„Ja, natürlich. Diese Mordserie muss endlich aufhören. Wer weiß, wer als Nächstes dran ist." Anscheinend über ihre eigene Aussage erschrocken, weiteten sich Idas Augen.

„Wir arbeiten mit Hochdruck daran. Sie haben Björn Anderson auf der Treppe gefunden?", fragte Hunter.

Ida nickte. „Ich habe gerade meinen Flur abgestaubt, als ich von draußen einen Schrei hörte. Ich öffnete die Tür und hörte ein dumpfes Poltern aus dem hinteren Treppenhaus. Ich rief *Hallo*, doch statt einer Antwort rannte jemand die Treppe hinunter." Sie strich eine Falte aus der Tischdecke glatt und blickte wieder zu Hunter.

„Woher wissen Sie, dass jemand nach unten rannte?"

„Ich hörte, wie das Knarzen leiser wurde. Als ich die Treppe nach unten gelaufen bin, habe ich Björn dort liegen sehen." Tränen füllten ihre Augen. „Ich dachte, er wäre tot", schluchzte sie und zog ein Taschentuch aus der Hosentasche, in das sie sich lautstark schnäuzte. „Entschuldigen Sie."

„Was ist dann passiert?", fragte Hunter. Sein Blick fiel auf David, der noch immer auf den Boden starrte. Er machte den Eindruck, als wäre er gedanklich weit weg von hier.

„Ich habe den Notruf gewählt und bin bei Björn geblieben. Als ich die Sirenen hörte, bin ich nach unten, um die Tür zu öffnen. Theodora kam gerade vom Einkaufen nach Hause …" Ida schnäuzte sich erneut. „Es war so schrecklich. Ihr Schrei, als sie in der Wohnung war. Nachdem ich den Sanitätern den Weg gezeigt habe, bin ich zurück. Theodora rannte mir in die Arme und weinte nur. Aber das wissen Sie ja." Sie sah zu David, der Hunter noch immer abwesend ansah, doch dann schien er sich zu fangen.

„Ich bin gerade nach Hause gekommen", beantwortete David die stumme Frage.

„Ist Ihnen zuvor etwas aufgefallen? Haben Sie vielleicht jemanden gesehen, der nicht hier wohnt?", fragte Hunter.

Ida schüttelte den Kopf. „Nein, es war alles wie immer."

„Sagt Ihnen der Name Bridget Whitehead etwas?", hakte er nun nach, um das Thema zu wechseln.

Ihrem Gesichtsausdruck zufolge schien Ida Mühe zu haben, seinem Gedankensprung zu folgen und blinzelte ein paarmal. „Bridget Whitehead? Nein. Wer soll das sein?" Sie beugte sich zu ihm und raunte: „Ist sie eine Verdächtige?"

„Nein, Mrs Nichols. Die junge Frau ist vor zwei Jahren gestorben."

Fragend sah Ida ihn an.

„Vor *Brick Manor* …"

Sie schien noch immer nicht zu wissen, worauf er hinauswollte, wie er aus ihrem Blick entnahm. Doch dann kam ihr wohl eine Erleuchtung und sie riss bestürzt die Augen auf. „War das die Frau, die sich vom Dach gestürzt hat?"

„Richtig. Das war sie. Kannten Sie sie?"

„Nein. Ich war damals nicht hier. Ich hatte ein paar Wochen zuvor einen leichteren Herzinfarkt. Vom Krankenhaus bin ich direkt in die Reha gekommen. Eine Klinik bei Stanmore. Wunderschöne Landschaft, aber das Personal." Sie schlug die Hände zusammen und warf einen genervten Blick zur Zimmerdecke. „Ich könnte Ihnen Geschichten erzählen …"

Schweigend musterte Hunter sie.

„Entschuldigen Sie. Wo war ich stehengeblieben? Richtig. In dieser Zeit passierte dieses Unglück." Mitfühlend schüttelte Ida den Kopf. „Was einen Menschen dazu treibt, sich umzubringen. Das arme Ding."

Hunter sah erneut zu David. An dessen Gesichtsausdruck erkannte er, dass er keine Fragen mehr hatte.

„Danke, dass Sie sich noch einmal Zeit genommen haben", sagte er, während er aufstand.

Ida griff nach seinem Arm und hielt ihn am Handgelenk fest. „Bitte sorgen Sie dafür, dass ich mich wieder sicher fühle. Zurzeit habe ich jedes Mal Angst, wenn ich meine Wohnung verlasse."

„Das verspreche ich Ihnen." Hunter legte seine Hand auf ihre Schulter und schickte sich an, zu gehen, und auch David verabschiedete sich.

„Jetzt weiß ich es", schoss es aus David, als die Tür ins Schloss gefallen war.

„Was weißt du?", fragte Hunter und drehte sich um.

„Wo ich dieses Quieken schon einmal gehört habe."

„Mein Freund – du sprichst in Rätseln." Verwirrt blickte Hunter ihn an.

„Vorhin hat Mona Fitzgerald doch gequietscht, als Ida ihr von Bucks Tod erzählt hat."

Hunter nickte.

„Ich glaube, sie ist die Frau, die immer wieder mal bei Barrett war."

„Du meinst, sie hatten eine Affäre?"

„Ich mag mich täuschen, aber es war dasselbe Quieken, das ich hin und wieder durch den Lüftungsschacht gehört habe."

„Mona und Barrett. Du denkst ... sie ist *Sweety*?", raunte Hunter und rieb seine Hände. „Dann würde ich vorschlagen, wir gehen zu ihr und fragen sie danach."

Noch mitgenommen, öffnete Mona die Tür. „Inspector?" Sie kniff die Augen zusammen, als ob sie geblendet worden wäre.

„Richtig, Mrs Fitzgerald. Uns ist da noch etwas eingefallen. Hätten Sie kurz Zeit für uns?" Hunter lächelte sie so charmant an, wie er nur konnte.

„Sicher, aber Thomas ist nicht da."

„Zu ihm wollen wir auch nicht."

„Wie kann ich Ihnen helfen?", erkundigte sie sich verunsichert, als sie im Wohnzimmer Platz genommen hatten.

Hunters Blick suchte Davids, der ihm schräg gegenübersaß, dann richtete er ihn wieder auf Mona. „Uns beschäftigt noch immer der Abend, an dem die Leiche von Barrett McGee gefunden wurde." Er zählte innerlich bis drei, bevor er fortfuhr. Zufrieden stellte er fest, dass sich Mona verspannte. „Wie Sie vielleicht wissen, führte uns der Schrei einer Frau an den Tatort." Erneut zählte er stumm bis drei. „Und wir fragen uns seitdem, wer *Sweety* ist."

Bei dem Wort *Sweety* riss Mona entsetzt die Augen auf. Hunter beobachtete ihren inneren Kampf wieder die Fassung zu erlangen. „*Sweety*?", fragte sie mit ängstlicher Stimme.

„Entschuldigen Sie, das hatte ich ganz vergessen zu erwähnen. Barrett hatte eine Affäre mit einer Frau, die er wohl *Sweety* nannte."

Mona fuhr mit dem Daumen über ihre frisch manikürten Finger und sah ihn scheu an. Hunter kam das Bild eines gejagten Rehs in den Sinn. Sie war das Reh und er der Jäger.

„Es war eine Affäre, die sich nur in den geraden Kalenderwochen abgespielt hat", fuhr er fort. Er blickte zu David und lachte auf. „Man könnte meinen, diese Frau wäre durch irgendetwas gehandicapt gewesen … etwa durch einen anderen Mann, der – was weiß ich – zum Beispiel in Schichten arbeitet."

Auch David lachte auf, während Mona gequält lächelte. „Sie wissen nicht zufällig, wer diese Frau sein könnte?"

Ihr Körper verkrampfte sich noch mehr. „Ich?", quiekte sie und räusperte sich. „Wie kommen Sie darauf, dass ich mich in Barretts Liebesleben ausgekannt habe?" Ihre Stimme war wieder etwas kräftiger geworden.

Sie geht zum Kampf über, stellte Hunter fest. Das Bild des Rehs blitzte wieder vor seinem inneren Auge auf. Es hatte sich in eine Schlucht geflüchtet. Sackgasse. An drei Seiten ragten Felswände empor und vor ihr stand er. Er legte an und zielte. „Nennt Thomas Sie auch *Sweety* oder war dieser Name allein Barrett vorbehalten?"

„Was wollen Sie mir unterstellen?" Ihre Stimme gewann weiter an Lautstärke.

„Ich unterstelle Ihnen nichts, Mrs Fitzgerald. Ich konfrontiere Sie mit meinem Wissen. So vorsichtig Sie auch waren. Jemand hier in *Brick Manor* hat Sie erkannt."

Mona lachte sarkastisch auf. „Na, da bin ich aber mal gespannt."

„Sagen Ihnen die Lüftungsschächte in den Wohnungen etwas?" Hunter lieferte sich ein stummes Blickduell mit ihr. Ihre Selbstsicherheit löste sich schlagartig auf. „Diese Schächte sind wie kleine Wanzen. Man hört erstaunliche Dinge. Ich durfte es selbst schon erleben. Wenn ich die Dienstpläne Ihres Verlobten anfordere, ob ich da Parallelen zu den Treffen, die Mr McGee mit *Sweety* hatte, feststellen werde?"

Mona starrte Hunter schweigend an. Sie hatte verloren und sie wusste es.

„Kommen Sie Mona, das Spiel ist aus."

Tränen schossen ihr in die Augen. Ihre ganze Anspannung entlud sich in einem lauten Schluchzen. Reflexartig warf sie sich die Hände vors Gesicht und sackte in sich zusammen. Hunters Blick fiel auf David, der sie mitleidig ansah und einen Schritt auf sie zuging, doch Hunter schüttelte leicht den Kopf. David verharrte.

Er wartete einen Moment, bis sie sich wieder beruhigt hatte. „Wollen Sie uns jetzt endlich erzählen, was wirklich passiert ist?"

Kraftlos nickend wischte sie sich mit ihrem Handrücken die Augen trocken.

„Sie waren die Frau, die an diesem Abend geschrien hat, richtig? Der Abend, an dem Barrett tot aufgefunden wurde."

Mona nickte erneut. „Es war schrecklich. Er lag da und war tot." Panik verzerrte ihr Gesicht. „Ich habe ihn nicht umgebracht."

„Das wissen wir, aber Sie können uns helfen, herauszufinden, wer es war. Können Sie uns den Abend schildern?" Hunter beugte sich zu ihr vor und legte seine Stirn in Falten, um ihr sein Mitgefühl zu verdeutlichen.

„Wir waren verabredet. Ich habe immer den Schlüssel benutzt, den er bei Thomas deponiert hatte. Als ich in die Wohnung kam, hatte ich schon ein komisches Gefühl. Es war so still." Sie schüttelte sich. „Totenstill." Auf ihrem Arm bildete sich eine Gänsehaut. „Ich ging ins Wohnzimmer, aber Barrett war nirgends zu sehen oder zu hören. Also bin ich ins Schlafzimmer gegangen und …" Mona schluckte schwer. „Ich war so schockiert, dass ich erst nicht begriff, was passiert war. Ich hörte mich selbst schreien und bekam Panik. Ida schoss mir in den Kopf. Ich war sicher, dass sie meinen Schrei gehört hat, also rannte ich, so schnell ich konnte, ins hintere Treppenhaus. Als ich wieder in unserer Wohnung war, habe ich mich sofort unter die Dusche gestellt." Mona blickte beschämt zu David. „Der Geruch des Todes hing an mir, so fühlte es sich jedenfalls an. Vom Fenster aus beobachtete ich dann, wie die Polizei anrückte."

„Wissen Sie, wer es gewesen sein könnte? Hat Mr McGee Ihnen gegenüber irgendwann einmal etwas von Feinden erwähnt oder hatte er Streit mit jemandem? Wurde er vielleicht bedroht?"

Mona schüttelte den Kopf. „Nein. Nichts dergleichen." Sie stand auf und zupfte sich ein Taschentuch aus der Box, die sich auf dem Sekretär befand. Nachdem sie sich die Nase geputzt hatte, setzte sie sich wieder. „Hören Sie, ich weiß, dass es falsch war, mit Barrett zu schlafen. Wissen Sie, Thomas hatte wenig Zeit und Barrett konnte überaus charmant sein. Er gab mir das Gefühl, besonders zu sein."

„Wie lange ging das mit Ihnen?", hakte Hunter nach.

„Ich … ich weiß nicht. Ein paar Monate vielleicht."

„Verzeihen Sie mir, wenn das zu vermessen klingt, aber warum waren Sie noch mit Ihrem Verlobten zusammen?"

Mona lachte leise auf. „Ob Sie es glauben oder nicht: Weil ich Thomas liebe, und Barrett war kein Mann für eine Beziehung."

„Wusste noch jemand von Ihrer Affäre?"

„Nein. Um Himmels willen." Monas Augen weiteten sich. „Das heißt ... Sie sagten doch, dass mich jemand erkannt hat ..."

„Das war ich", meldete sich David zu Wort.

Sie sackte erleichtert zusammen.

„Auch Shaun Forster nicht?", fragte Hunter weiter.

„Nein, um Himmels Willen. Shaun hätte es sofort Thomas erzählt. Seit dieser Börsengeschichte hingen die beiden noch enger zusammen als schon zuvor." Ängstlich suchte sie Hunters Blick. „Werden Sie es Thomas sagen?"

„Es ist nicht unsere Aufgabe, mit unserem Wissen hausieren zu gehen. Es könnte allerdings zu einer Situation kommen, in der wir es preisgeben müssen." Hunter rückte näher an sie heran. „Wenn Sie meinen Rat wollen, sagen Sie es, bevor es auf eine andere Art und Weise herauskommt. Sprechen Sie mit Thomas und erklären Sie ihm die Gründe."

Mona nickte stumm. Erneut sammelten sich Tränen in ihren Augen. Es gelang ihr sie wegzublinzeln.

„Wir lassen Sie jetzt allein. Sollten wir noch Fragen haben ..."

„Ich hätte noch eine letzte Frage an Sie", fuhr David dazwischen.

„Bitte", flüsterte Mona.

„Wir haben das Handy von Barrett überprüft, doch ihre Nummer war nirgends zu finden und auch keine Nachrichten oder Ähnliches. Wie kommt das?"

„Wir haben nicht mit den Handys kommuniziert. Uns war die Gefahr bewusst, dass es Thomas durch Unbedachtheit herausfinden könnte."

„Verstehe. Danke für Ihre Offenheit."

„Lass uns für heute Schluss machen", sagte Hunter, als sie die Wohnung verlassen hatten. „Ich bin müde. Wir sehen morgen, wie wir weitermachen." Er klopfte David auf die Schulter und ging hinunter, um nach Hause zu fahren.

Kapitel 18 – Beziehungskisten

Die neue Woche begann für Hunter im Stau. Nachdem das Personal der Londoner Untergrundbahn in den Streik getreten war, hatte er es zunächst mit dem Bus versucht – wie alle anderen der drei Millionen Pendler in dieser Stadt auch. Das Ergebnis waren übervolle Busse, die sich von Ampel zu Ampel schoben, falls sie denn überhaupt vorankamen.

Nachdem der Bus, in dem er saß, links und rechts von Dutzenden Passanten überholt worden war, stieg auch Hunter aus. Zu Fuß war er mindestens doppelt so schnell. Ein wenig Schadenfreude blitzte in ihm auf, als er unterwegs immer wieder einen Blick ins Innere der Fahrzeuge warf, die sich hintereinander drängten, um dann an ihnen vorbeizuschlendern.

Als er durch die Straßen lief, wurde ihm erneut der Zauber dieser Stadt bewusst. Ein Zauber, den man leicht übersehen konnte, wenn man sich im Inneren eines Wagens befand.

Abseits der Hauptverkehrsader säumten majestätische Platanen die Straßen und spendeten Schatten. Hunter kreuzte einen kleinen Park, in dessen Mitte ein Denkmal für Admiral Nelson stand. Er blieb kurz davor stehen und grüßte den Admiral. Doch der ließ seinen stoischen Blick weiter in die Ferne schweifen, ohne ihn zu beachten. Es machte fast den Eindruck, als würde er nach Napoleon Ausschau halten, den er in der Schlacht von Trafalgar besiegt hatte. Der Hauch der Geschichte durchwehte Hunter in diesem Moment – ein Gefühl, das er ebenfalls nur mit dieser Stadt verband.

„Wo bleibst du denn?", begrüßte ihn David, nachdem er knapp zwei Stunden später als gewöhnlich im Büro ankam.

„Im Verkehr steckengeblieben. Wieso bist du schon hier?"

„Mein Tipp für den heutigen Tag: Nimm das Rad. Damit kommt man überall durch und es hält fit." David blickte amüsiert zu Hunter und grinste. „Ein wenig mehr Kondition würde dir auch guttun, so geschafft wie du aussiehst." Ein mitleidiger Ausdruck huschte über sein Gesicht. „Du wirkst irgendwie … fertig mit der Welt."

„Das täuscht. Ich habe von Geburt an eine gute Physis. Und im Übrigen habe ich mich heute schon körperlich betätigt. Ich bin zu Fuß gekommen."

David quittierte die Aussage mit einem gekünstelten Husten.

„Seitdem du mit Roberta zusammen bist, bist du ziemlich vorlaut geworden." Hunter knüllte ein Blatt Papier zusammen, zielte und traf seinen Partner an der Stirn.

„Lass das." Er nahm das Knäuel und warf es zurück, wo es eine halbe Armlänge weit an Hunters Kopf vorbeiflog.

„Jetzt Schluss mit den Kindereien. Was gibt es Neues? Wir haben inzwischen drei Morde aufzuklären und ich bin mir nicht sicher, ob Bucks Tod in diese Reihe passt." Hunter schob sich auf seinem Stuhl zurück und schaltet den Computer unter dem Schreibtisch an.

„Ich habe inzwischen bezüglich Bridget Whitehead recherchiert."

Hunter richtete sich auf, um David besser sehen zu können.

„Keine Geschwister. Ihr Vater ist Eldwyn Whitehead. Er hat die Familie verlassen, als Bridget noch klein war. Von ihm fehlt jede Spur. Jedoch wurde er in der Todesanzeige erwähnt. Ich habe die Gemeindeverwaltung gebeten, nach seinem Verbleib zu forschen. Bisher jedoch ohne Erfolg."

„Und ihre Mutter?"

„Ihre Mutter heißt Eartha Whitehead und auch von ihr fehlt jede Spur. Bei der Beerdigung war sie allerdings anwesend. Ich habe mit dem Pfarrer gesprochen, der Bridget beigesetzt hat. Doch kurze Zeit später war auch sie von einem auf den anderen Tag verschwunden und keiner wusste, wo sie abgeblieben ist." David stand auf und setzte sich auf die Tischplatte. „Und aus welchem Grund passt der Tod von Buck nicht zu den anderen? Er starb in *Brick Manor* und auch bei ihm vermied der Täter oder die Täterin es, direkt mit ihm in Kontakt zu kommen, zudem gab es auch in diesem Fall keine Einbruchspuren."

„Und trotzdem ist dieser Tod anders. Buck wurde am frühen Abend ermordet, die anderen nachts. Könnte aber auch Zufall sein. Was mir allerdings zu denken gibt, ist der Ablauf."

„Was meinst du?"

„Hast du dir das Badezimmer mal genauer angesehen?", fragte Hunter.

„Ja, natürlich." David blickte überlegend vor sich hin, tippte sich mit dem Zeigefinger gegen das Kinn.

„Ich meine die Größe. Der Föhn lag laut Theodora für gewöhnlich auf dem Regal rechts neben dem Waschbecken, die Wanne stand links daneben. Man muss von der Tür mindestens zwei Schritte gehen, dann den Föhn einstecken und ihn in die Wanne werfen. Theodora sagte außerdem, er sei immer ausgesteckt gewesen. Das alles dauert."

„Ich verstehe, was du meinst. In dieser Zeit wäre Buck aus dem Wasser gekommen."

„Eben. Wenn ein Fremder ins Bad kommt, bleibt man nicht liegen und schaut zu, wie er so etwas macht."

„Außer man erwartet sie oder ihn. Oder aber Buck ist in der Wanne eingeschlafen. Er erwähnte doch, dass er in letzter Zeit öfter mal vom Schlaf übermannt wurde, wenn ich mich richtig erinnere."

„Das wäre im Bereich des Möglichen." Hunter rieb sich das Kinn. „Du hast recht, er hat mir zweimal erzählt, dass er in letzter Zeit öfter plötzlich müde wurde."

„Ich denke, der Mord passt zu den anderen, auch wenn mir noch nicht klar ist, was er mit Bridget zu tun haben könnte. Buck kannte sie nicht und hatte nichts mit ihrem Tod zu tun." Überzeugt von seiner Theorie nickte David.

„Ist das so? Vielleicht kannte er sie ja doch. Oder unser Täter geht davon aus, dass er etwas damit zu tun hatte. Immerhin war er der Hausmeister." Mit seinen Füßen stieß sich Hunter vom Boden ab und zog sie an, so dass er sich auf seinem Schreibtischstuhl einmal um seine Achse drehte. „Wir drehen uns im Kreis."

„Nicht wir." David lachte auf. „Nur du."

„Ich glaube noch immer, dass Thomas Robinson der nächste auf der Liste ist." Hunter setzte seine Füße wieder auf den Boden und stoppte das Stuhlkarussell.

„Dann sollten wir ihn im Auge behalten und ihn warnen."

Abwägend schüttelte Hunter den Kopf. „Wir haben keine Beweise und Personenschutz werden wir nicht aufgrund von irgendwelchen Vermutungen bekommen."

Stille breitete sich aus, während beide angestrengt nachdachten.

„Ich hab's." David sprang auf.

„Du hast was?", fragte Hunter erstaunt.

„Vielleicht eine Lösung. Aber es würde uns einen Teil unserer Freizeit kosten."

„Erzähl."

„Die Wohnung neben Thomas steht zurzeit leer. Sie soll in Kürze renoviert werden. Und wenn ich das richtig gesehen habe, gibt es auch da einen Lüftungsschacht. Ich könnte mit der Hausverwaltung sprechen. Vielleicht bekommen wir den Schlüssel zu dieser Wohnung. Von dort aus könnten wir ihn im Blick behalten, ohne dass es auffällt."

Zufrieden lächelnd stand Hunter auf. Er ging zu David und klopfte ihm auf die Schulter. „Partner! Das ist eine hervorragende Idee. Ich übernehme die Spätschicht. Kümmerst du dich um den

Schlüssel? Ich spreche inzwischen mit den Kollegen der IT – wir brauchen Equipment."

„Ich bekomme den Schlüssel!", rief David enthusiastisch, als er das Telefonat mit der Hausverwaltung beendet hatte.

„Sehr gut. Und ich habe uns eine drahtlose Minikamera und ein Abhörgerät organisiert."

„Dann hole ich den Schlüssel und beziehe Stellung. Du löst mich heute Abend ab." Er schnappte sich seine Jacke und eilte aus dem Büro hinaus.

David hatte penibel darauf geachtet, dass ihn niemand gesehen hatte, als er sich auf den Weg zu Thomas' Nachbarwohnung begeben hatte. Zuvor war er von Hunter mit einem kleinen Technikpaket ausgestattet worden.

Sachte schloss er die Tür hinter sich. Ihn fröstelte ein wenig, trostlos lag die leere Wohnung vor ihm. Wer hier wohl gelebt hatte? Ein zarter Veilchenduft waberte ihm in die Nase, durchzogen mit dem Geruch frischer Farbe. Er ging durch den weißgetünchten Flur ins Wohnzimmer. In dem Raum stand lediglich ein altes Sofa mit Blumenmuster und ein Beistelltischchen aus dunklem Holz, das wohl von den Vorbesitzern zurückgelassen worden war.

Mehr würde er nicht brauchen. Auf dem Weg zum Sofa hallten seine Schritte von den Wänden wider. David stellte den Karton mit den Utensilien auf das Tischchen und setzte sich. Durch die Polsterfüllung bohrte sich eine Sprungfeder in seinen Hintern. Er konnte sich nicht entscheiden, ob er dieses Gefühl störend oder angenehm finden sollte, entschied sich aber letzten Endes dafür, zur Seite zu rutschen.

Anschließend verband er seinen Laptop mit dem Ladekabel, das er in die Steckdose steckte, und öffnete ihn. Das Ladesymbol zeigte ihm, dass der Strom in dieser Wohnung nicht abgestellt worden war. Daneben platzierte er seine Thermoskanne, die er mit Kaffee gefüllt hatte. Er schraubte den Deckel ab, um eine Tasse zu haben.

Nachdem er die Minikamera ausgepackt hatte, betrachtete er sie ausgiebig. *Ein Wunder der Technik* kam es ihn in den Sinn. Kaum größer als sein Daumennagel und nur ein Viertelzoll hoch, wirkte es eher wie ein Knopf denn eine Kamera. David löste die Abdeckung der selbstklebenden Folie und ging zur Wohnungstür. Vorsichtig öffnete er sie und lauschte. Es schien niemand auf dem Flur unterwegs zu sein. Er zog sie weiter auf und klebte die Kamera in die obere Ecke der Türzarge, so dass sie den Gang und die Tür zu Thomas' Wohnung erfassen konnte. Auf dem dunklen Holz war sie kaum zu erkennen.

Wieder am Laptop checkte er das Bild. Die Kamera zeigte genau das, was er sehen musste. Ein Scheppern drang durch den Lüftungsschacht und gleichzeitig etwas leiser durch die Wand der gegenüberliegenden Wohnung. David zog das Abhörgerät aus dem Karton. Es sah aus wie das zu groß geratene Stethoskop eines Arztes. Er setzte die Kopfhörer auf und ging zu der Wand, durch die das Geräusch gedrungen war. Als er es ans Mauerwerk hielt, hörte er eine heftige Diskussion zwischen einer Frau und einem Mann. David war erstaunt, wie gut die Akustik war – die Stimmen drangen zwar gedämpft an sein Ohr, doch er verstand jedes Wort. *Erstaunlich* dachte er und betrachtete das Ende des Geräts, das er an die Wand gehalten hatte. Er drückte es sich an seinen Brustkorb. Gleichmäßig wummerte sein Herz. Mit einer solchen Überwachungstechnik war er auf seinem alten Revier nicht konfrontiert worden. Mit dem Kopfhörer auf den Ohren lief er durch das Zimmer und hielt den Schallverstärker an die Wand zu Thomas' Wohnung. Stille. Obwohl Thomas zuhause sein musste.

Zurück beim Sofa nahm er eins seiner selbstgemachten Sandwiches aus der Tasche und setzte sich auf den sprungfederintakten Teil der Polsterfläche. Er legte die Füße auf das

Tischchen, so dass er seinen Laptop gut im Blick hatte, und biss genüsslich hinein – Salami, Käse und ordentlich Remoulade.

Der Bildschirm vor ihm zeigte den leeren Gang. So blieb es auch die nächsten Stunden. Zum Zeitvertreib hatte sich David den neusten *Inspector Flatterly Roman* mitgenommen. Hin und wieder textete er mit Roberta. Sie hatte sich in den letzten Tagen zu seiner wichtigsten Bezugsperson gemausert. Wann immer ihm etwas passierte, war sein erster Impuls, es ihr erzählen zu wollen.

Gegen sechzehn Uhr regte sich endlich etwas auf dem Bildschirm. Mona kam nach Hause. Sie ging zögernd mit dem Schlüssel in der Hand auf die Wohnungstür zu, als trüge sie eine tonnenschwere Last auf den Schultern. Vor der Tür blieb sie stehen und senkte den Kopf, bevor sie aufschloss. David stand auf und lief zur Wand, während er sich den Kopfhörer über die Ohren zog.

„Was ist denn mit dir los?", hörte er Thomas fragen, als er den Schallverstärker ans Gemäuer gedrückt hatte. Eine quälend lange Pause entstand und in David schob sich ein flaues Gefühl in seinen Magen, war ihm doch bewusst, was gleich kommen musste.

„Ich habe einen Fehler gemacht und ich hoffe, du kannst mir verzeihen." Mona sprach mit gedämpfter Stimme, so dass er sie kaum verstehen konnte. *Sie tat es tatsächlich,* Mona beichtete ihren Fehler. David lief es kalt den Rücken hinunter. Er zog sich die Kopfhörer von den Ohren. Bei diesem Gespräch musste er nicht dabei sein.

„Ist das dein Ernst?", schrie Thomas so laut, dass er ihn auch ohne das Gerät verstehen konnte.

Ein Schauer durchlief David, Unbehagen kroch in ihm hoch. Wie würde er darauf reagieren? Zu unvorstellbar war eine derartige Situation für ihn, hatten Roberta und er doch gerade erst zusammengefunden. Nein, er würde sie niemals betrügen und auch ihr traute er einen solchen Vertrauensbruch nicht zu.

Nach einer Weile setzte er sich die Kopfhörer wieder auf und lauschte in die Nachbarwohnung. Mona weinte, während Thomas still blieb oder nicht mehr im Zimmer war.

„Wie konntest du mir so etwas antun?", melde dieser sich kurz darauf zu Wort. Seine Stimme klang kraftlos und verzweifelt.

„Es tut mir so leid – bitte verzeih mir", flehte Mona.

David zog sich erneut die Hörer von den Ohren. Mitleid stieg in ihm auf. Ja sicher, Mona hatte einen nahezu unverzeihlichen Fehler begangen. Aber mitzuerleben, wie diese gerade noch scheinbar glückliche Beziehung zu zerbrechen drohte, schnürte sein Herz zusammen.

Er versetzte sich erneut in Thomas' Lage. Bestimmt hatte er sich gefreut, Mona zu sehen, als sie nach Hause gekommen war, und jetzt, ein paar Minuten später, lag sein Leben in Scherben vor ihm. David lehnte sich an die Wand und wünschte, die beiden würden sich in die Arme nehmen und alles wäre wieder gut. Doch er wusste auch, dass so etwas wahrscheinlich nicht passieren würde. Nicht hier und nicht heute. Vielleicht irgendwann. Wunden heilten.

In gewisser Weise fühlte er sich schuldig. War er es doch gewesen, durch den die Affäre aufgeflogen war. Hätte er Monas Stimme nicht erkannt, wären die beiden noch immer glücklich.

David schlurfte zurück zu seinem Platz und setzte sich wieder. Er fühlte sich, als wäre er Beteiligter der Auseinandersetzung, die auf der anderen Seite der Wand stattfand. Sein Blick fiel auf den Bildschirm. Wie ruhig das Bild wirkte. Kaum zu glauben, was sich in diesem Moment hinter der Tür abspielte.

„Verschwinde", hörte er Thomas durch den Lüftungsschacht.

David hielt die Tür fest im Blick. Sie wurde aufgerissen und Mona rannte tränenüberströmt aus der Wohnung. Und dann war es still. David saß wie erstarrt auf dem Sofa. Nichts rührte sich. Die Stille aus Thomas' Wohnung wurde immer lauter, legte sich auch auf ihn nieder.

Davids Blick wanderte zur Wand. Er überlegte zu lauschen, doch entschied sich dagegen, Thomas sollte einen Moment für sich haben. Er schaute wieder auf das Display seines Laptops. Das Bild darauf wirkte wie ein Standbild.

Nach ein paar Minuten wurde seine Neugier jedoch zu mächtig. Er stand auf und ging zurück zur Wand.

Nachdem er die Kopfhörer wieder aufgesetzt hatte, hielt er den Schallverstärker dagegen. Ihm zerriss es fast das Herz, als er Thomas schluchzen hörte. Nichts hätte er in diesem Moment lieber getan, als zu ihm zu gehen und ihn in den Arm zu nehmen. Doch er konnte nichts tun, Thomas sollte sich so normal wie möglich verhalten, also durfte er auch nicht wissen, dass seine Wohnung unter Beobachtung stand.

***

Es war kurz vor sieben, als Hunter auf Brick Manor zuschlenderte. Eine kurze Nachricht an David reichte aus, damit dieser ihm die Eingangstür öffnete. Mit einem leisen Surren sprang sie auf.

Hunter betrat den Flur, der dunkel und leer vor ihm lag. Sein Blick fiel in den Gang zum hinteren Treppenhaus. Er hielt Ausschau nach Björn, bis ihm wieder einfiel, dass dieser ihm heute nicht begegnen würde. Er erinnerte sich an das erste Mal, als er in *Brick Manor* gewesen war. Alle hatten noch gelebt und jetzt, ein paar Wochen später, hatte dieses Haus vier Bewohner verloren und vielleicht wohnte ein Mörder unter seinem Dach.

Geschmeidig lief er die Treppen nach oben. Immer wieder blieb er für einen Moment stehen und lauschte in die Stille des Hauses. *Brick Manor* schien heute verlassen. Er bog in den Gang zu Thomas' Wohnung ein. Kurz bevor er die Tür zum Beobachtungsposten erreichte, öffnete David diese schon, so dass er ohne Aufhebens in die Wohnung schlüpfen konnte.

„Und Partner? Alles klar?", fragte er ihn, nachdem dieser ihn ins Wohnzimmer bugsiert hatte.

„Frag nicht", flüsterte er.

Hunter schaute sich um. „Ist jemand hier?"

Fragend sah David ihn an. „Wie kommst du darauf?", erkundigte er sich mit unterdrückter Stimme.

„Weil du flüsterst."

Mit der Hand fuhr sich David über die Stirn. „Ich bin schon ganz durcheinander. Hast du so ein Ding schon einmal ausprobiert?" Er deutete auf das Abhörgerät, das auf einem alten Sofa lag.

„Ja, natürlich." Hunter wusste nicht, auf was er hinauswollte.

„Es ist der Wahnsinn, was man damit alles hört. Beängstigend."

Hunter klopfte ihm auf die Schulter. „Das ist wohl so." Dann fiel sein Blick auf die Thermoskanne und er schlug sich gegen die Stirn. „Mist!", stieß er aus. „Ich habe meine Verpflegung vergessen. Godric bringt mich um."

Ein Schmunzeln schob sich auf Davids Gesicht. „Versteh schon – das Alter. Keine Sorge. Ich bringe dir später was vorbei. Wie es der Zufall will, wohne ich nicht so weit weg."

„Danke. Das mit dem Alter nimmst du aber zurück, und ich würde Pizza bevorzugen." Hunter zog eine Augenbraue nach oben, für seinen Spruch mit dem Alter, und lächelte ihn dann dankbar an, wegen der Pizza. „Gab es besondere Vorkommnisse?" Er lief zur Couch und ließ sich darauf fallen. Schmerzhaft bohrte sich eine Sprungfeder in sein Hinterteil. „Autsch."

„Das hatte ich vergessen. Nicht auf die linke Seite setzen." David grinste.

„Danke Partner." Den Hintern reibend, rückte er auf die andere Sitzfläche. „Und? War jetzt was Besonderes?"

„Könnte man so sagen. Mona hat heute die Affäre gebeichtet. Es war schrecklich. Sie ist dann weinend aus der Wohnung geflüchtet." Betrübt ließ David den Kopf hängen.

„Und Thomas?"

„Der war auch ziemlich mitgenommen. Kurz danach hat auch er die Wohnung verlassen. Seitdem ist es ruhig."

Hunter blickte auf das Bild der Kamera, das auf dem Laptop vor ihm angezeigt wurde.

„Er hat Spätschicht. So eine Beichte ist nie schön, aber so hat man wenigstens die Chance auf einen Neuanfang. Wäre es durch einen Zufall herausgekommen, wäre es schlimmer gewesen." Seine Nüchternheit bei diesem Thema überraschte ihn selbst, wusste er doch sehr genau, wie sich Thomas jetzt fühlen musste.

„Sprichst du aus Erfahrung?" Ungläubig verzog David das Gesicht.

„Sozusagen. Kein Thema für mal eben zwischendurch."

„Nun gut. Ich bin gespannt, ob du recht behältst, was die heutige Nacht betrifft. Wenn du mich brauchst …"

„Ich weiß. Die freundliche Spinne aus der Nachbarschaft." Hunter zwinkerte ihm zu.

„Das wäre dann zwar *Spiderman*, aber so ungefähr. Ich will mich heute Abend noch einmal um die Eltern von Bridget Whitehead kümmern." David verstaute seine Thermoskanne in den Rucksack und verabschiedete sich, während Hunter seinen Posten auf dem Sofa beibehielt.

Nachdem David ihm eine große Pizza und eine neue Kanne mit Kaffee vorbeigebracht hatte, blieb es ruhig. Die Stunden verrannen, ohne dass etwas passierte. Hunter sah auf die Uhr. Wenn seine Berechnung stimmte, müsste Thomas in circa zwei Stunden von seiner Schicht zurückkommen. Er streckte sich, dann griff er sich das letzte Stück Pizza und biss hinein. *Kalte Pizza schmeckt gar nicht mal so übel.* Was aber bestimmt noch besser schmecken würde, wäre ein *heißer* Kaffee zur kalten Pizza.

Mit einem Taschentuch tupfte er sich den Mund ab, stand auf und ging zum Fenster. Die Sonne war untergegangen und Regen hatte eingesetzt. Im Hauseingang auf der gegenüberliegenden Seite knutschte ein Pärchen im scheinbaren Schutz der Dunkelheit. Ein Lächeln zupfte an Hunters Lippen. Automatisch musste er an Steven denken. Steven – seine lebensfrohen Augen, die vollen Lippen und das Gefühl, das er ihm bescherte, wenn er ihn ansah oder auch nur an ihn dachte.

Es fühlte sich für ihn an, als hätte er ihn aus einem jahrelangen Wachkoma geholt. Vergessen gemacht, was geschehen war. Er holte sein Handy aus der Tasche und schrieb ihm ein ‚Vermisse dich‘.

Zufrieden lächelnd ging er zurück zum Sofa und setzte sich auf die intakte Seite. Er checkte sein Handy, um zu sehen, ob Steven seine Nachricht bereits gelesen hatte, und sah gerade noch, wie es sich verabschiedete.

„Mist – Akku leer", brummte er. Wie immer hatte er kein Ladekabel mitgenommen. Was war heute mit ihm los? Jetzt konnte er nur noch darauf warten, dass David sich wunderte, weil er sich nicht mehr meldete. Sein Blick heftete sich wieder auf den Bildschirm des Laptops und entdeckte etwas, das ihm den Atem raubte.

Entsetzt riss er die Augen auf, als er erkannte, was gerade passierte. Sein Puls schoss in die Höhe und er atmete einmal tief durch, um sich zu beruhigen und mit all seiner Nüchternheit zu überprüfen, was vor sich ging. In dem Moment schloss sich die in einem schwarzen Handschuh steckende Hand um die Klinke zu Thomas' Wohnung und zog diese zu.

„Verflucht", rutschte es aus ihm heraus. Er schnappte sich das Abhörgerät und drehte den Laptop so, dass er alles im Auge behalten konnte. Den Blick auf den Bildschirm gerichtet zog er sich hastig den Bügel über die Ohren und hielt das Gerät an die Wand. Er hörte leise Geräusche, die er nicht einordnen konnte, dann, mit einem Mal, war Ruhe. Hunter sah zur Uhr. Noch knapp eine halbe Stunde, bis Thomas zurückkommen würde.

Noch immer gebannt auf den Laptop starrend, ging Hunter seine Optionen durch. Egal, wie er es drehte und wendete, es gab nur eine Möglichkeit, den Täter auf frischer Tat zu ertappen …

Hochkonzentriert wechselte er den Blick immer wieder von seiner Armbanduhr zum Laptop und zurück.

Endlich. Thomas kam ins Blickfeld. Hunter reagierte sofort. Er öffnete die Tür, ging einen Schritt auf den erschrocken dreinblickenden Thomas zu, legte einen Finger an seine Lippen, um ihm zu signalisieren, dass er still sein sollte, und zog ihn in die Wohnung.

„Was soll das?", fragte dieser verwirrt, als die Tür ins Schloss gefallen war.

„Pssst", zischte Hunter und deutete ihm, ins Wohnzimmer zu gehen.

„Ich gehe davon aus, dass es der Mörder von Mr McGee, Mr Forster und Mr Manning es als Nächstes auf Sie abgesehen hat. Und ich glaube, er ist bereits in Ihrer Wohnung."

Thomas riss Augen und Mund auf und stierte ihn entsetzt an. „Wie kommen Sie darauf?"

„Ich habe vor etwa einer Stunde gesehen, wie jemand in Ihre Wohnung eingedrungen ist, konnte aber nicht erkennen, wer es war. Wir gehen inzwischen davon aus, dass die Mordserie in diesem Haus etwas mit der Nacht, in der Bridget Whitehead starb, zu tun hat."

„Aber Buck …"

„Wie der Tod von Mr Manning damit zusammenhängt, erschließt sich uns auch noch nicht."

„Was wollen Sie tun?" Thomas stand wie versteinert in der Mitte des Raumes und sah Hunter noch immer entsetzt an.

„Geben Sie mir Ihren Schlüssel. Ich werde in die Wohnung gehen und Sie warten hier. Verstanden?"

Zögerlich nickte er und reichte ihm den Schlüssel mit zittrigen Händen. „Rechts neben der Tür ist der Lichtschalter."

Kapitel 19 – Licht im Dunkel

Hunter schob den Schlüssel in den Schließzylinder und drehte ihn, bis die Tür aufsprang. Bevor er den Flur von Thomas' Wohnung betrat, zog er seine Dienstwaffe aus dem Holster und entsicherte sie leise. Mit seiner rechten Hand griff er um die Ecke und tastete nach dem Lichtschalter. Als er ihn fand, betätigte er ihn. Licht flammte auf. Vor ihm breitete sich der Flur aus, die Türen zu den Zimmern waren geschlossen. Kein Laut drang an sein Ohr. Nichts wies darauf hin, dass er nicht allein war, doch in seinem Inneren brannte die Gewissheit: Er war es nicht. Hunter lauschte. Kein Geräusch war zu hören. Er schloss die Tür und ging vorsichtig zum Wohnzimmer. Das Blut jagte durch seine Adern. Jede Faser in ihm war bis zum Zerreißen gespannt, bereit, einen Angriff abzuwehren.

Entschlossen drückte er die Klinke hinunter und schob die Tür auf. Wind blies ihm ins Gesicht, der Regen prasselte auf den Boden und bildete kleine Pfützen vor den weit offen stehenden Fenstern. Hunter tastete auch hier nach dem Lichtschalter und fand ihn an ungefähr derselben Stelle wie schon im Gang. Er betätigte ihn, doch das Zimmer blieb dunkel.

Er muss im Wohnzimmer sein! Bevor er zuschlagen konnte, wandte sich Hunter wieder dem Flur zu und schloss die Tür hinter sich. Er brauchte Licht, um den Täter zu erwischen. Vorsichtig ging er rückwärts zu dem Sicherungskasten, die Wohnzimmertür immer im Blick behaltend. Ein schneller Check zeigte ihm, dass keine Sicherung gesprungen war. Das Licht musste also auf anderen Wegen manipuliert worden sein.

Hunter nahm sich seinen Schlüsselbund, an dem eine kleine Taschenlampe befestigt war – ein Geschenk Godrics, das er nun mehr wertschätzte – und schaltete sie ein. Er klemmte sie sich mit einem Bügel ans Hemd, damit er beide Hände frei hatte, dann atmete er tief durch und beruhigte seinen Puls.

Angespannt öffnete er erneut die Tür. Das Licht der Taschenlampe war nicht besonders intensiv, doch es genügte, um sich orientieren zu können.

Das spritzende, rauschende Geräusch eines vorbeifahrenden Wagens war zu hören. Hunter schloss die Tür hinter sich, nachdem er den Raum betreten hatte. Ihm war klar, dass sowohl die offenen Fenster als auch das kaputte Licht einem Zweck dienten. Also tat er dem Täter den Gefallen und ging zum Fenster. Er wollte es schließen, doch das Seitenteil ließ sich nicht bewegen. Für den Bruchteil einer Sekunde glitt seine Aufmerksamkeit zu dem möglichen Grund dafür. Noch bevor er wusste, was geschah, hörte er hinter sich ein Rascheln, dann Schritte. Jemand stürmte auf ihn zu. Mit seiner Hand krallte er sich am Rahmen der Fensterscheibe fest. Ein Körper prallte auf ihn. Seine Pistole rutschte ihm aus der Hand und schlitterte auf den Balkon. Er stemmte sich an der Scheibe ab und drängte sich gegen die Gestalt. Eine Faust flog auf ihn zu, verfehlte ihn nur knapp. Mit dem Fuß stieß er gegen die Scheibe. Das Glas zersplitterte. Kraftvoll bugsierte er den Angreifer zurück ins Wohnzimmer. Dabei prallte er gegen die Couch und fiel. Hunter warf sich auf ihn, doch der Angreifer drehte sich weg. Er stürzte ins Leere und schlug hart auf dem Boden auf. Schnell war sein Gegner wieder auf den Beinen. Ein Tritt traf Hunter in der Nierengegend. Schmerz flammte auf und blendete ihn kurzzeitig. Wenn er sich nicht aufrappelte, wäre es zu spät. Ein weiterer Tritt ließ ihn Sterne sehen. Er schnappte verzweifelt nach Luft und fühlte, wie ihm die Sinne schwanden.

***

David saß vor dem Computer in seinem kleinen Arbeitszimmer. Er hatte das Licht im Zimmer gelöscht, um sich besser konzentrieren zu können, während seine Finger über die Tastatur flogen. Nur der Schein des Monitors erhellte den Raum, und der Regen prasselte gegen das Fenster. Nach regem E-Mail-Verkehr mit dem Gemeindeamt aus Chester hatte er in Erfahrung bringen können, dass Bridgets Vater, Eldwyn, nach Kanada ausgewandert war und in der kleinen Stadt *Leaf Lake* lebte. David tippte dessen Namen ein und durchsuchte die Ergebnisse. Eldwyn tauchte oft in Verbindung mit der örtlichen Feuerwehr auf. War das ein Hinweis? Er gab den Namen erneut ein, diesmal zusammen mit Chester und Feuerwehr. Ein Artikel von vor über zwanzig Jahren berichtete von einem Erste-Hilfe-Kurs, den ein gewisser E. Whitehead von der Feuerwehr in Chester abgehalten hatte. Das musste Eldwyn sein, der erste wirkliche Hinweis auf Bridgets Elternteil. David öffnete den Artikel und las weiter. Eldwyn hatte zusammen mit seiner Frau Eartha, die als Krankenschwester im Chester City Hospital arbeitete, regelmäßig Erste-Hilfe-Kurse für die Feuerwehr von Chester abgehalten.

Lee kam ihm in den Sinn. Hatte er nicht gesagt, dass der Täter medizinische Kenntnisse haben musste? Hier hatte er nun eine Krankenschwester und einen Mann, der Erste Hilfe unterrichtete. Die nächste Suche galt Eartha Whitehead, von der er direkt ein Profil in einem sozialen Netzwerk fand. Leider privat und somit nur Name und Wohnort sichtbar für ihn. Falls es nicht noch eine Eartha Whitehead in Chester gab, musste das das Profil von Bridgets Mutter sein. Die einzige neue Information war ihr Geburtsjahr, 1961. Nachdem er in den sozialen Netzwerken nicht weiterkam, scrollte David die nächsten Suchergebnisse durch. Ein sieben Jahre alter Artikel des *Chester Daily Observers* fiel ihm ins Auge. Er klickte die Seite an. Das Porträt eines Arztes war zu sehen. Es wurde berichtet, dass er im Chester City Hospital die neu eröffnete Kardiologie als Chefarzt übernommen hatte. Eine Reihe weiterer Mitarbeiter wurde darin erwähnt, unter anderem Eartha.

„Das Chester City Hospital", murmelte er und sah auf die Uhr. In der Verwaltung würde er um diese Zeit niemanden mehr erreichen, aber einen Versuch war es wert. Er rief die Webseite des Krankenhauses auf und wählte die Nummer. Eine Frau, deren Stimme vermuten ließ, dass sie durchaus in einem ähnlichen Alter wie Eartha sein könnte, meldete sich.

„Chester City Hospital. Irene Simmons, was kann ich für Sie tun?"

„Hallo, hier spricht Detective Cloverfield von Scotland Yard. Entschuldigen Sie die späte Störung. Ich bin auf der Suche nach einer Krankenschwester, die vor einigen Jahren bei Ihnen gearbeitet hat."

„Welche Abteilung?", quiekte die Frau lustlos in den Hörer.

„Kardiologie."

„Einen Augenblick." Im nächsten Moment ertönte softe Pianomusik. Vor seinem geistigen Auge sah sich David in einer Bar sitzen und einen Drink nehmen, während er wartete, dass jemand ans Telefon ging.

Eine andere Frau nahm ab. Ihre Stimme war deutlich angenehmer und klang wesentlich jünger als die der ersten Dame.

„Chester City Hospital. Kardiologie. Schwester Ann", meldete sie sich.

„Hallo, hier spricht Detective Cloverfield von Scotland Yard. Ich suche eine Krankenschwester, die vor einigen Jahren in Ihrer Abteilung gearbeitet hat."

„Wie heißt sie denn?"

„Eartha Whitehead."

„Tut mir leid, aber die kenne ich nicht. Ich bin aber auch erst seit einem Jahr hier." Ein Moment der Stille herrschte, bevor sie fortfuhr. „Warten Sie, der Name sagt mir doch etwas, glaube ich. Einen Augenblick."

David hatte den Eindruck, als würde der Hörer mit einer Hand zugehalten. Er hörte Ann mit gedämpfter Stimme mit jemandem sprechen, verstand aber nicht, was sie sagte. Die Hand wurde wieder von der Muschel genommen und es schien einen Platzwechsel zu geben, wie das Rascheln verriet.

„Oberschwester Banks. Wer ist am Apperat?", donnerte eine weitere Frauenstimme in den Hörer.

„Detective Cloverfield von Scotland Yard", stellte sich David erschrocken vor und stand innerlich stramm.

„Sie suchen nach Eartha?", fauchte die Frau.

„Äh, ja?"

„Sind Sie wirklich von der Polizei?", fragte sie, wobei der Argwohn jetzt überdeutlich in ihrer Stimme mitschwang.

„Ja, sicher", erwiderte David verdattert, wobei er nicht damit rechnete, dass ihm geglaubt werden würde.

Die Frau schwieg mit einem Mal, doch sie war noch am Apparat – David konnte sie deutlich atmen hören.

„Ist Eartha etwas zugestoßen?", hakte sie vorsichtig nach und klang nun fast mütterlich besorgt. „Sie … sie ist doch nicht etwa … tot?"

„Ich denke nicht. Kennen Sie sie?", fragte David.

„Allerdings! Sie war meine beste Freundin. Also bis sie vor etwa zwei Jahren plötzlich verschwand."

David atmete erleichtert durch, endlich eine handfeste Spur. „Sie wissen nicht zufällig, wohin sie gegangen ist?", bohrte er nach.

„Würde ich fragen, ob ihr etwas zugestoßen ist, wenn ich es wüsste?"Schon war der Befehlston zurück. „Sie war von einem Tag auf den anderen weg. Wohnung und Job gekündigt und fort. Keine

Nachricht, nichts." Schwester Banks atmete ein. „Einfach weg. Ich denke, Eartha hat den Tod ihrer Tochter nicht verkraftet", raunte sie mit besorgter Stimme.

David Herzschlag beschleunigte sich. „Dann kannten Sie die Whiteheads gut?"

„Gut ist wohl die Untertreibung des Jahrhunderts. Ich war die Patentante von Bridget, nachdem Earthas Schwester es nicht machen wollte. Na ja, und von der Familie ihres nichtsnutzigen Ehemanns ganz zu schweigen …"

David klammerte sich ans Telefon und sog jedes ihrer Worte auf. Diese Frau könnte der Schlüssel sein. „Hören Sie Mrs Banks, haben Sie vielleicht ein Foto der Whiteheads, das ich mir holen könnte?"

Sie lachte auf. „Natürlich! Geben Sie mir ihre Handynummer. Ich schicke Ihnen eins. Es ist von Bridgets einundzwanzigstem Geburtstag. Da haben sie die ganze Sippe. Eartha, Bridget, Eldwyn, Earthas Schwester und den Rest der Familie."

Kurz darauf summte Davids Mobiltelefon und zeigte den Eingang einer Nachricht. Er öffnete sie und klickte auf den Anhang, der das Bild enthielt und erstarrte.

***

Keuchend atmete Hunter aus und fing sich wieder. Vom Adrenalin gepeitscht, drückte er sich nach oben, schob seinen Schmerz beiseite. Die schwarze Gestalt stürzte zur Tür. Er jagte hinterher und warf sich auf sie. Dumpf krachte er gegen sie und drängte sie an die Wand, wobei er ihren Arm erwischte und ihn hinter ihrem Rücken verdrehte. Ein Stöhnen drang dem Täter aus der Kehle. Hunter stockte. Es war das Stöhnen einer Frau. Er griff mit der Hand die dunkle Sturmhaube und riss sie herunter.

Ein Donnerschlag im Flur, Holz splitterte.

„Hunter?", hörte er David. „Ist alles okay bei dir?"

„Ich bin im Wohnzimmer", keuchte er.

Im nächsten Moment wurde die Tür aufgerissen. „Hallo Theodora?", sagte David, er klang nicht besonders überrascht, sie hier zu sehen, während er die gezogene Waffe auf sie richtete.

„Ich werde nicht fliehen", presste sie heraus.

„Die Kollegen sind gleich oben", unterrichtete David Hunter. Schon hörten sie Schritte auf dem Gang, die sich der Wohnung näherten. „Wir sind hier", rief David ihnen entgegen.

Nachdem Theodora abgeführt worden war, ließ sich Hunter auf die Couch sinken. Erhellt wurde der Raum lediglich durch das Licht, das durch die offen stehende Tür vom Flur hereinfiel.

„Das war genau im richtigen Augenblick." Er sah dankbar zu David. „Du klangst nicht sonderlich überrascht, dass sie es war."

„War ich auch nicht. Ich war gerade auf dem Weg zu dir. Bei meinen Recherchen bin ich auf Bridgets Mutter gestoßen. Eine Krankenschwester, Eartha Theodora Whitehead, geborene Hutchinson."

„Verstehe." Hunter lächelte ihn anerkennend an. „Wo ist Mr Robinson?"

„Der sitzt nebenan. Ich denke, wir können ihm Entwarnung geben."

Hunter betrat den Vernehmungsraum mit einem Kollegen von der Sicherheit, der sich seitlich der Tür postierte. David saß im Beobachtungsraum und würde der Vernehmung durch den Spiegel beiwohnen. Theodora saß am Verhörtisch, die Beine übereinandergeschlagen, die Haltung gerade, mit einem entspannten Blick. Ihre Hände lagen gefaltet in ihrem Schoß. Hunter nahm Platz. Er legte die Mappe, die er unter dem Arm gehalten hatte, vor sich auf den Tisch und schlug sie auf.

„Mrs Hutchinson oder soll ich Sie lieber Mrs Whitehead nennen?", sagte er und bemühte sich, sachlich zu klingen. Ein dumpfer Schmerz in seiner Nierengegend erinnerte ihn noch immer an die Tritte, die sie ihm verpasst hatte.

„Sagen Sie doch einfach Theodora." Sie lächelte ihn gelassen an.

„Also Theodora, wollen Sie mir sagen, warum Sie all diese Männer umgebracht haben?"

Ein nicht zu deutendes Lächeln umspielte ihre Lippen. „Hunter, Sie sind ein intelligenter junger Mann. Ich denke, Sie wissen ganz genau, was der Grund dafür ist."

„Ich würde gerne Ihre Version der Ereignisse hören, Theodora." Er lehnte sich zurück und überschlug ebenfalls die Beine.

„Nun gut, wie Sie wollen – wie Sie sich wahrscheinlich denken können, wollte ich Gerechtigkeit … für meine Tochter. Und in zwei von drei Fällen wurde diese Gerechtigkeit auch wiederhergestellt."

„Sie haben drei Menschen auf dem Gewissen, nicht nur zwei." Hunter verschränkte seine Finger und platzierte sie ruhig in seinem Schoß.

„Richtig." Theodoras Freundlichkeit erlosch augenblicklich. Betrübt glitt ihr Blick zu Boden. „Das mit Buck tut mir leid. Aufrichtig. Es war ein dummes und tragisches Missgeschick." Sie schwieg einen Moment. „Ich habe falsch reagiert, dabei habe ich ihn wirklich geliebt." Eine Träne löste sich aus ihrem Auge und lief über die Wange. „Ich glaube sagen zu können, dass er der einzige Mann in meinem Leben war, von dem ich das mit Fug und Recht behaupten kann."

„Wollen Sie mir erzählen, was mit Buck vorgefallen ist?"

Theodora nickte zaghaft. „Ich kam nach Hause und Buck lag in der Badewanne. Nachdem ich meine Einkäufe weggeräumt hatte, ging ich zu ihm ins Bad, um ihn zu begrüßen, aber ich merkte sofort, dass etwas anders war." Sie stockte, schluckte schwer. „Er war anders. Ich ging zum Waschbecken, um mich etwas frisch zu machen, während er mich skeptisch im Blick behielt. Als ich mich erkundigte, was mit ihm los sei, konfrontierte er mich damit, dass er nun wisse, dass ich die Mutter der Frau bin, die vor zwei Jahren vor dem Haus starb." Theodora wischte sich eine weitere Träne aus dem Augenwinkel.

„Wie haben Sie reagiert?"

„Ich stand da und wusste nicht, wie mir geschah. Die ganzen Jahre hatte ich es geschafft, dieses Geheimnis zu wahren, und jetzt wusste er es."

„Wie ging es weiter?", hakte Hunter ruhig nach.

„Er fragte mich, warum ich das tat. Als ich ihm sagte, dass ich nur für Gerechtigkeit sorge, antwortete er mir, dass man Unrecht nicht mit Unrecht vergelten könne und dass ich mich der Polizei stellen solle, sonst würde er es tun."

Hunter nickte, sagte aber nichts, sondern behielt Theodora weiterhin fest im Blick.

„Auf dem Waschbecken lag der Föhn. Reflexartig griff ich danach und schmiss ihn in die Wanne." Leise schluchzte Theodora auf. „Verstehen Sie mich nicht falsch. Ich habe es getan und ich habe es nicht getan. Mein Kopf war leer in diesem Augenblick und es fühlte sich an, als würde jemand anderes meine Hand führen. Es war schrecklich. Bucks Körper verkrampfte sich. Er stöhnte und röchelte. Gott, ich werde diese Geräusche nie mehr aus meinem Kopf bekommen. In seinem Blick sah ich die Schmerzen, die er erleiden musste, und dann … mit einem Mal … war er tot." Theodora schluckte hart. „Ich war wie gelähmt und konnte nicht glauben, was gerade geschehen war, dann stürzte ich aus der Wohnung, um Hilfe zu holen. Da rannte ich in den alten Björn. Er sah mich an und ging dann wortlos in die Wohnung, während ich mich auf die Treppe setzte, meine Gedanken rasten und mir war schwindelig. Kurz darauf kam er wieder heraus. An seinem Blick sah ich, dass er es wusste."

„Dass er was wusste, Theodora?"

„Er wusste, dass ich es war. Mit aufgerissenen Augen drückte er sich an der Wand entlang und dann rannte er den Gang hinunter und ich ihm hinterher. Ich wollte es ihm erklären, doch er stieß mich weg ..."

„Und dann haben Sie ihn die Treppe hinuntergestoßen", stellte Hunter fest.

Theodora schüttelte vehement ihren Kopf. „Nein. Das müssen Sie mir glauben. Das mit Björn war ein Unfall. Er ist gestolpert und die Treppe hinuntergefallen. Ich wollte ihm helfen, aber ich hörte, wie jemand die Treppe herunterkam."

Hunter nickte. „Kommen wir zu Mr McGee und seinen Freunden. Woher wussten Sie, dass die drei etwas mit dem Tod Ihrer Tochter zu tun hatten? Die Ermittlungen damals liefen ins Leere und im Haus hatte niemand etwas gesehen." Theodoras Gesichtsausdruck änderte sich. Ihre Trauer hatte einer Leere Platz gemacht.

„Diese drei", ächzte sie. Sie presste ihre Lippen aufeinander. Ihr Blick bekam etwas Bedrohliches. „Sie werden es nicht glauben, aber ich wusste es lange Zeit nicht. Doch dann, eines Tages, kam mir das Schicksal zur Hilfe. Ich hörte vor ein paar Monaten zufällig ein Gespräch zwischen Thomas und Shaun mit."

„Vor ein paar Monaten?", fragte Hunter überrascht. „Aber Sie wohnen schon viel länger in *Brick Manor*."

„Das ist richtig." Erneut lächelte Theodora. „Ich wusste, dass Bridget sich niemals das Leben genommen hätte, und ich wurde den Gedanken nicht los, dass jemand in diesem Haus für ihren Tod verantwortlich war."

„Also sind Sie nach London gezogen, um Nachforschungen anzustellen", bemerkte Hunter.

„Sie kombinieren gut, Inspector. Der Zufall wollte es, dass für Brick Manor eine Reinigungskraft gesucht wurde. Buck führte damals das Vorstellungsgespräch und gab mir den Job." Leise lachte sie auf. „Es war fast wie ein Geschenk des Himmels – eine Fügung, wenn Sie so wollen. Nicht nur, dass ich mich in *Brick Manor* Bridget so nahe fühlte, wie sonst nirgendwo, ich war auch nicht mehr allein."

„Was ist mit Bridgets Vater?"

„Das kann ich Ihnen nicht sagen. Das einzig Gute, was ich von ihm hatte, war Bridget, der Rest waren Beleidigungen, Demütigungen und Schläge. Ich weiß nicht, was aus ihm geworden ist." Theodora machte den Eindruck, als ruhte sie in sich selbst. „Ich hoffe, er hat bekommen, was er verdient hat."

„Das tut mir leid."

„Schon gut. Das ist alles lange her." Fast schon gelassen winkte sie ab.

„Zurück zu unserem Fall. Sie zogen also in das Haus."

„Richtig. Dass Buck nichts über Bridgets Tod wusste, merkte ich sehr schnell. Also freundete ich mich mit Ida an. Doch Ida war, als es geschah, bei einer Reha. Aber sie hat ihre Augen und Ohren überall." Theodora lachte leise auf. „Die Gute ist wie eine Überwachungskamera auf zwei Beinen."

„Komfortabel. So kamen mehr Informationen zu Ihnen, als wenn Sie allein geforscht hätten." Anerkennend nickte Hunter. „Ein geschickter Schachzug."

„Ich musste sie nur ab und zu mit ein bisschen Klatsch füttern und schon sprudelte es nur so aus ihr heraus." Ein Lächeln huschte über ihr Gesicht und sie wirkte amüsiert. „Leider war nicht viel Brauchbares dabei. Was interessiert mich das Liebesleben unserer Nachbarn?" Sie beugte sich ein wenig zu Hunter vor. „Ob Sie es glauben oder nicht. Ich hatte mich, im Grunde genommen, von dem Gedanken verabschiedet, Bridgets Mörder zu finden. Ich fühlte mich in *Brick Manor* geborgen, hatte Menschen, bei denen ich mich zum ersten Mal in meinem Leben als Teil einer Familie fühlte, und einen Mann, der mich aufrichtig liebte und ich ihn." Theodora lehnte sich wieder zurück, weitere Tränen sammelten sich in ihren Augen.

Hunter sah ihr an, wie sehr ihr dieser Gedanke gefiel. Ihr Gesicht wirkte friedlich. Er ließ sie sprechen, ohne nachzuhaken.

„Es hätte alles so schön sein können, aber dann kam dieser Tag. Wieder einmal ein Tag, der alles verändern sollte. Ich putzte das hintere Treppenhaus. Thomas traf auf Shaun und die beiden begannen heftig zu diskutieren. Ich verhielt mich still und sie bemerkten mich nicht. So bekam ich jedes Wort mit. Barrett hatte Shaun bei einem Geschäft über den Tisch gezogen und Shaun wollte nichts mehr mit ihm zu tun haben. Thomas redete auf ihn ein, dass er die Füße stillhalten solle, wegen dem, was damals in jener Nacht geschehen war." Theodora ruckelte auf ihrem Stuhl herum. „In jener Nacht …", wiederholte sie.

Hunter hatte das Gefühl, dass sie in diesem Augenblick die Situation von damals erneut durchlebte. Ihr Blick versteinerte und sie zitterte. Tränen sammelten sich in ihren Augen.

Als sie weitersprach, wirkte sie wie in Trance. „Ich begann zu graben. Mit Bucks Schlüssel gelangte ich in die Wohnungen der drei. Und bei Shaun wurde ich dann fündig. Er führte Tagebuch. So erfuhr ich, dass Bridget Barretts Freundin gewesen war, dass sie sich an dem Abend ihres Todes mit ihm gestritten hatte und dass alle drei dabei waren, als sie starb." Hastig wischte sich Theodora über die Augen. „Barrett hat sie getötet und die anderen haben zugesehen." Sie stieß die letzten Worte voller Verachtung aus. Ihre Augenbrauen zogen sich zusammen und auf ihrer Stirn bildete sich eine tiefe Zornesfalte.

Hunter beugte sich zu ihr und fixierte sie mit seinem Blick. „Da waren Sie also in dem Haus, in dem Ihre Tochter starb, bei den Männern, die bei ihrem Tod dabei waren. Und Sie fassten den Entschluss, sie dafür bezahlen zu lassen."

Erneut huschte ein Lächeln über ihre Lippen. „Mein lieber Mr Holmes, diesen Entschluss hatte ich bereits gefasst, als ich nach *Brick Manor* gezogen bin."

„Was ist dann passiert, Theodora? Ihr Entschluss war gefasst, aber es hat Monate gedauert, bis Sie Ihren Plan in die Tat umgesetzt haben. Woran lag das? Hatten Sie Zweifel?"

„Die einzigen Zweifel, die ich hatte, waren die, wie sie sterben sollten. Dazu musste ich mehr über die drei herausfinden. Ich wollte sie nicht nur tot sehen, das wäre zu einfach gewesen. Bridget starb, weil sie sich in den Falschen verliebt hatte. Ihnen sollte es genauso gehen."

„Sie haben sie also beobachtet."

„Unter anderem. Aber endlich zahlte sich die Freundschaft mit Ida aus. Dadurch, dass sie Barretts Nachbarin war, wusste sie mehr über ihn und die beiden anderen als sonst jemand im Haus. Barrett war ein Weiberheld, Shaun wäre am liebsten einer dieser Musketiere gewesen und Thomas liebt das Fliegen. All das passte zu dem, was ich in ihren Wohnungen gesehen hatte."

Hunter ging ein Licht auf. „Sie sollten also nicht nur sterben, sondern auch jeder auf seine sehr persönliche Art und Weise."

Theodoras Gesichtsausdruck bekam etwas Diabolisches. „Sie sagen es. Das, mein lieber Mr Holmes, hatten sie sich doch verdient, finden Sie nicht?" Zufrieden sah Theodora ihn an, schien jedoch keine Antwort von ihm zu erwarten. „Und dann eines Abends war es so weit. Ich reinigte das hintere Treppenhaus, Barrett kam vom Einkaufen und traf auf Thomas. Während des Gesprächs erzählte Barrett, dass er sich heute einen ruhigen Abend gönnen würde, mit einer Flasche Wein, die er sich gekauft hatte. Er erzählte ihm, dass er nur noch einen Termin bei der Massage hätte …" Ein zufriedenes Grinsen eroberte Theodoras Gesicht. „Es war perfekt." Sie klang dabei fast schwärmerisch. „Es war der richtige Tag und die passende Gelegenheit."

„Also warteten Sie, bis Barrett wieder weg war …" Hunter ließ das Ende des Satzes offen.

„Mit Bucks Generalschlüssel ging ich in die Wohnung und spritzte ihm Schlafmittel in den Wein. Um kurz vor zwei Uhr morgens ging ich erneut zu ihm. Er hatte die Flasche fast komplett getrunken und lag schlafend auf seinem Bett. Es war ein Leichtes, ihn zu fesseln und ihm den Müllsack überzustülpen. Als Nächstes spritzte ich ihm ein Medikament, das ihn aufwecken sollte. Er sollte wissen, warum er starb. Doch er tat es, bevor es wirkte."

Hunter schüttelte den Kopf. „Sie hatten ihn schon davor umgebracht, Theodora. Barrett ist nicht erstickt. Er starb an einer Überdosis des Schlafmittels."

Gleichgültig zuckte Theodora mit den Schultern. „Tot ist tot. Was bei ihm schiefging, funktionierte beim Nächsten umso besser."

„Hat sich Buck nicht gewundert, dass Sie mitten in der Nacht im Haus unterwegs waren?"

Ein Schmunzeln schob sich auf ihre Lippen. „Er hatte auch ein paar Tropfen Schlafmittel in seinem Bier."

Hunter atmete tief durch, das erklärte auch die Müdigkeit Bucks. „Kommen wir zu Shaun."

„Bei Shaun ging es schnell. Er kam nach Hause, in seiner Wohnung hatte ich die Sicherung herausgeschraubt. Im Dunkeln lief er direkt in den Degen, den ich ihm entgegenhielt."

„Sie hatten Barrett also im Bett sterben lassen, Shaun als Musketier und Thomas sollte fliegen."

„So war der Plan." Theodora nickte behäbig. „Den sie mir kaputtgemacht haben, Mr Holmes." Ihr Blick glitt an Hunters Brustkorb hinunter. „Es tut mir leid, dass ich Ihnen wehtun musste."

„Schon gut. Das kann ich wegstecken." Hunters Blick verfing sich in ihrem. Sie wirkte wieder in sich ruhend. „Theodora, Theodora. Was haben Sie nur getan? Wie wir inzwischen wissen, waren Barett, Shaun und Thomas zwar auf dem Dach, als Bridget starb, jedoch hatten sie nichts mit ihrem Tod zu tun. Sie ist vor Barrett zurückgewichen, der sie beruhigen wollte, und ist gestolpert und die anderen beiden haben nur versucht, ihr zu helfen."

„Wissen Sie, Mr Holmes. Hätte sich Barrett nicht mit ihr gestritten, wäre sie nicht auf diesem Dach gewesen. Er trägt also in gewisser Weise Schuld an ihrem Tod, auch wenn er sie nicht gestoßen hat. Und die anderen beiden ... Wie heißt es so schön – mitgegangen, mitgehangen. Nicht wahr?"

KAPITEL 20 – OPFER FÜR DIE LIEBE

Zwei Tage waren seit der Verhaftung Theodoras vergangen. Hunter hatte David einen Tag freigegeben, nachdem sich ihre Vernehmung bis spät in die Nacht gezogen hatte.

Er sei, wie er sagte, mit einem mulmigen Gefühl nach Hause gegangen. Drei seiner Nachbarn waren tot, einer lag im Krankenhaus und Theodora war verhaftet worden. Noch dazu ging er davon aus, auch Mona nicht mehr in *Brick Manor* anzutreffen. Ziemlich viele Ereignisse in einer sehr kurzen Zeitspanne.

Als Hunter am späten Vormittag ins Büro kam, saß David jedoch bereits fröhlich pfeifend an seinem Schreibtisch und tippte etwas.

„Guten Morgen, Partner. So gut gelaunt?"

„Jupp."

„Wie kommt's?"

Ein sanfter Rotschimmer bildete sich auf Davids Wangen. „Roberta hat gestern bei mir übernachtet."

Hunter nahm auf seinem Drehstuhl Platz. Er kämpfte gegen ein Lächeln an und verlor. „Verstehe." Das Lächeln vertiefte sich noch ein bisschen mehr. »Uuund?«, fragte er langgezogen.

„Du brauchst gar nicht so zu grinsen."

„Das ist nicht gegrinst, sondern gefreut", verteidigte er sich. „Kein Wunder, dass du so gut gelaunt bist."

Langsam wiegte David seinen Kopf. „Na ja, es gibt noch mehr."

Hunter setzte sich auf und lugte über den Bildschirm. „Was ist denn noch?"

„Mona ist mir heute Morgen am Briefkasten über den Weg gelaufen."

„Oh. Und?"

David strahlte. „Sie und Thomas haben sich versöhnt und sie hat sich bei mir bedankt, weil es jetzt keine Geheimnisse mehr zwischen ihnen gibt. Ich bin so glücklich."

„Wieso du?" Damit er besser zu David blicken konnte, wechselte Hunter von dem Stuhl auf die Tischplatte.

„Weil ich so ein bisschen dafür verantwortlich war, dass es Streit zwischen ihnen gab."

„Das warst du nicht! Sie hatte eine Affäre mit einem anderen. Also war, wenn überhaupt, sie schuld. Wobei ich eher glaube, dass eine Reihe von Leuten Fehler gemacht haben. So wie das eben immer ist, einer allein ist nie schuld."

David lehnte sich in seinem Stuhl zurück. „Wie meinst du das?"

„Nun ja, sie hat sich vernachlässigt gefühlt, es Thomas aber nicht gesagt. Thomas war zu sehr mit sich oder anderen Dingen beschäftigt, hat aber nicht mit ihr darüber gesprochen und Barrett hätte ganz einfach nicht mit der Verlobten seines Freundes ins Bett gehen sollen." Aufmunternd lächelte er David entgegen. „Ich freue mich, wenn die beiden die Kurve kriegen." Er rutschte von der Schreibtischplatte und wollte sich wieder auf seinen Stuhl setzen.

„Na ja, und dann …", fuhr David fort.

„Und dann?", wiederholte Hunter.

„Und dann bringt mir Roberta ab heute Abend das Backen bei. Sie sagt, nachdem sie jetzt öfter im Außendienst sei, könne es sein, dass sie nicht mehr so oft dazu komme."

Laut lachte Hunter voller Schadenfreude auf. „David Cloverfield. Du hasst kochen und backen. Erinnerst du dich?"

„Na ja, hassen …" David zog eine Schnute. „Ich kann es eben nicht." Sein Blick fiel auf den Muffin, der neben der Tastatur auf einem Teller lag. „Ja, okay, ich hasse es."

Belustigt grunzte Hunter auf. „Sieh es einfach so: Für die wahre Liebe bringt man eben Opfer." Dabei studierte er Davids Miene, die mit einem Mal amüsiert aussah. „Was?", fragte er skeptisch.

Grinsend zog David sein Schubfach auf. „Steven war übrigens vorhin hier."

„Steven?", entgegnete Hunter erstaunt. Ein Kribbeln erfüllte seinen Körper. „Was wollte er?"

David zog einen Umschlag heraus, den er Hunter hinhielt. „Er wollte dich überraschen. Am Samstag geht ihr ins Kino."

„Gehen wir?"

„Geht ihr! In *Rocketman*."

Hunter öffnete das Kuvert. Tatsächlich befanden sich zwei Logenplatzkarten für besagten Film darin. „Nicht *Elton John*", stöhnte er und ließ sich auf seinen Stuhl sinken.

David stand auf und schlenderte zu ihm. Er tätschelte ihm sanft die Schulter. „Weißt du Partner, sieh es so: Für die wahre Liebe bringt man eben Opfer."

Hunter ermittelt weiter …

Wenn Du über die neuen Fälle informiert werden willst,
trage Dich in meinen Newsletter ein:

www.wolfseptember.de

WEIHNACHTSMÄNNER IN LONDON

Mark blickt trostlosen Weihnachtstagen entgegen, und das, obwohl er sich gerade zum Fest der Liebe nach Geborgenheit sehnt. Doch nach der Trennung von seinem Ex-Freund hat er die Suche nach Mr. Right aufgegeben – in einer schnelllebigen Gesellschaft, in der Partner gewechselt werden wie Unterhosen, kann ja niemand die große Liebe finden, richtig?

Aber dann trifft Mark auf Ben, den er zunächst für einen arroganten Kellner hält. Irgendwas jedoch zieht ihn an dem Mann mit den strahlenden Augen an. Auch Ben kann das Kribbeln in seinem Bauch nicht leugnen, sobald er in Marks Nähe ist. Doch als die zwei sich näherkommen, droht Marks neuer Job, die frische Beziehung aufs Spiel zu setzen. Oder kann es zwischen Schnee und Lebkuchen trotzdem ein Happy End für die Männer geben?

Mit Humor, Romantik, jeder Menge Weihnachtsmännern und einer Brise Magie stimmt diese weihnachtliche Geschichte perfekt auf die schönste Zeit des Jahres ein.

LIEBESGRÜSSE AUS LONDON

Marks Leben könnte perfekter nicht sein: Noch immer ist Ben an seiner Seite, mit dem er glücklicher denn je ist. Sogar zusammengezogen sind sie inzwischen, sodass sie ihre Zweisamkeit voll auskosten können. Und auch jobtechnisch mangelt es Mark an nichts – im Gegenteil, denn er wird befördert und sieht neuen Chancen entgegen.

Wäre da nur nicht Marks und Bens überaus attraktiver Nachbar, der ihnen mit seiner charmanten Art den Kopf verdreht. Sowohl Mark als auch Ben zweifeln plötzlich an ihrer Beziehung. Doch dann überschlagen sich die Ereignisse privat und beruflich und Mark muss feststellen: Nicht nur sein Nachbar hat ein Geheimnis, sondern auch bezüglich seiner neuen beruflichen Aufgabe wurde ihm übel mitgespielt, und Mark ahnt, wer dahintersteckt ...

In bewährt humorvoller Weise, geht die Geschichte von Mark und Ben weiter.

Hochzeitsglocken über London

Ganz in den Hochzeitsvorbereitungen versunken, glauben Ben und Mark nicht, dass ihre Liebe durch irgendwas zerrüttet werden kann. Gemeinsam mit ihrem Wedding Planer läuft es wie am Schnürchen und der große Tag rückt endlich immer näher.

Wären da nur nicht diese seltsamen Nachrichten, die Ben laufend erhält und die immer obszöner werden. Auch in ihrem Freundeskreis dreht sich das Liebeskarussell immer wilder, allen voran ihr liebestoller Nachbar Andy, der von einer Affäre in die nächste stürzt.

Mit einem Mal scheint sich alles gegen sie und ihre Hochzeit verschworen zu haben. Ein Problem nach dem anderen kostet den beiden einige Nerven. Schon bald müssen sie sich die Frage stellen, ob ihre Traumhochzeit überhaupt stattfinden kann ...

Grisper Castle

Tritt ein ins Grisper Castle und entdecke seine Geheimnisse ...
Nach dem Tod seines Adoptivvaters flüchtet der junge Hexer Marek aus seiner Heimat Wien und landet als Bibliothekar auf dem schottischen Grisper Castle. Doch der attraktive Schlossherr Craig

und dessen Angestellte erwecken schon bald sein Misstrauen: Welches dunkle Geheimnis rankt sich um das Schloss, seine Bewohner und das benachbarte Städtchen Darkmoor? Bei seinen Erkundungen stößt Marek auf etwas, das sein ganzes Leben augenblicklich umkrempelt und ihn in eine Welt voller Rätsel und übernatürliche Bedrohungen zieht ... Ein humorvoller und kunterbunt-düsterer Gay Romantasy Roman

GRISPER CASTLE – WEIHNACHTSZAUBER

Sein erstes Weihnachten auf Grisper Castle könnte so schön sein. Während Marek gemeinsam mit seiner großen Liebe Craig und seiner neuen Familie, den Schlossbewohnern, vollkommen in den Weihnachtsvorbereitungen steckt, passieren allerhand mysteriöse Dinge.

Nicht nur, dass in Darkmoor plötzlich Menschen einfrieren, auch Marcus verhält sich eigenartig und verschwindet immer wieder über Stunden. Marek hat zunehmend das Gefühl, beobachtet zu werden und dann ist da noch ein geheimnisvoller, magischer Adventskalender, den er in seiner Wohnung entdeckt. Er nimmt sich vor, den Dingen auf den Grund zu gehen.

Bei seinen Nachforschungen kommt er Geheimnissen auf die Spur, die schon bald sein ganzes Leben auf den Kopf stellen und dafür sorgen, dass nichts mehr so ist, wie es schien …

Hunter B. Holmes: Studienfach Mord

Kapitel 1 – Ein ganz normaler Morgen

Zischend landeten die Eier zusammen mit dem Speck in der Pfanne. Ein aromatischer Duft stieg Max in die Nase. Er liebte diesen Geruch, denn damit begann für ihn ein guter Tag. Neben dem Herd säuselte die alte Filterkaffeemaschine. Herb saß am Tisch und blätterte mit leicht verschlafenem Blick in der Tageszeitung.

Max drehte das Gas ab und verteilte die Eier und den Speck auf zwei Teller, die er in der Nähe des Ofens platziert hatte, und stellte sie auf den Tisch. Einen vor Herb und einen auf seinen Platz. Er ging zum Schrank und holte zwei Tassen heraus, in die er den frisch gebrühten Kaffee einschenkte. In seinen kam ein Löffel Zucker, in Herbs ein kleiner Schwall Milch. Nachdem auch die Tassen auf dem Tisch standen, nahm er gegenüber seinem Mann Platz.

„Nun leg doch mal die Zeitung beiseite. Du kannst sie lesen, wenn ich weg bin", forderte er ihn auf. So ging es jeden Morgen, und Max wünschte sich, Herb würde mit ihm reden, anstatt die Schlagzeilen zu lesen. Das hieß, nein, reden brauchte er gar nicht – aber er sollte ihm seine Aufmerksamkeit schenken.

Herb gehorchte stumm. Er faltete die Zeitung zusammen und legte sie an den Rand des Tisches.

„Was steht bei dir heute an?", erkundigte er sich monoton und nippte an seiner Tasse.

„Um neun Uhr hab ich eine Vorlesung in altrömischer Geschichte und anschließend Sprechstunde. Es wird also nicht allzu spät heute", antwortete Max.

Er schob sich eine Gabel Spiegeleier in den Mund und biss danach von dem krossgebratenen Speck ab. Das Krachen des Specks in seinem Mund wurde mit jedem Bissen leiser.

„Was hast du geplant?", fragte er mit noch halbvollem Mund.

„Ich wollte die Fenster putzen und im Anschluss an meinem Buch weiterarbeiten."

„Die Fenster kann ich doch heute Nachmittag machen, wenn ich wieder zuhause bin."

„Wie du meinst", antwortete Herb dröge und sah Max stumm dabei zu, wie er den Rest der Eier verschlang.

Max leerte seine Tasse und räumte sein Geschirr in die Spülmaschine. Dann nahm er einen Lappen und wischte seinen Bereich auf dem Tisch ab. Herb beobachtete ihn teilnahmslos und nippte wieder am Kaffee.

Innerlich seufzte Max. Dieses Spiel lief nun schon seit Jahren so. Jeden Morgen. Max betrachtete Herb. Was ging nur in seinen Kopf vor? Wahrscheinlich hing Herb mit seinen Gedanken schon wieder an einem Plotdetail seines Buches oder dachte darüber nach, was er an der Spannungskurve ändern konnte. Herb lebte in seiner eigenen Welt und Max wollte ihm das auch nicht zum Vorwurf machen, schließlich lebte auch er in der seinen. An manchen Tagen sehnte sich Max nach dem alten Herb. Den, den er kennen- und liebengelernt hatte. Doch dieser Herb schien gegangen. Ob er etwas ahnte? War Herb deswegen so teilnahmslos? Max schob diesen Gedanken beiseite. Herb war eben Herb.

„Ich bin dann weg", verabschiedete sich Max. Er ging zu ihm, gab ihm einen Kuss auf die Wange und schnappte sich seine Aktentasche.

Die Sonne wärmte sein Gesicht, als er vor die Haustür trat. Die weißen Reihenhäuser in seiner Straße leuchteten im Sonnenlicht. Dafür, dass es erst Mai war, war es ungewöhnlich warm an diesem

Tag. Max holte tief Luft und spürte, wie sie in seine Lungen strömte. Es duftete nach dem nahenden Sommer.

Voller Tatendrang schwang er sich auf sein Rad und trat in die Pedale. Die Addison Road runter nach Shepards Bush und dann in Richtung der Universität davon. Der Fahrtwind streichelte seine Haut. In diesem Moment fühlte sich Max frei und glücklich. In solchen Augenblicken wurde ihm klar, wie gut er es in seinem Leben erwischt hatte. Einen Job, der ihn ausfüllte, ein behagliches Zuhause, einen Mann, der ihn liebte, und aufregenden Sex. Ein zufriedenes Lächeln schlich sich auf seine Lippen, während er über den breiten Bürgersteig zur Uni radelte.

Dort angekommen schob er sein Fahrrad in einen der freien Ständer, die zuhauf auf dem Parkplatz angebracht waren, und schloss es ab. Er warf die Schlüssel pfeifend in die Luft und fing sie wieder auf. Dann reihte er sich in den Strom der Studierenden, die auf dem Weg zu ihren Vorlesungen waren, ein und lief im Gewimmel die Treppe nach oben ins Gebäude. Er liebte diese Lebendigkeit, die von ihnen ausging. Diese Vitalität, von der er das Gefühl hatte, sie würde auf ihn überspringen. Sie machte, dass er sich jung fühlte.

Max' Assistent Charlie wartete bereits am Eingang auf ihn.

„Guten Morgen Max", begrüßte er ihn und betrat an seiner Seite das Gebäude.

„Morgen. Haben wir schon viele Anmeldungen für heute Mittag?"

„Eine gute handvoll. Und ich denke, es werden heute auch nicht sehr viel mehr werden. Unser Studienberater hat für heute Nachmittag um einen Termin gebeten."

Max lächelte beim Gedanken an ihn. „Hast du Steven zugesagt?"

„Ja, er kommt um drei, bis dahin sollte die Sprechstunde beendet sein."

„Sehr gut! Starten wir in die Vorlesung."

„Wenn du nichts dagegen hast, würde ich heute gerne mit in die Vorlesung kommen. Es liegt nichts weiter an und römische Geschichte hat mich schon immer interessiert, wie du weißt."

„Ja sicher, mach das." Max war froh Charlie zu haben. Seit er vor zwei Jahren die Stelle angenommen hatte, sorgte er dafür, dass sein Leben angenehmer wurde – unkomplizierter. Er kümmerte sich hervorragend um die Organisation seiner Termine und erledigte hin und wieder auch Angelegenheiten für ihn, die nicht unbedingt zu seinem Aufgabenbereich gehörten, sei es die Blumen für Herb zum Geburtstag zu besorgen oder sein defektes Mobiltelefon zur Reparaturannahme zu bringen. Manchmal fühlte es sich für Max an, als wäre Charlie der Sohn, den er nie hatte.

Als Max den Hörsaal betrat, saßen ein gutes Dutzend Studierende auf den Bänken. Einige blätterten in ihren Unterlagen, während eine kleine Gruppe junger Frauen zusammenstand und sich angeregt unterhielt. Sie verstummten, als sie Max bemerkten, und suchten ihre Plätze auf. Charlie nahm am rechten Rand der untersten Reihe in der Nähe des Stehpults Platz.

Max ließ den Blick durch die Bänke schweifen, auf der Suche nach Harper. Doch er war nicht anwesend. Er entdeckte lediglich seinen Mitbewohner Scott in der Mitte der ersten Reihe, der ihn mit abfälligem Blick musterte. Leichter Groll stieg in Max empor, als er Scotts Blick bemerkte, doch er schob ihn beiseite. Wann würde er endlich einsehen, dass er verloren hatte?

Er begann mit seiner Vorlesung über die frühe Kaiserzeit. Es lief gut – die wenigen Anwesenden stellten interessierte Fragen und machten sich Notizen. Max tigerte wie gewöhnlich langsam vor dem Auditorium auf und ab, während er den Stoff unterstützt von einer Präsentation, die Charlie für ihn erstellt hatte, vortrug. Ihm war es lieber, wenn er nur wenige Zuhörer hatte, die sich konzentrierten, als einen vollen Saal, in dem ständiges Gemurmel herrschte. Während er in seinem Vortrag zum Ende der römischen Republik kam und er mit dem Rücken zu den Studierenden stand, knallte es. Erschrocken fuhr Max herum. Scott tastete nach der Wasserflasche, die er umgeworfen hatte.

„Marshall, wer sonst? Zumindest sind Ihre kognitiven Fähigkeiten sehr gut ausgeprägt. Das Hirn sagt Durst und der Fuß sucht nach der Flasche."

Gelächter erfüllte den Saal. Max suhlte sich in dem Gefühl der Macht, die ihm seine Position und seine Schlagfertigkeit in diesem Moment verliehen. Scotts Augen verengten sich zu Schlitzen und er lieferte sich ein kurzes, stummes Blickduell mit Max. Dann nahm er die Flasche, stand wortlos auf und verließ den Raum.

Max schüttelte verständnislos den Kopf und fuhr fort, die Hintergründe, die zur Ermordung von Julius Caesar geführt hatten, zu erläutern. Er liebte die Geschichte Caesars. Sie hatte alles, was eine gute Geschichte brauchte – Dramatik, Verrat, Gewalt. Ihren Höhepunkt fand sie, als Caesar der Überlieferung nach, kurz vor seinem Tod den Satz „Nicht auch du, mein Sohn Brutus" ausstieß. Max donnerte diesen Satz gerne in den Raum, um die Vorlesung zu beenden. So auch heute. Er genoss diesen Augenblick, wenn seine Studierenden ihn ehrfürchtig dabei anblickten.

Genüsslich ließ er seinen Blick durch die Reihen schweifen.

Er spürte einen Piks am Hals. Reflexartig schoss seine Hand an die Stelle, an der er den Stich wahrgenommen hatte. Ein stechender Schmerz breitete sich von dort unter seiner Haut aus. Seine Finger schlossen sich um einen kleinen festen Gegenstand, der ihm im Hals steckte. Max zog ihn heraus. Es handelte sich um einen dünnen Pfeil, den er in der Hand hielt. Max fixierte den Pfeil mit seinem Blick, doch es fiel ihm schwer, ihn zu fokussieren. Immer wieder verschwamm das Bild vor seinen Augen. Ihm wurde schwummrig. Dröhnende Kopfschmerzen wallten vom Nacken über ihn hinweg, Schwindel überkam ihn. Max wankte. Es gelang ihm, sich am Pult abzustützen, dabei glitt der Pfeil aus seiner Hand und fiel zu Boden. Schmerz und Schwindel schwollen zu einem undurchdringbaren Schleier an. Der Stuhl? Wo war der Stuhl? Max versuchte, sich am Pult zu ihm vorzutasten, um sich zu setzen, doch dann wurde es schwarz um ihn.